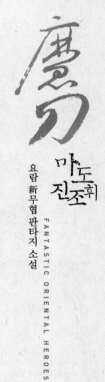

魔刀

마도진조

요람 新무협 판타지 소설

FANTASTIC ORIENTAL HEROES

마도 진조휘 3

요람 新무협 판타지 소설

초판 1쇄 찍은 날 § 2016년 4월 27일
초판 1쇄 펴낸 날 § 2016년 5월 4일

지은이 § 요람
펴낸이 § 서경석

편집책임 § 고승진

펴낸곳 § 도서출판 청어람
등록번호 § 제387-1999-000006호
등록일자 § 1999. 5. 31
어람번호 § 제2-2659호

주소 § 경기도 부천시 원미구 부일로 483번길 40 서경B/D 3F (우) 14640
전화 § 032-656-4452 팩스 § 032-656-4453
http://www.chungeoram.com
E-mail § chungeorambook@daum.net

ⓒ 요람, 2016

ISBN 979-11-04-90787-6 04810
ISBN 979-11-04-90718-0 (세트)

魔刀

마도
진조휘

요람 新무협 판타지 소설

FANTASTIC ORIENTAL HEROES

③

도서출판 청어람

目次

제20장
십 년의 한(恨)

　조휘는 눈앞에 있는 소녀를 보며 난감한 듯 인상을 굳혔다. 생글생글 웃고 있는 이 소녀는 어제 분명 봤다.

　"악수 안 해요?"

　"……."

　"팔 아프다구요!"

　"하아……."

　쭉, 곱게 뻗어진 손을 보면서 고개를 절레절레 흔들던 조휘는 결국 어쩔 수 없이 소녀의 손을 잡았다.

　설이화.

　소녀가 악수를 청하며 밝힌 이름이다.

　많이 봐줘야 방년이나 되었을까? 얼굴만 본다면 서문영과 동갑이거나, 많아봐야 한두 살이다. 어쩌면 더 적을 수도 있겠다

싫었다. 말 그대로 '소녀'로밖에 보이질 않았으니 말이다.

이화매는 어제 혹 하나를 붙인다더니, 진짜 보내버렸다. 소녀가 거절했고, 조휘도 거절했는데 말이다.

"적운양은 어디 있습니까?"

나이가 어려도 함부로 할 수가 없었다. 무려 오홍련의 인물에다, 듣기로는 적각무사도 상대할 정도의 실력이 있다고 했다.

"저 뒤쪽에 있어요. 근데 언니가 그랬어요. 동행을 허락하지 않으면 넘기지 말라고."

"……"

그에 조휘는 이화의 말에 또 고개를 절레절레 저었다. 확실한 걸 좋아하는 이화매는 적운양의 양도도 쉽게 해줄 생각이 없었다. 조휘 본인도 확실하게 하지 않으면 넘겨주지 않겠다는 뜻.

"알겠습니다."

"히히."

작게 웃은 소녀가 입술을 말고, 삐익! 휘파람을 불었다. 그러자 잠시 후 똑같이 삐익! 하고 되돌아왔다. 서로 신호를 주고받은 것이다.

"이제 올 거예요. 아, 방원 그놈 좀 봐도 될까요?"

"상관은 없습니다만, 아마 충격받을 겁니다."

"왜요? 아예 작살을 내났나?"

"……"

조휘는 대답하지 않았다. 작살? 그 정도가 아니었다. 어제 돌아와 놈의 허벅지에 칼을 꽂아 주고 나서, 조휘는 방원을 확실하게 저며 났다. 그 정도가 심해 성혜의 안색이 하얗게 질릴 정도였다.

"괜찮아요. 뭐, 한두 번 보는 것도 아니고."

그렇게 말하며 싱긋 웃는데, 초승달처럼 휜 눈매 사이로 빛나는 이화의 눈동자는 확실히, 소녀가 아닌 오홍련의 인물이라는 인식을 가지게 해줬다. 생글생글 웃는 낯은 마치 대외용 같았고, 진짜는 눈빛이었다.

정상인이 전쟁을 수행한다? 말도 안 되는 일이다. 이 제독은 총 제독에 취임 전에도 전쟁을 치렀다. 철이 들고 나서부터 전쟁, 전투, 공작, 정치, 교역까지 안 해본 게 없는 이화매 제독이다. 그런 이 제독의 최측근이 순수한 사람일 리가 없었다. 순수했다고 하더라도 세월이 흐르면 흐를수록 점차 변해갈 것이다.

지금 이 소녀처럼.

예전의 자신처럼.

"저 안에 있나. 히히."

그러면서 통통 튀는 걸음으로 동굴로 향하는 이화. 그런 이화를 성혜가 불안한 눈으로 보고 있었다. 그러다가 다시 조휘를 보는 성혜. 조휘는 고개를 저었다. 내버려두라는 의미를 알아챈 성혜는 입술을 잘게 깨물고 물러났다.

그녀가 동굴로 들어가기 무섭게 부스럭거리는 소리가 들렸다. 오홍련의 복장을 한 선원 셋이 적운양을 끌고 왔다.

그러자 조휘는 머릿속이 하얗게 변해버리는 걸 느낄 수 있었다. 방원처럼 꿈에도 그러던 적운양이다.

적무영의 뒤통수를 깠다고 자신을 잡아다가 개처럼 두들기고 관에 넘겨버린 자식이다. 그걸로 끝내지 않고 뇌물을 처먹어 무려 십 년의 군역을 치르게 만든 놈이 바로 저놈, 적운양이다.

"으악!"

선원들이 적운양을 조휘의 앞으로 던지자, 놈은 바닥에 철퍼덕 쓰러지며 비명을 질렀다. 조휘는 웃었다. 겨우 이 정도로 비명을 질러? 아직 시작도 안 했다.

"적운양?"

"으으, 누, 누구요!"

"나야, 나."

히죽.

조휘의 입가에 아주 싸늘한 미소가 걸쳐졌다. 굳이 의도적으로 만든 미소가 아니었다. 저도 모르게 진심에서 나온, 아주 본능적인 미소였다. 그 미소를 본 적운양은 흠칫, 아주 크게 흠칫거렸다.

이미 명의 기병대에 잡혀 오홍련의 주둔지에 묶였을 때, 놈의 기백은 꺾였다. 아니, 꺾인 정도가 아니라 아예 잘게 부서져 흩어졌다. 하지만 그건 당연한 일이다. 웬만한 정신으로는 감히 오홍련에 잡혔는데도 멀쩡할 리가 없었을 것이다. 조휘는 그게 좀 아쉬웠다. 방원도, 적운양도, 그리고 적무영도. 이 세 놈의 정신을 꺾는 일은 자신이 하고 싶었는데, 그러지 못한 게 아쉬웠다.

"대, 대체 당신이 누군데……!"

"적운양, 십 년 전에 네 아들내미 뒤통수 후려쳤다고 잡아다가 패고, 관에 넘겨 군역 십 년 형을 받게 한 청년 기억해?"

"그, 그게……."

그러면서 눈알을 또 데굴데굴 굴린다. 피식, 꼭 이런 놈들이 있다. 죽을 때가 되면 눈깔을 굴리는 놈들. 이런 놈들치고 성실히 답변하는 놈이 없다는 게 조휘의 지론이었다. 기억나면 난다, 안 나면 안 난다고 말하면 되는 걸 가지고 또 거기에 뭔가를 씌워 변명하려고 한다. 그렇게 변명하면 살 수 있을 줄 알고. 멍청한 새끼다.

"기억났어?"

"죄송합니다!"

피식.

결국 생각해낸 게 이거였나? 시작부터 그냥 나 죽었다 생각하고 살려달라고 비는 게 겨우 생각해낸 답이었나? 무조건 빌고 보자는 작전 같은데, 상대를 잘못 만났다. 잘못 만나도 너무 잘못 만났다.

"살려달라고 한 거야?"

"제가 전부 잘못했습니다! 펴, 평생 참회하는 마음으로 살겠습니다!"

"그딴 건 필요 없고. 적운양, 내 질문에 대답 안 했잖아? 다시 날 봐봐. 내가 누군지 기억나냐고."

"그, 제가 요즘 기억력이 안 좋아서……."

"기억 안 난다는 거지?"

"죄, 죄송합니다!"

놈은 또 대가리를 숙여 넙죽 사죄를 하려고 했지만, 이번에는 조휘에게 막혔다. 머리채를 잡은 손에 힘을 줘 놈의 머리가 내려가지 못하게 막은 것이다.

"그러니까 나는, 네 기억 속에도 없다는 거네?"

"그, 그게……."

"뭐, 괜찮아. 그럴 거라고 생각은 했으니까. 지금부터 차근차근 시작해 보자고. 해주고 싶은 게 너무 많으니까, 기대해도 좋을 거야. 맞다, 살려달라고 했어? 일단 내가 뭐 하나 보여줄게. 가서 네 미래가 어떨지 한번 예상해 봐."

조휘는 허벅지에 힘을 주고, 자리에서 일어났다. 악! 소리가 뒤따랐지만 아랑곳하지 않고 머리채를 잡고 놈을 동굴로 질질 끌고 갔다. 주르르륵, 하는 소리가 나면서 적운양은 으악! 아아악! 하고 연신 비명을 질렀지만 조휘의 얼굴에는 미소가 만연했다. 순수한 즐거움이었다. 가히 미쳤다고 해도 과언이 아니고, 본인 또한 그걸 알고 있었지만 굳이 문제 삼지는 않았다.

당했기에 복수한다.

그게 뭐가 나빠?

이런 인식이 단단하게 박혀 있었기 때문이다.

공동에 도착한 조휘는 놈을 확 잡아끌어 방원의 앞에 던졌다. 이번에도 악! 비명을 지르고는 공동을 두려움에 찬 눈으로 살폈다. 그리고 몸을 뒤집어 앞을 봤을 때, 놈의 두 눈이 동그랗게 떠졌고, 저절로 입이 벌어졌다. 이런 표정을 흔히 경악했다고 한다.

"바, 방 총관!"

"으으……."

적운양의 부름에 방원은 대답할 수가 없었다. 약을 먹여 지금 정신이 비몽사몽한 상태였기 때문이다. 그렇다면 적운양은 왜 경악했을까? 당연히 방원의 상태 때문이었다. 온몸을 검붉은 천으로 돌돌 말고 있었던 것이다. 적운양도 바보는 아닌지라, 원래 검붉은 천일 리가 없다는 걸 알고 있었다. 게다가 코로 스며드는 짙은 혈향. 정말 구역질이 날 것 같은 피비린내.

조휘는 다시 걸어가 놈의 머리채를 잡고 상체를 좀 더 세워줬다. 그러고는 귀에다가 입을 대고 조용히 속삭였다.

"아주 얇게 포를 떴어. 그리고 꼼꼼히 약을 바른 다음 다시 천으로 말아줬지. 아마 죽지는 않을 거야. 피를 좀 흘리긴 했지만 혈액을 보충시켜 주는 탕약도 착실히 떠먹여줬거든."

"어, 어어……."

어버버하는 적운양에게 조휘는 다시 한 번 소곤거렸다.

"저놈의 몸에서 뜬 포는 어떻게 했을까? 버렸을까? 응?"

"……."

"안 버려. 아깝게 왜 버려? 그럼 어쨌을까?"

"서, 설마……."

"아마 그 설마가 맞을 거야. 걱정 마. 너도 곧 먹게 될 거야."

"왜, 내게 왜 이러시오! 나는 그대가 누군지도 모르는데!"

웅웅!

적운양의 외침이 공동 가득 울렸다. 그러나 공동에 서 있는 셋, 조휘나 성혜, 그리고 이화는 꿈쩍도 하지 않았다. 성혜는 다시금 감정을 숨긴 눈빛이었고, 이화 역시 초승달 같은 눈매에 착 가라앉은 눈빛으로 적운양과 조휘를 바라보고 있었다. 조휘는? 웃고 있었다.

"그래도 방원은 날 기억하더라고. 뭐, 네가 한 나쁜 짓이 하도 많아서 내가 기억 안 나는 거야 상관없어. 내 목적은 그냥 널 고통스럽게, 잔인하게 죽이는 것뿐이거든. 네 아들이 우리 아버지를 죽인 것처럼, 방원 저 개새끼가 우리 어머니를 죽인 것처럼,

적운양 네가 나를 사지로 몰아넣은 것처럼. 그러니까 기억 못 해
도 돼. 그건 아무런 문제도 안 돼."

"으으, 그게 무슨 말……."

"시치미 떼지 마라. 네 아들이 우리 아버지를 죽였다니까? 방
원 저 새끼가 우리 어머니를 패 죽였고. 너도 날 죽도록 패고 관
에 넘겼잖아? 그리고 열에 여덟, 아홉은 죽어나간다는 뇌주 군
영으로 보냈고. 안 그래, 이 개새끼야?"

"……."

"근데 어쩌냐? 내가 살았거든? 악착같이 버티고 버텨서 살아났
거든? 그래서 이렇게 돌아왔지. 니들 부자랑 방원 저 개새끼 잡
아 족치러."

"……."

으슬으슬한 공간에 울리는 조휘의 독백 같은 말에 공동의 분
위기는 마치 서리라도 내린 것처럼 식어갔다.

한계 이상의 분노가 쌓이면 난폭하게 할 법도 하건만, 이렇게
원수가 앞에 있으면 길길이 날뛰는 게 정상이건만, 조휘는 차분
했다. 너무나 차분해 지켜보고 있는 사람의 팔이며 다리에도 소
름이 쭉쭉 올라올 정도였다.

"걱정 마. 기억 못 해도 돼. 생각해 보니까 왜 죽어야 하는지
도 모른 채 그냥 억울하게 죽는 것도 나쁘지는 않네."

"사, 살려주시오……."

피식.

"벌써부터 살려달라 그러면 어떡해? 아직 시작도 안 했잖아."

조휘는 놈을 다시 질질 끌고 갔다. 질질 끌어다 방원의 바로

뒤에 묶고, 이번에도 쇠사슬로 놈의 몸을 아주 꽁꽁, 절대 안 흔들리게 묶었다. 사지를 단단히 구속하는 그 순간에도 적운양은 살려주시오! 내, 내가 모두 잘못했소! 아니, 잘못했습니다! 그렇게 미친놈처럼 외쳤지만 조휘는 즐거움에 콧노래를 부를 뿐, 반응조차 하지 않았다. 그리고 준비해 온 도구를 놈의 시선이 닿는 곳에 좌라락 풀어놨다.

작은 망치에, 각각 길이가 다른 소도, 송곳 등등.

거의 이십여 개에 달하는 도구들은 조휘가 쓰고 나선 잘 닦아 놓았는데도 이상하게 붉은빛을 띠고 있었다. 단순한 불빛의 반사 때문이지만 적운양의 정신에 거대한 공포감을 엄습시키기에는 충분했다.

"……."

쇠망치 하나를 손에 쥐고 잠시 말없이 바라보다가, 적운양을 힐끔 보는 조휘. 눈이 딱 마주치고 놈과 쇠망치를 번갈아가며 바라보자 적운양의 얼굴에서 점차 핏기가 사라지기 시작했다. 킥! 하는 웃음소리가 작게 들려왔다. 조휘도 아니고, 성혜도 아니었다. 이화의 웃음이었다. 하지만 그 소리에 조휘는 반응하지 않고, 이번에는 소도를 들었다. 소도를 손에 쥐자 적운양이 눈을 질끈 감았다.

"안 봐?"

자리에서 일어난 조휘가 소도를 손에 쥐고 적운양의 앞으로 갔다. 천 쪼가리를 입에 쑤셔 넣고, 스으윽, 허벅지를 그었다.

날이 아주 제대로 든 소도가 정확하게 바짓단만 가르자 몸을 부르르 떨기 시작하는 적운양. 눈을 질끈 감고 안 보고 있지만,

느껴지는 것이다. 허벅지를 위를 노니는 서늘한 예기를 말이다.

"잘 들어. 지금부터 너를 어떻게 할 건지 말해줄게."

"읍! 으읍!"

"일단은 방원처럼 고문할 거야. 살을 포(脯)로 뜬다든지, 포를 뜬 그 살점을 너한테 먹인다든지, 온몸의 뼈를 조각낸다든지. 어쨌든 고문할 거야. 죽고 싶은 생각이 들도록, 아니 차라리 제발 죽여달라고 애원할 정도로."

"으읍! 으으으읍!"

"뭐라고? 잘 안 들려. 아, 입에 든 것 때문에? 안 빼줄 거야, 그건. 혀라도 깨물면 골치 아프잖아? 그다음은 어떻게 할 거냐면, 널 풀어줄 거야. 저 동굴 밖 숲에다가. 도망쳐도 돼. 아니, 당연히 도망쳐야 돼. 나는 쫓아갈 거니까."

"……."

놈이 눈을 뜨고 조휘를 봤다. 이미 겁을 거하게 집어먹은 표정이다. 마음에 든다. 환한 미소를 짓고 있던 조휘가 말을 계속해서 이었다.

"너는 나를 새까만 어둠 속에 집어 던졌어. 타오르는 복수, 찢어지는 고통, 언제 죽을지 모르는 불안감, 하루하루 동료가 죽어가며 느낀 상실감에 정신이 박살 나고 다시 붙기를 반복했지. 망망대해에 떨어진 기분이었어. 그래서 너도 느끼게 해주려고. 숲에 풀어줄게. 필사적으로 도망쳐 봐. 나는 실실 웃으면서 쫓아가줄 테니까. 잡히면 안 된다? 그럼 끝이니까."

"……."

"원래 다 잡으면 제대로 시작하려고 했거든? 근데 네 아들 여기 없잖아? 그 새끼는 나중에 족치기로 하고, 이제 너희 두 놈부터 아주 제대로 해주려고. 오늘부터 시작이야. 오래오래 버텨야 돼, 알았지?"

"⋯⋯."

"제발 부탁이니까⋯ 무서워해 주라."

아주, 아주 많이.

푹.

"끄으으읍!"

역수로 쥔 소도로 놈의 허벅지를 찌른 조휘가 날을 천천히 그어 올렸다. 그냥 그어 올린 것도 아니다. 마치 톱질을 하는 것처럼 그었다.

번쩍번쩍할 것이다.

뇌에서 벼락이 치고 있을 것이다.

"끄읍! 끄으으읍! 끕!"

흐흥.

비명에 화음을 맞추듯이 낮게 콧소리를 내며 조휘는 놈의 허벅지에서 성인 손바닥만 한 크기로 살을 떴다. 소도가 매우 짧아 피부, 지방층만 삭 저몄기에 피가 송골송골 올라올 뿐, 푸숙거리면서 튀지는 않았다.

"자, 적운양. 보여?"

"끄으으으⋯⋯."

입을 틀어막고 있는 천 때문에 적운양은 조휘가 들어 올린 자신의 허벅지 살을 보고도 제대로 답을 할 수가 없었다.

"안 보여? 이제 시작일 뿐인데, 제발 이러지 좀 말자."

응?

미쳤다.

아주 제대로 미쳤다.

이건 절대로 정상이 아니었다. 하지만 조휘에게 정상을 강요할 수 있는 사람도 없었고, 강요해서도 안 됐다. 전쟁을 치러온 조휘다. 일반 백성들은 꿈도 못 꿀, 무려 십 년의 세월 동안 복수심을 불태우며 악착같이 살아남았다. 이런 조휘에게 자비를 베풀라고? 그 누구도 그럴 권한이 없다.

이건 오로지 진조휘와 방원, 적운양, 적무영이 풀어야 할 일이기 때문이다.

조휘는 놈의 입에서 천을 빼내고, 바로 손에 든 살점을 입에 대신 넣었다. 그러고 나선 놈의 입을 탁 막았다.

"읍! 으으읍!"

"씹어."

"으으읍! 으읍!"

"씹으라고."

"으으으으으읍!"

"씹으라고!"

쩌렁!

공동 가득 울리는 조휘의 일갈에 적운양은 발악을 뚝 멈췄다. 그리고 치켜떠진 눈동자로 조휘를 보고는, 바짝 얼어버렸다.

흉신, 악살.

마귀, 악마.

그 어떤 단어를 가져다 붙여도 될 얼굴을 한 조휘가 입가를 비틀어 올린 채 눈을 희번득 뜨고는 노려보고 있었다.

"씹어……."

그만 지랄하고.

"으으으으……."

적운양의 입에서 가는 신음이 흘러나왔다. 그러자 조휘가 또 한마디 했다.

"이제 시작이니까 제발 짜증나게 좀 하지 마."

이게 시작?

처음부터 아주… 빡세게 가는 조휘다. 그리고 그런 조휘를 보고 있던 이화가 결국 한마디를 하고 말았다.

"이야… 제대로 미친놈이었네?"

그렇게 말하는 이화의 눈도 정상은 아니었다. 아니, 이 공동 안에 정상인은 한 사람도 없었다.

*　　　*　　　*

이틀, 적운양을 잡아온 지 이틀이 흘렀다. 조휘는 여전히 적 운양을 고문했다. 주기는 제각각, 따로 정해둔 시기 없이 고문이 이루어졌고, 단 이틀 만에 적운양의 정신은 극한으로 내몰렸다 가 추락했다.

와장창!

추락이 끝난 후 놈의 정신은 완전히 박살 났다.

"으어어……."

침을 줄줄 흘리는 적운양은 이미 정상이 아니었다. 자신의 살을 씹어 먹기를 수십 번, 인격이 버틸 수가 없었다. 애초 이화매에게 잡히면서 기세는 아예 산산조각이 나서 조휘에게 왔다.

그러니 조휘의 잔혹한 복수에 이틀도 버티지 못한 채 미쳐버렸다. 혼이 육체를 빠져나갔다… 라고 설명하면 딱 맞을 것이다.

"무슨 생각 하세요?"

모닥불의 건너편에 앉아 있던 성혜가 물어왔다. 그녀는 그날이후, 소산으로 돌아가지 않았다. 방원은 아직도 살아 있다. 이제 정신적, 육체적 한계에 몰린 방원이다. 하지만 아직 죽지는 않았다. 그래서 그녀는 아직 이곳을 떠나지 않았다. 물론 적운양에 대한 복수도 보고 갈 생각이었다.

이화는 없었다.

어제 조휘가 처음 적운양을 조지는 걸 본 후 떠나서 아직까지 돌아오지 않은 상태였다.

"그냥, 별생각 없습니다."

"있어 보여요."

시선을 들어 성혜를 바라보는 조휘. 일렁이는 불길을 지나, 성혜의 눈동자가 보였다. 불빛 때문인지, 새빨갛게 보이는 성혜의 눈은 여전히 침착함을 담고 있었다. 하지만 처음과는 뭔가 많이 달랐다.

외로워 보이는 눈빛이고,

허탈해 보이는 눈빛이다.

무언가 감정의 변화가 일어났던 것 같았다. 하지만 조휘는 그걸 묻지는 않았다. 온전히 그녀가 감내해야 할… 일이라 생각했기 때문이다.

"힘드신가요?"

나직하게 건너온 그녀의 질문에 조휘는 고개를 저었다. 힘드냐고? 육체적으로야 힘들다. 아직 상처도 아물지 않았으니까. 움직일 때마다 온몸이 쑤시는 통증이 찾아온다. 격렬하게 힘을 쓰면 겨우 아문 상처가 다시금 터지기도 했다. 그래서 조휘는 놈들이 마시는 만큼, 본인도 탕약을 마셨다.

체력을 유지하기 위함이었다.

그렇게 육체적으로는 힘들었지만, 정신적으로는 힘들지 않았다. 오히려 즐거웠다. 그리고 약간의 자책감이 있을 뿐이다. 성혜가 힘드냐고 물은 건, 아마 정신적인 문제 때문일 거라 예상됐다. 그렇기에 이런 답을 내주는 조휘.

"아니요, 그렇지는 않습니다."

"저는 힘들어요."

그런 조휘에 답에 예상외의 답을 주는 성혜다. 힘들다고? 그렇게 복수에 불타던 성혜가? 조휘가 대답 대신 가만히 바라보기만 하자, 성혜가 고개를 푹 숙였다.

"복수란… 너무 힘든 거군요. 제가 너무 안일했어요. 처음에는 그냥 찢어 죽이면 되는 줄 알았는데……."

"포기하고 싶습니까?"

"아니요, 그건 아닌데. 그냥 힘들어요."

"독심이 가라앉기 시작했군요."

"……."

조휘는 감히 말할 수 있었다. 복수란 상당히 힘든 일이다. 웬만한 독심을 가지고는 제대로 할 수 없는 게 바로 복수다. 생명에 대한 복수는 생명으로, 고문에 대한 복수는 고문으로, 파멸에 대한 복수는 마찬가지로 파멸로 되갚는다.

그게 조휘의 지론이고, 성혜도 찬성한 방식이다.

'아무것도 모르던 여자가 살을 찢고, 그걸 먹이고……. 힘들지. 제정신으로는 힘든 일이지. 여태껏 내색하지 않은 것만 해도 대단한 거야.'

하지만 결국 정신적으로 버티기 힘든 지경까지 왔다.

"지금 이게 잘하는 건지, 누가 알아주기는 하는지, 이렇게 해서 남는 게 뭐가 이는지. 이런 생각들이 드십니까?"

"……."

조휘의 질문에 대답 없이 고개만 끄덕이는 성혜.

"부모님은요?"

"작년에……."

돌아가셨다는 뜻.

"그분들이 원치 않을 것 같나요? 우리 일은 잊고, 당신은 깨끗하게 살기를 원하실 것 같나요?"

"……."

이번에도 역시 대답하지 못한다. 과연 이 여자가 복수를 원했던, 적운양의 복수를 지켜보게만 해달라고 했던 여자가 맞나? 뒷간에 들어갈 때랑 나올 때의 마음이 다르다고 했다. 언제고 마음은 변할 수 있다는 소리다.

그건 조휘도 아는 사항이니 뭐라 할 생각은 없었다.

"못 하겠다면 돌아가십시오. 저는 아직 끝낼 생각이 없습니다."

크진 않지만 단호한 조휘의 말에,

"꿈에 아버지, 어머니가 나오셨어요. 웃으면서 이제는 행복하게 살라고 하시더니… 떠나가셨어요."

역시 이유가 있었다.

이유 없는 변화는 없다. 당연히 그에 합당한 이유가 있어야 애초의 마음이 변하는 것이다.

"그럼 내일 아침에 떠나십시오."

"……."

성혜는 대답하지 않았다. 아니, 정확하게는 하지 못한 것이다. 입술이 옹알거리는 걸 조휘는 봤다. 뭔가 하고 싶은 말이 있었던 것 같지만 그걸 참았다. 결국 내뱉지 않았다는 것은 좀 전의 자신의 말에 반박하지 못했다는 뜻으로 조휘는 받아들였다.

"더 할 말은 없겠군요."

"……."

이번에도 답은 없었다. 자리에서 일어난 조휘는 다시 동굴로 들어갔다. 조휘가 동굴로 들어가면 항상 따라 들어오던 성혜는 그 자리에서 움직이지 않았다. 하염없이 타들어가는 불빛을 바라보고 있었다.

제21장
각자의 처형 방식

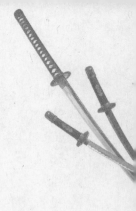

항주.

항주는 소산이 약탈을 당했는데도 여전히 시끌벅적했다. 하지만 일단의 무리의 등장으로 순식간에 고요해졌다. 그러나 곧 다시 웅성거리기 시작했다.

"이 제독?"

"어딜 가는 거지?"

"표정, 표정 봐……."

"저거… 뭔 일 터뜨릴 때의 표정 아니야?"

"누구 하나 또… 작살나겠구만."

그들이 본 것처럼, 지금 거리를 장악하고 있는 무리는 오홍련이었다. 수는 총 이백여 명에 달했고, 가장 선두에는 총 제독, 이화매가 있었다. 그런 그녀의 뒤로 양희은과 최측근들이 따르고 있었다.

이화매는 웃고 있었다. 입가에 호선을 적나라하게 그리고 걷고 있었는데, 항주 사람들은 안다. 저 표정은, 반드시 누구 하나 황천(黃泉)으로 보낼 때 짓는 것이라는 사실을.

"양 부관."

"네."

"먼저 가라. 어쩌면 우리의 행차를 듣고 강량 그 새끼가 튈 수도 있으니까."

"네!"

양희은이 앞으로 나서자, 왜의 무사 유키, 이안이 붙었다. 그리고 둘이 손을 들자 오홍련의 무리 중 일부가 둘의 뒤로 가서 섰다. 이후, 양희은이 달리기 시작했다. 무려 오십에 달하는 무리가 쏜살같이 도로를 뚫고 내달렸다. 이화매의 걸음은 변하지 않았다. 표정도 변하지 않았다. 서늘한 미소를 유지한 채, 목적한 곳을 향해 걸었다.

그렇게 이각. 이각 만에 이화매는 강량의 저택에 도착했다. 항주 내에서도 수위에 들어가는 거대한 저택이다. 잠깐 저택 앞에 선 이화매는 생각했다.

'뒷구멍으로 그런 짓을 하면서도 이런 저택에서 여태 호의호식하며 살았다는 거지?'

강량 도독첨사.

왜와 내통한…

"개새끼……."

사지를 갈가리 찢어버려도 시원찮을 새끼다. 방원과 적운양을 양보한 이화매의 분노는 온전히 강량이 받아야 할 것이다.

박살 난 대문을 통해 들어가자, 이미 양희은이 강량의 경비병은 물론 개인 호위까지 모조리 잡아 마당에 꿇려 놓았다. 가장 앞에는 산발이 된 강량이 있었다. 이화매는 곧바로 강량에게 다가갔다.

"이게 무슨 짓이오!"

강량은 이화매를 보자마자 거칠게 항의했다. 얼굴은 붉게 달아올랐고, 쥐새끼처럼 기른 수염은 파르르 떨리고 있었다. 누가 봐도 분노한 모습이다.

"무슨 짓이냐고?"

피식.

미쳐 가지고, 지금 당장 죽여 달라고 떼를 쓰는구나?

빡!

"컥!"

이화매는 발등으로 강량의 턱을 후려갈겼다. 철퍼덕 넘어가는 강량의 머리채를 잡고, 바닥에 몇 차례나 처박았다.

퍽!

퍽퍽!

악악! 소리를 내며 강량이 비명을 질렀지만, 이화매는 멈추지 않았다. 오히려 더욱 머리채를 세게 쥐고 마른 땅바닥에 얼굴을 처박았다. 피가 튀고, 또 튀었다. 주룩, 붉은 피가 냇물처럼 흐르기 시작하고 나서야 멈췄다.

그다음 휙 뒤집어 젖히는 이화매.

"야, 이 개새끼야. 무슨 짓? 너, 지금 무슨 짓이라고 했냐?"

"……."

"또 해봐. 무슨 짓이냐고, 또 한 번 물어봐! 어?"

"크, 크으……."

그녀는 들어오는 순간 장원의 공기 자체를 지배해버렸다.

제왕의 기세.

그렇게밖에 설명할 수 없는 이화매의 기세였다.

"왜, 왜 이러시오……."

그래도 비루 맞은 개의 대장이라고, 항변했다. 하지만 그 소리
는 처음과 달리 매우 작았다. 소심한 이의 항변이라 생각될 정도
였다. 이미 이화매의 기세에 제대로 밀려버렸으니 이 또한 당연
한 일이었다.

강량의 항변에 이화매는 웃었다. 아주 화사한 미소였다. 하지
만 두 눈은 저 하늘 높이 떠 있는 해조차 뚫어버릴 정도로 날카
롭고, 강렬했다. 그리고 달빛에 비교해도 될 정도로 서늘했다.

"왜 그러냐고? 네가 왜구랑 내통해서 이런다."

"그, 그런 일 없소……!"

"없다고? 오홍련의 정보력을 물로 보시나? 이미 싹 뒤집었어.
네놈이 왜랑 손을 잡았다는 증거도 확보했다고."

이화매는 한쪽 손을 상의에 넣어 서신 하나를 꺼냈다. 구겨진
서신을 팔랑팔랑 흔들자 강량의 표정이 눈에 띄게 굳어갔다. 그
런 강량의 표정을 본 이화매가 다시 입가에 비틀린 미소를 걸었
다.

"이게 뭔지 아는 모양이네?"

"모, 모르오……!"

"시치미 떼지 말고. 표정 보니 딱 알고 있는데, 뭘. 네가 소산 근방 기병대에 야간 훈련을 지시한 문서야."

"그, 그게 뭐가 어때서! 훈련은 당연한 일이오!"

"아니, 틀리지. 너는 부서를 관리하지, 이런 훈련 명령을 내려서는 안 돼. 문관이 무관이 할 일에 개입하는 게 말이나 돼? 그것도 훈련 일정에 개입을? 근데 내렸네? 왜, 무엇 때문에? 하필 딱 그때?"

"……."

"더 시치미 뗄래? 해봐, 한번. 이게 끝인 것 같지? 더 있어. 수두룩하게. 원한다면 네 사돈에 팔촌까지 깡그리 조사해 볼까? 얼마나 걸릴 것 같아? 반년? 일 년? 지랄 마. 한 달이면 충분해, 이 새끼야!"

"……."

강량은 입을 싹 닫았다. 그런 모습에 이화매는 후우, 한숨을 내쉬고는 재차 말을 이었다.

"얼마 받아 처먹었냐? 얼마나 받아 처먹고 동족을 버렸는지 어디 한번 들어나 보자."

"……."

강량은 대답하지 못했다. 이미 말린 것이다. 이 침묵은 이화매의 말에 이미 수긍했다는 것과 다름없었다. 그리고 모를까? 오홍련의 정보력을 말이다. 이렇게까지 한다는 건 이미 모든 증거를 가지고 있다는 뜻이었다.

"할 거면 제대로 하지 그랬어……? 응? 왜 걸리냐고……. 너 때문에! 죄 없는 백성들이 수도 없이 죽었고! 내가 공들여 만들

어 놓은 경계선도 모조리 작살났고! 내 자존심에! 너무나 큰 금
이 갔다고……. 이거 어떻게 책임질래? 응?"

"……."

"못 지겠지? 문제 하나 낸다. 자, 나는 너를 살려둘까?"

귀기 어린 이화매의 눈빛과 말에 강량은 침을 꿀꺽 삼킨 이
후, 겨우 한마디를 내뱉었다.

"나, 나는 대명의 도독첨사요……."

큭! 큭큭큭!

그 말에 이화매는 억눌린 웃음을 흘렸다. 마치 재미있어 죽겠
다는 표정이었다. 아하하! 아하하하하! 이후 거침없이 웃어젖힌
이화매가 다시 강량의 얼굴 앞에 자신의 얼굴을 바짝 대고 속삭
였다.

"그래서?"

"……."

"네가 명의 도독첨사인데 뭐 어쩌라고? 정이품의 관직에 있다
고 내가 널 못 죽일 것 같나? 이 이화매가 그런 것에 얽매일 것
같나……? 응? 정말 그렇게밖에 안 보였어? 아아, 하긴, 그러니까
네가 날 물로 보고 내 앞마당에서 이런 미친 짓거리를 했지. 이
야, 내가 그동안 너무 조용히 살았나?"

"……."

"강량, 대가는 치러야지?"

"……."

"대답해 봐라, 강량."

"……."

"강량, 내가 선 자리에서는 내가 황제다."

"……"

"자, 황제인 나에게 대답 좀 해봐, 응? 내가 널 살려둘 것 같냐?"

"……"

할 수 있을 리가 있나. 황제조차 통제하지 못하는 이가 바로 이화매고, 오홍련이다. 산동성부터 광동성의 바다까지. 명의 바다를 온전히 지배하고 있는 건 명의 수군이 아닌 오홍련이다. 무시무시한 금력과 백전연마의 선원들, 그리고 작전부, 개발부, 정보부, 비선, 뛰어난 무인들까지. 이 모든 힘을 실질적으로 이끄는 이가 바로 이화매다.

이곳에선 이화매가 곧 법이다. 제왕, 그 자체였다. 도독첨사? 정이품? 이화매에게는 그저 길가에 굴러다니는 돌로 생각됐다.

그걸 강량도 알고 있었다. 오히려 고위 관직에 있는지라 더욱 확실하게 알고 있었다.

"사, 살려주시오……"

모든 것을 포기한 한마디가 흘러나왔다. 그는 안다. 이제 자신은 살아남을 구석이 없다는 것을.

지금 당장 명군이 출동해도 아마 자신의 목은 떨어질 것이라는 걸, 자신을 살려주라는 황제의 칙명이 떨어져도 아랑곳하지 않고 자신의 목을 칠 이화매라는 걸 아는 것이다.

"개소리하네. 양 부관!"

"네!"

"처형 준비해."

"네!"

이화매의 명령이 떨어지자 즉석에서 처형 준비가 이루어졌다. 죄인을 꿇리고, 이화매가 직접 자신의 칼을 뽑았다. 시퍼런 예광이 햇빛을 받아 지독한 살광이 되었다. 날을 한 번 살펴보는 이화매. 만족스러운지 강량 앞에 서서 주변을 훑어봤다. 귀기 어린 그녀의 눈빛에 주변에 있던 모두가 흠칫했고, 이내 눈을 질끈 감았다. 경고의 눈빛을 감히 받아낼 수 없었던 것이다. 이후 이화매는 칼을 들었다.

"유언 있어? 해봐."

"사, 살려……."

"그거 말고, 유언을 하라고."

"……."

"없나 보네? 그럼 죽어."

그리고… 진짜 내려쳤다.

쉬이익……!

서걱!

보도(寶刀)라 불러도 될 그녀의 칼이 강량의 목을 쳐, 육체에서 떼어냈다. 일말의 망설임도 없는 참수(斬首)였다.

푸슉! 푸슉! 잘려나간 단면에서 피가 뿜어져 이화매의 의복을 더럽혔지만 그녀에게 이 정도야 별일도 아니었다. 이후 칼을 다시 집어넣은 이화매는 주변을 둘러봤다. 솔직히 너무 싱겁게 마무리했지만, 오히려 이렇게 해야 본보기가 제대로 된다는 걸 알았다. 이제 이 이야기는 항주를 넘어 중원 각지로 퍼져나갈 것이다. 왜와 내통한 도독첨사의 집을 쳐들어가 바로 목을 벴다고.

이 일은 당분간 왜와 내통하고 있던, 파악하지 못한 놈들의 목을 잔뜩 움츠리게 만들 것이다. 그래, 본보기와 동시에 경고였다.

헛짓거리하다 걸리는 순간, 이렇게 모가지가 떨어질 거라는 경고. 이 땅 위에선 오직 이화매만 할 수 있는 일이었다.

그렇게 원하는 바를 이룬 이화매는…

"양 부관."

"네!"

"관계된 모든 자들은 참수하라."

"네!"

역시나 자비가 없었다.

소산에 도착해 그녀가 예고했던 피바람, 혈풍이 몰아치기 시작했다. 그리고 그 혈풍은… 관계된 모든 자들의 목을 떨구고 나서야… 멈췄다.

* * *

항주에 피바람이 몰아친 그다음 날 아침. 켜놓은 횃불로 인해 은은한 어둠 속에서 몸을 일으킨 조휘가 처음으로 느낀 건 비릿한 혈향과 탕약의 냄새였다. 매번 일어날 때마다 맡는 냄새이기에 별다른 건 없었다. 시야가 또렷해지자 바로 방원과 적운양을 확인했다.

"어?"

의문 섞인 탄성이 즉각 흘러나왔다. 없다. 방원이, 방원이 없다. 적운양은 있는데 방원은 없었다. 조휘는 순식간에 잠이 싹 가시긴 했지만 당장 상황 파악이 되지 않아 머릿속이 혼란스러웠다.

뭐야.

왜 없어?

꿈인가?

짝!

자신의 뺨을 짝 소리가 나게 양손으로 후려쳤는데도 방원은 없었다. 벌떡 일어난 조휘는 바로 동굴 밖으로 나갔다. 어렴풋이 해는 떠오르기 시작했지만, 사위는 아직 어두웠다.

"여기예요."

"……."

소리가 돌려온 곳으로 고개를 돌리자, 벼랑 쪽에 서 있는 성혜와 방원이 보였다. 방원은 조휘가 손목, 발목의 힘줄을 모조리 끊어버려 바닥에 철퍼덕 엎어져 있었고, 성혜는 그런 방원을 묶은 줄을 쥐고 서 있었다. 벼랑에서 다섯 보 정도 떨어진 거리에서.

둘을 확인한 조휘는 뭐가 어떻게 돌아가는 건지 금방 알아차릴 수 있었다.

"이게 무슨 짓입니까?"

얼굴을 굳힌 조휘의 말은, 성혜의 얼굴에 처연한 미소를 떠올리게 만들었다.

"미안해요."

"무슨 짓이냐고 물었습니다."

"이 방법밖에… 안 떠올랐어요."

"자살 말입니까?"

"……."

희미하게 웃는 성혜. 그 미소에 조휘는 티 나지 않게 입술을 깨물었다. 며칠 전 조휘는 그 대화 이후 솔직히 불안했다. 하지만 성혜는 아무것도 하지 않았다. 그렇기에 조금 안심했는데 오늘 이런 일이 벌어졌다.

조휘는 성혜의 생각이 뭔지 알 수 있었다.

"견디지는 못하겠고… 그렇다고 이대로 끝내는 것도 싫고."

"……."

조휘의 말에 입술을 지그시 깨무는 성혜. 조휘의 말이 정곡을 찌른 것 같았다. 확실했다.

성혜는 힘들었다. 가지고 있던 복수심이 상황을 따라가지 못하고 있었다. 가녀린 성품은 아니지만, 조휘가 보여주는 복수는 정말 상상 그 이상이었다. 그걸 못 따라가는 것이다. 힘들고, 괴롭다.

악착같이 버티고는 있지만 그녀가 배운 윤리와 도덕의식이 계속해서 괴롭혀대는 것이다. 이건 정말 옳은가? 내가 잘하고 있는 게 맞는 건가? 자신이 지금 자행하는 일은 용서가 되는 일인가? 등등…….

그래서 무의식이 움직여, 꿈에서 그녀의 부모님을 만들어냈다. 그만 행복해지라는 말은 아마 성혜 본인의 의식 깊숙한 곳에 잠들어 있던, 아니 갇혀 있던 말이었을 것이다.

행복해지고 싶어.

왜 나는 이렇게 불행한 거야.

그만 힘들고, 나도 남들처럼 살고 싶어.

행복해지고 싶다고.

인간이 가진 아주 당연한 욕망이 기어 나오지만 복수심이라는 것에 막혀 서로 쌈박질을 벌인 것이다. 그 싸움의 여파로 성혜의 복수심에 점점 금이 가고, 그 금이 간 곳을 비집고 윤리와 도덕의식이 스며들었다.

그게 지금의 성혜를 만들었다.

둘 다… 포기할 수 없는 마음.

죽음으로 안식. 이건 곧 행복, 평화.

저승길 동무로 방원을 끌고 가며, 복수의 완성.

자기밖에 모르는… 아주 이기적인 마음이었다.

왜 몰랐지?

짜증이 왈칵 일어났다. 그런 조휘의 표정의 변화를 봤는지, 성혜가 조용히 한마디 했다.

"어제 드신 약에… 길초근을 좀 더 섞었어요."

"……"

약?

신경을 안정시키고 강제로 수면을 유도하는 그 약을 말함이다. 원래 자기 전에 먹던 탕약에도 길초근은 소량 함유되어 있었다. 그런데 거기다 더 넣었다.

"원하는 게 뭡니까?"

"죽여줘요."

묻자마자 바로 답이 나왔다.

죽여달라는 말에 조휘는 성혜의 마음을 알 수 있었다. 지금까지 기다린 이유도 알 수 있었다. 그냥 방원을 끌고 저승길에 오르자니 조휘에게 미안했던 것이다. 이렇게 방원에게 복수할 수 있게 도와준 것도 조휘고, 왜구의 약탈 때 사력을 다해 지켜준 것도 조휘다. 성혜는 그걸 잊지 않고 있어서, 이대로 가기엔 조휘에게 미안해서 기다린 것이다. 자신과 방원, 두 사람의 목숨을 거둬달라고.

"끝은, 당신이 직접 내주길 원해요."

"……"

끝, 끝이라…….

미치겠다, 진짜.

동녘에서 떠오른 해가 이제는 수평선 너머에서 중천을 향해 가고 있었다. 사위가 밝아지고, 성혜의 표정이 점점 잘 보였다. 입가에 가느다랗게 맺혀 있는 미소. 그와 반대로 미안함과 슬픔을 동시에 간직한 눈빛.

"어떤 말을 해도… 마음을 돌릴 생각은 없어 보이는군요."

"……"

조휘의 말에 성혜는 그저 좀 더 미소를 진하게 그렸다. 눈빛도 더 진해졌다. 조휘는 저런 눈빛을 너무 많이 봐왔다. 꼭 저런 눈을 한 놈들은, 출진 이후 다시 군영으로 복귀하지 못했다. 열에 아홉은… 세상과 이별을 한다.

그래서 조휘가 제일 싫어하는 눈빛이다. 조휘는 지금 자신이 어떤 선택을 해야 하는지, 어떤 방법을 취해야 하는지 생각해 봤다.

근데 해봤자, 답은 하나밖에 없었다.

"이게 당신에게 도움이 됩니까?"

"……."

설득이다.

설득을 하는 이유는, 성혜도 성혜지만, 방원을 저렇게 보낼 수가 없기 때문이다. 조휘는 방원에 대한 끝을 이미 생각해 봤다. 아니, 처음부터 정해져 있었다. 어머니가 돌아가셨던 것처럼, 패죽일 생각이었다.

정말 죽을 때까지.

그런 놈을 성혜와 함께 가게 둘 수가 없었다.

"말해보십시오. 이게 당신의 행복에, 마음의 안정에 도움이 됩니까?"

"돼요……."

"저는 안 됩니다. 이렇게 당신도, 방원도 보낼 수는 없습니다. 이렇게 보내면… 아마 나는 미칠 겁니다. 내가 생각한 복수는 절대 이렇게 끝낼 수 없거든……."

말은 점차 격해져서, 성혜에게 지키던 예의조차 사라지게 되었다. 설득을 하는 건지, 협박을 하는 건지 모를 지경이었다. 아마도 후자에 가까웠다. 설득을 해야 하는 게 맞지만, 지금 조휘의 심정이… 설득이 불가능할 정도로 푹 꺾여 있었다. 이성보다 감성이 너무 앞선 상태란 소리다.

"이건 말해주지. 만약 당신이 그 새끼를 끌고 뛰어내린다면… 나도 같이 뛸 거야. 그리고 당신보다는 아마… 방원 그 새끼를 구하겠지."

"……."

성혜는 조휘의 말에 대답도 하지 않고 놀라지도 않았다. 마치 당연히 그럴 줄 알았다는 표정이다. 상관없나? 이유는 바로 뒤에 나왔다. 성혜가 소도를 방원의 목에다가 가져다 댄 것이다. 조휘가 두 놈을 고문할 때 썼던 작은 소도다. 작지만, 아주 잘 든다. 고문 도구는 전부 공을 들여 벼려 놓았기 때문이다. 어린아이의 힘만 있어도 목살은 아주 쉽게 가를 것이다.

"그 칼… 치우는 게 좋을 거야."

"그러니까, 그냥 당신의 손으로 해주면 안 되나요?"

"거절하지. 방원은 결코 못 내줘."

"당신은 정말… 무서워요."

언젠가부터 성혜는 조휘를 무사님 대신 당신이라고 불렀다. 좀 더 가까워졌다는 의미라 그냥 뒀는데, 지금 당신이란 말을 들으니 이건 무슨… 조휘에게 배반당한 성혜가 자살하려 하는 꼴 같았다.

꿈틀.

조휘의 예민한 감각에 뭔가가 잡혔다. 아주 작은 소음이다. 진원지는 꽤나 멀다. 상당히 먼 곳에서부터 일어난 부스럭거리는 소리다. 조휘는 이곳으로 오고 있는 사람이 있다는 걸 느꼈고,

시선을 그쪽으로 돌렸다.

덩달아 성혜의 시선도 조휘의 시선이 가는 곳으로 움직였다. 조휘가 항상 이동하던 길이었다.

이화?

맞긴 맞는데, 이화 혼자가 아니었다.

반다경 정도가 지나고 모습을 드러낸 이는 이화와 유키의 호위를 받으며 온 이화매였다. 동굴 앞까지 도착한 이화매는 조휘와 성혜를 번갈아 바라봤다. 상황을 파악하기 위함이었고, 파악은 금세 끝났는지 고개를 절레절레 저었다.

"미치겠군. 내가 지금 무슨 짓을 한 건지⋯⋯. 이번에는 정말 후회스럽군."

"⋯⋯."

"⋯⋯."

조휘는 무슨 말인지 알기 때문에 침묵했고, 반대로 성혜는 무슨 소린지 몰라 침묵했다. 이화매는 성혜 쪽으로 다가갔다.

"오지 마요!"

빽! 나온 말에 이화매는 바로 걸음을 멈췄다. 그러고는 손을 들어 올렸다. 아무 짓도 하지 않는다는 무언의 몸짓.

"성혜?"

"누, 누구세요?"

"나? 당신을 저 남자에게 소개한 사람."

"네?"

"당신을 소개한 게 나라고. 한매를 시켜 당신의 정보를 마도에게 노출시킨 사람."

"……"

"하아… 어쩌다 이 지경이 됐는지. 내 욕심이 이렇게 만들 줄 알았다면 욕심내지 말아야 했거늘."

이화매는 고개를 다시 절레절레 저었다. 맞는 말이다. 이화매의 결정에 의해 양희은이 움직였다. 작전부가 내놓은 것을 따라 마도의 복수를 더 빨리 끝내게 만들 조력자를 찾아 소개한 것이다.

대상은 성혜 혼자가 아니었다. 설마 소산현 전체에 방원에게 이런 일을 당한 게 성혜 하나이려고. 당연히 더 있었고, 그 전부가 소개해줄 후보였다. 성혜는 수신루의 후보 중 하나였을 뿐이다.

"뛰어내리지는 마. 이건 정말 부탁이야. 당신이 자살하면… 이번에는 다른 의미로 너무 힘들 것 같거든."

"다, 당신이랑은 상관없어요!"

"있어. 방원의 악행을 알면서도 봐줬어. 저 사내를 얻기 위해서. 내가 알아차렸을 때, 성혜, 아니 양홍(梁哄), 당신의 집안에 대한 작업이 중간 지점을 넘었거든. 그때 즉각 처리했어야 하는데……."

이화매의 시선이 조휘에게 넘어갔다. 조휘는 그 시선을 느꼈지만 여전히 성혜에게 집중하고 있었다.

성혜, 아니 기명(妓名)이 아닌 본명으로 양홍. 양홍은 조휘를 바라봤다. 이게 무슨 소리인지, 눈을 끔뻑이고 있었다.

"내가 누군지 알지?"

"그, 오홍련의 이화매 제독님……."

"정답. 맞아. 그대 집안에 대한 일은 나에게도 책임이 있어. 제재를 좀 더 제대로 해놔야 했는데 어설펐나 봐. 결국 당신의 집안도 피해를 입었지."

"……."

입술을 꾹 깨물고 양홍이 다시 조휘를 봤다. 조휘는 아무런 말도 하지 않았다. 이화매가 잘 설득하고 있다고 느꼈기 때문이다. 괜히 끼어들어 초를 칠 생각은 없었다.

"나에게도 책임이 있으니, 그걸 갚아야 돼. 나는 이런 일은 결코 못 넘기거든. 양홍, 나에게 그 잘못을 갚을 수 있게 해주면 안 되겠어?"

"……."

"그대는 할 만큼 했어. 이제 그만 내려놓고, 행복하게 사는 것도 좋겠지. 그 행복을 내가 찾아주겠어. 이건 부탁이야."

그러더니 고개를 숙이자, 양홍이 화들짝 놀랐다. 천하의 이화매다. 오홍련의 총 제독인 이화매가 직접 고개를 숙여 부탁하니… 몸 둘 바를 몰라 했다. 오홍련은 해안선을 탄 모든 현에서 절대적인 지지를 받지만, 그중에서도 거의 광신도라 할 수 있는 건 당연히 여성들이었다. 신체적인 열세임에도 불구하고 바다를 주름잡는 오홍련의 총 제독이 된 이화매. 입지전적인 인물이고, 동경의 대상을 뛰어넘는 존재 가치를 가졌다. 서문영이 그랬던 것처럼 양홍도 다르지 않았다.

스윽.

이화매가 한 발을 내디뎠다. 그런데도 양홍은 다가오지 말라는 말을 하지 않았다. 다시 한 걸음, 또 한 걸음. 이번에는 두 걸음, 세 걸음. 그리고 마지막 한 보. 양홍에게 다가간 이화매가 손을 뻗어 소도를 쥔 손을 살며시 덮었다.

"고마워, 양홍."

"……"

"내가 그대를 행복하게 해주지. 이 세상… 어떤 여자보다도 더."

"……"

이후 소도를 빼앗아 휙! 벼랑으로 던져버리는 이화매. 조휘는 그걸 보며… 그냥 어이가 없었다.

"질질 끄니까 이런 일이 생기는 거야."

"……"

"이제 그만 속박을 끊어."

"……"

제22장
집행(執行)

"후우……."

그 말에 조휘는 수긍할 수밖에 없었다. 너무 질질 끌었다는 건 이미 충분히 자각하고 있는 사실이었다. 그 말을 끝으로 그녀는 왔던 길을 되돌아갔다. 조휘는 바닥에 엎어져 있는 방원에게 시선을 줬다.

"그래… 너무 질질 끌었어."

움찔.

엎어진 방원에게서 미약한 반응이 있었다. 조휘의 말을 들은 것 같았고, 그게 어떤 의미인지도 잘 아는 것 같았다. 조휘는 타다 만 장작 하나를 손에 쥐고 방원을 일으켜 세웠다.

힘없이 무릎 꿇고 있는 방원.

"고개 들어."

"……."

대답은 없었지만 고개는 느릿느릿 올라왔다. 주르륵, 눈가를 타고 흘러내리는 물방울을 보며 조휘는 피식 웃을 수밖에 없었다. 울어? 기가 찰 뿐이다.

"끝내자."

"……."

빡!

"끄륵……."

한 방에 정수리고 터지고, 단말마와 함께 방원의 신형이 뒤로 풀썩 넘어갔다.

빡! 빠악!

이후, 수십을 넘어 수백에 가까운 타격음이 터졌다. 방원의 육신은 짓뭉개져 형체 자체가 일그러졌다. 인간이 아닌, 가히 고깃 덩이에 불과한 모습으로 변했다. 미친놈… 미쳐도 정말 단단히 미친놈.

시뻘건 선혈과 희멀건 선혈을 동시에 얼굴, 옷 곳곳에 묻힌 조휘는 양팔이 저릿저릿해지고 나서야 몽둥이질을 멈췄다.

이로써…

"하나는 끊어 냈고."

이제 두 번째 속박을 끊을 차례였다.

이전 같은 실수는 이제 없다. 질질 끄는 것도 이제 끝났다. 마음을 단단히 다잡은 조휘는 다시 동굴로 들어갔다.

흐으……

공동에 가까워질수록 들려오는 통곡은 웬만한 강심장의 혼도

쏙 빼놓을 정도로 소름 끼쳤지만, 조휘에게는 아무런 영행도 끼칠 수 없었다. 조휘는 공동에 도착해 사방에 불을 밝혔다. 어둠은 가장자리로 쏙 물러나 혀만 날름거렸다. 언제고 다시금 영역을 확장하기 위해. 이러한 어둠 때문에 공동의 분위기는 정말… 끝내줬다.

"적운양."

"……."

"깨어 있는 거 알아."

"주, 죽여……."

죽여 달라고?

사지근맥은 끊겼다. 바로 어제 끊어버렸다. 놈은 겨우 걷고, 겨우 젓가락질을 할 정도의 힘밖에 없었다. 아니, 그것도 아마 불가능할 것이다. 웬만큼 재활 훈련을 하지 않으면 아마 평생 병신으로 살 수밖에 없다. 조휘가 딱 그 정도로 놈의 근맥을 갈라 놨기 때문이다.

"방원은 좀 전에 갔어."

"나, 나도……."

"진짜 신기하네. 어떻게 너 정도의 놈이 여태까지 멀쩡했는지 몰라. 뒈져도 이미 예전에 뒈졌어야 정상인데……."

조휘가 보기에 적운양은 능력이 없었다. 이번 소산의 일만 해도 그렇다. 정말 어쩜 이리 생각이 짧았을까? 오홍련을 무시해도 유분수지, 겨우 그 정도로 평판을 세탁한다고? 말도 안 되는 소리다. 그래서 의문이 든다. 대체 어떻게 지금까지 세를 불리고 유지했는지. 이 정도면 꼬리는 이미 예전에 밟혔어야 정상인데……. 조휘는 어느 정도 답을 찾을 수 있었다.

"뇌물의 힘밖에 없겠지, 뭐. 가능하긴 했겠어."

뇌물이 가지는 힘은 어마어마하다. 없는 사실도 만들어 사람 인생 하나는 가볍게 조져버린다. 조휘가 직접 겪어봤기에 아주 잘 안다. 조휘는 놈의 사지를 구속하고 있던 쇠사슬을 하나씩 풀었다. 철그렁, 하는 소리가 공동에 잔잔하게 울려 퍼졌다. 조휘는 놈을 끌어서 다시 동굴 밖으로 나왔다.

"내가 전에 얘기했지? 널 죽이는 방법."

"흐으……."

침만 줄줄 흘리는 적운양을 보던 조휘는 살짝 인상을 찌푸렸다. 놈의 이지가 정상이 아니었기 때문이다. 끝내더라도 이렇게는 안 된다는 생각이 머릿속을 스쳤고, 조휘는 다시 동굴로 들어가 정신을 확 깨게 하는 약재를 찾아 밖으로 나왔다. 그러자 보이는 건 바닥을 벅벅 기어 벼랑 쪽으로 향하고 있는 적운양이었다. 이놈, 자살할 생각인 것 같았다. 하지만 그건 쉽지 않을 거다.

천천히 걸어 놈에게 다가가 머리채를 잡아채자, 아으윽… 힘없는 신음을 흘리며 미약한 발버둥을 쳤다.

다시 놈을 제자리로 끌어다 놓고, 사발에 약을 짓이겨 물을 조금 탄 다음 놈에게 먹이는 조휘.

그리고 평탄한 바위에 걸터앉아 턱을 괴고 기다렸다. 일다경 정도 기다리자 부르르 떨던 적운양이 온몸을 비틀어 상체를 세웠다. 놈에게 먹인 건 각성 효과가 있는 약재다. 정신이 아주 번쩍 드는.

"악마구나……."

큭!

처음 나온 말에 조휘는 실소를 흘리고 말았다. 악마라니… 이
건 무슨 농일까? 웃으라고 한? 저게 진심이면 더욱 골 때리는 놈
이다.

"네가 할 말은 아니지, 적운양. 그리고 누가 날 악마로 만들었
는데? 너잖아? 네가 키운 악마가 주인을 물어뜯는 상황인 거야,
이건."

"적어도… 나는 이러지 않았다!"

"뭔 개소리야……. 그럼 나를 뢰주 군영으로 보낸 건? 방원에
게 다 들었어. 악명 높은 뢰주 군영으로 보내라고 시킨 게 너라
는 걸. 너도 내가 거기서 처절하게 울부짖다가 죽길 바랐던 거
아니야? 맞는 것 같은데?"

"……."

꼭 이런 놈들이 있다. 지 잘못은 생각도 안 하고… 지 생각만
하는… 이기적이고 비열한 개자식들. 지가 당한 일만 억울하고,
지가 한 일 때문에 남이 당한 일들은 아주 조금도 신경 쓰지 않
는 개새끼들.

나만 억울한 새끼들.

근데 이건 어쩔 수 없었다. 이놈들은 이렇게 살아왔다. 남을
생각하는 삶 자체를 살지 않았다.

지금 뭐가 잘못됐는지 그 자체를 아마 모를 거다.

"세상일이 모두 원하던 대로 잘 풀리니까 네가 대가리가 좋은
줄 알았나 봐? 꼬리가 길면 밟힌다는 옛말도 있어. 이런 건 배우

기나 했나? 아니, 알았으면 이렇게 살지도 안 않겠지."

"……."

담담한 말과 달리 눈빛은 정상이 아니었다. 초승달처럼 휜 눈매 속에서 빛나는 눈동자. 넘실거리는 광기가 담겨 있었고, 적운양은 그런 눈빛에 완전히 짓눌려 아무런 말도 못 하고 있었다. 기세에서 완전히 눌려버린 것이다. 이미 방원마저 죽여 버리고 끝장을 보기로 했으니, 변하는 거야 당연한 일이었다.

"너랑 무슨 말을 더 할까. 혹시 있어, 나한테 하고 싶은 말? 없으면 슬슬 시작하자."

"으으……."

"없나 보네. 시작한다, 그럼."

조휘는 자리에서 천천히 일어났다. 소도를 다시 쥔 조휘가 놈의 턱을 잡고, 꾹 눌렀다. 크엑! 하고 나오는 신음은 무시하고, 혀를 잡아당기는 조휘.

"혀 깨물면 곤란하니까."

"으엑! 키에엑!"

마구 발버둥을 치지만 그런다고 조휘의 아귀힘을 당해낼 수 있을 리 없었다. 이미 사지근맥이 적당하게 썰려 힘도 안 들어가기 때문이다. 스윽, 슥. 소도가 혀에 닿고, 천천히 상하 운동을 시작했다.

크에에엑!

미친놈처럼 광란을 일으키지만 조휘는 멈추지 않았다. 그냥 아예 썰어버리는 조휘. 각성 효과가 있는 약을 처먹었기 때문에 아주… 미칠 지경일 것이다. 온몸의 세포가 비명을 지르는 느낌.

뚝.

결국 완전히 잘린 혀가 바닥에 뚝 떨어졌다.

조휘가 손을 놓자 놈은 바닥을 마구 뒹굴었다. 고통에 못 이겨 온몸으로 지랄 발광을 떠는 걸 보고 조휘는 피식 웃고 말았다.

"아파? 겨우 그 정도로? 수없이 많은 사람들의 삶을 파탄 내고 너는 겨우 이 정도에 아프다고 지랄하는 거야? 어이가 없네."

크아! 크아아아!

괴성인지, 고통에 찬 비명인지 모를 신음이 계속 흘러나왔다. 그런 놈의 움직임을 우뚝 멎게 하는 조휘의 말이 뒤이어 날아갔다.

"그만 지랄해. 또 살 떠버리기 전에."

"……."

신기하게도 이 말에는 딱 멈춰 버린다. 이미 경험으로 지금 조휘의 말이 허언이 아님을 아는 것이다. 포를 뜬다 하면 뜨고, 사지근맥을 자른다 하면 자른다. 그게 조휘라는 걸 여태 제 몸을 통해 여실히 느꼈으니 아파 죽겠어도 우뚝 멈춘다.

"자, 이제 도망쳐. 지금 안 도망치면 여기서 나랑 영원히 살지도 모르니까."

흐으, 흐으으…….

놈이 기기 시작했다. 벼랑이 아닌 숲 쪽이었다. 죽을 걸 알면서도, 조금이라도 살고 싶어 하는 발악이었다. 아니, 그 반대인가? 죽기 위해 도망가는 걸까? 조휘는 그건 아닐 거라고 생각했다. 놈은 제 목숨을 포기할 놈이 아니니까.

"난 일각 후에 출발할게. 멀리멀리 가줬으면 해."

수풀로 사라지는 놈의 귀에 들어간 조휘의 마지막 말이었다.

잠시 놈이 사라진 방향을 보던 조휘가 시선을 다른 곳으로 돌렸다. 벼랑 쪽으로 이어진 수풀이었다.

"그만 나오시죠."

"역시 감이 좋아."

불쑥 튀어나오는 인물은 이화매였다. 양홍을 데리고 간 줄 알았는데 근처에 있었다. 조휘는 진즉에 알고 있었다. 양홍은 보이지 않는 걸로 보아 아마 수하들에게 맡긴 것 같았다.

"이번엔 무슨 일입니까?"

"그냥, 마도의 마무리가 보고 싶어서."

"이미 충분히 보지 않았습니까?"

"방원 그놈의 몸뚱이를 대충 봤지. 아주 제대로 포를 떴던데?"

후후.

나직하게 들려오는 웃음소리에도 조휘는 별다른 대꾸를 하지 않았다. 조휘는 방원의 사지근맥을 포함해 온몸을 아주 포를 떴다. 정상적인 부분은 단 한 군데도 없었다. 심지어 엉덩이, 항문 근방까지 포를 떠버렸다.

아주 얇게, 절대 죽지 않을 정도로. 그렇게 포를 뜬 다음 외상 약을 바르고 천으로 감아줬다. 이후 친절히 약까지 먹었다.

오래오래 사시라고.

"마도의 분노는 무섭군. 이거 절대 너와 척을 져서는 안 되겠어."

"이미 한 번 진 것 같습니다만?"

"그건 어쩔 수 없었어. 너와 내가 만족할 수 있는 방법이 그것 밖에 없었으니까."

"지금이야 인정합니다만, 당시는 상당히 짜증났습니다."

"후후, 나는 어땠겠어? 나도 그런 방법은 좋아하지 않아. 되도록 부드럽게 마도를 포섭하고 싶었다고."

"실패했습니다."

"인정하지. 후우, 그보다 저 새끼를 잡고도 시간이 더 필요한가?"

"그럴 것 같진 않습니다만."

"좋아. 그럼 첫 번째 작전을 의뢰하지."

"벌써 말입니까?"

"그래. 절대 그냥 넘어가서는 안 될 정보가 어제 들어왔거든."

"……"

조휘는 눈을 가늘게 뜨고 이화매를 바라봤다. 이화매도 마찬 가지였다. 좀 전의 약간 생글생글하던 표정은 이미 온데간데없었고, 오홍련의 총 제독만 있었다. 사적인 대화, 농은 끝내고 본론이 나온 것이다.

"끝내고 듣겠습니다. 지금은 방해받고 싶지 않으니까."

"기다리지."

"네."

조휘는 풍신을 챙기고, 수풀 쪽으로 걷기 시작했다. 항주에서 기다리겠다던 이화매가 다시 돌아온 이유는 아직 듣지 못했다. 의뢰에 대한 얘기는 좀 전에 들었지만 어째 이게 끝은 아닐 것 같았다.

'내가 도망갈까 봐?'

피식.

그럴 여자는 아니었다. 도망간다고 해봐야 부처님 손바닥 안이다. 이미 자신에 대한 인상착의는 모조리 퍼져 있다. 어디로 튀건 금방 걸릴 게 분명했다. 그러니 도망갈 생각은 없었다. 또한 적운양을 양보하면서 내건 조건은 지킬 생각이었다. 그건 정말 이화매가 양보해준 게 맞으니까.

'그만, 집중하자.'

이제 적운양의 마지막에 집중할 때다.

'멀리도 갔네.'

저 앞에서 소리가 들리고 있었다.

'역시……'

무능력이다.

조휘였다면 차라리 어딘가에 몸을 숨겼을 것이다. 소리가 나게 계속 도망쳐 봐야 오히려 발각될 확률만 높인다. 그럴 거면 차라리 숨는 게 낫다. 물론 그런다고 못 찾을 조휘도 아니지만 어쨌든 확률 자체만 놓고 보면 그게 더 낫다는 소리다. 그런데 적운양은 그냥 바닥을 기어 도망치고 있었다.

이런 경험 자체가 없으니 판단조차 불가능했고, 그래서 그냥 조휘에게서 조금이라도 멀어지려 하고 있었다.

"적운양……?"

조휘의 입이 벌어지며 다시금 특기라 할 수 있는 분위기를 잡는 작업이 시작됐다. 으스스한, 아직 별도 제대로 들지 않는 숲속에 나직한 조휘의 말이 퍼져 나갔다. 적지 않게 말했으니 아마 미약하게나마 적운양이 들었을 수도 있겠다.

"잘 숨어야 돼……?"

조휘의 두 번째 말에 저 앞에서 부스럭거리던 소리가 우뚝 멈췄다. 듣고 멈춘 것이다. 느껴졌다, 극도의 긴장감이. 물론 조휘의 긴장이 아닌, 놈의 긴장감이. 조휘는 일부로 방향을 틀었다.

"거기 있어……?"

소리의 방향이 틀어지고, 걸음도 틀어졌으니 조휘가 내는 소리는 엉뚱한 곳을 향한다. 아마 지금, 놈은 안도할 것이다. 병신이 아무것도 모르고.

"큭큭큭!"

찾아왔다.

비틀린 웃음을 지은 조휘가 순간 신형을 비틀어 내달렸다.

"크하핫!"

마귀가 썬 소성이 숲을 울렸다. 그러자 숲 한쪽에서 흐엑! 하는 비명이 들렸다.

파바바박!

우직!

조휘의 질주가 만들어내는 소리, 그 질주에 밟혀 박살 나는 나뭇가지. 파르르! 부스럭! 온갖 소리들을 만들어내며 조휘가 적운양에게 짓이겨 들었다.

"적운양……!"

"켁! 크아악!"

탓!

신형이 붕 떴다가 내려가며, 풍신이 놈의 종아리에 그대로 내리꽂혔다. 푹! 관통하며 들어간 풍신이 흙바닥을 깊숙이 뚫고 들어갔다. 적운양은 고개를 젖히고, 끔찍한 고통에 부르르 떨었다.

비명조차 안 나오는 고통.

안 당해 보면 모른다.

샥.

"내가 편히 죽여줄 것 같았지? 흐흐!"

자신의 인생을 박살 낸 마귀에게, 마귀가 되어 복수한다. 조휘가 설정한 상황이다. 소도로 놈의 반대쪽 허벅지를 마구 찔렀다.

푹! 푸북! 푹! 푹! 푹! 푸북!

"크악! 크에엑!"

적운양이 마구 비명을 질렀다. 성인 검지만 한 길이의 소도는 적운양의 오른쪽 종아리를 마구 헤집었다. 살이 찢기고, 근육이 갈라지고, 각성 상태인지라 통각 체계가 마구 요동치며 적운양을 괴롭히기 시작했다.

"아프지? 응? 난 더 아팠어!"

형체조차 남지 않았다. 너덜너덜해진 종아리에서 시선을 뗐다. 이번엔 허벅지다. 붉게 물든 천 위로 다시금 조휘의 잔인한 행위가 시작됐다.

푹! 푸북! 푹! 푹!

일정한 율동을 타면서 내리찍는 조휘의 소도가 허벅지를 완전히 작살내버리고, 그 반대쪽도 마찬가지로 작살낸다. 이제 적운양은 그냥 푸들거릴 뿐, 비명조차 지르지 못하고 있었다.

이렇게 끝?

설마, 그럴 리가…….

미룡혈에 손가락을 대고, 지긋이 꾹! 눌렀다.

"카악!"

곧바로 반응이 왔다.

"흐아! 흐아아!"

잘린 혀가 발음을 방해했고, 피거품만 뿜게 만들었다. 이 정도면 죽어야 하는 것 아니냐고? 맞다, 죽어야 정상이지만 조휘가 워낙 지극정성으로 보살펴 줘서 이 정도로는 죽지 못했다.

조휘는 놈을 뒤집었다.

다시금 각성 상태로 들어간 놈이 애원하는 눈동자로 조휘를 봤다. 그런 놈을 보며 조휘는… 씨익, 미소를 지어줬다. 이후 바로 소도를 내려놓고 놈의 상체에 감긴 천을 모조리 찢어버리고, 그 위에 올라타는 조휘.

"심장… 본 적 있어?"

"크어……."

"뭐라고, 본 적 없다고? 나도 본 적 없어. 우리 같이 구경할까?"

"……."

도리도리.

고개를 젓는 놈에게 조휘는 미소로 다시 답해주고는 놈의 눈 한쪽을 강제로 잡아 치켜뜨게 만들었다.

이후, 다른 손으로는 허리춤에서 좀 더 긴 소도를 꺼냈고, 벼락처럼 놈의 왼쪽 가슴에 찔러 넣은 다음 쭉 그어 내렸다.

칵! 소리가 남과 동시에 손이 갈린 가슴속으로 파고들었다.

푹! 으드득! 부수고, 헤집고 들어간 손이 물컹한 뭔가에 닿았다. 이후 힘을 확 주어 밀어 넣고, 움켜쥔 다음 뽑아냈다.

푸확!

검붉은 덩어리를 놈의 눈앞에 떡하니 갖다 놓는 조휘.

"이게 심장이야, 네 심장."

"어그그……."

"좋은 구경 했지? 큭큭!"

"그으……."

"아쉽다. 원래 이렇게 끝을 볼 생각은 아니었는데."

"……."

우직!

조휘는 힘을 줘, 손에 든 덩어리를 그대로 터뜨려버렸다. 이후 다시 턱을 비틀어 입에 욱여넣었다.

"……."

그러나 반응은 없었다. 심장이 뜯겨 나오는 순간, 이미 적운양은 황천길을 건너갔다.

조휘는 천천히 일어났다. 손을 휙 털자 남은 살덩이들이 날아가 수풀에 달라붙었다.

조휘는 말없이 풍신을 뽑았다. 이후 도집에 집어넣고, 두 손으로 얼굴을 쓸어내리고는 하늘을 올려다봤다.

피가 얼굴에 덕지덕지 붙고 비린내가 코로 훅 들어왔지만 표정 하나 변하지 않았다.

"안 보이네……."

해는 보이지 않았다. 우거진 나뭇잎만 보일 뿐. 찬란한 햇빛을 받으며 감상에라도 빠져보려 했거늘, 그런 것도 들어주지 않는다. 하지만 아쉬움은 잠깐이었다.

셋 중 둘을 잡았다.

"음……."

조휘는 나직한 신음을 흘리며, 속으로는 이런 생각을 떠올리고 있었다.

'나쁘진 않네……'

킥!

킥킥킥!

우뚝 서서 보이지 않는 하늘을 보며 기괴한 웃음을 흘리는 조휘. 그리고 그런 그를 팔짱을 낀 채 조용히 바라보는 이화매. 그녀의 눈빛이 반짝거렸다.

미친 여자가, 미친 남자를 원하는 탐욕(貪慾)으로.

제23장

첫 번째 의뢰

　조휘는 적운양을 죽이고 일주일 뒤에야 오홍련의 거점을 찾아 갔다. 조휘가 도착하자마자 바로 양희은이 마중을 나왔다. 가볍 게 군례를 취하자 양희은도 마주 군례를 하고 안내를 시작했다.

　"이쪽이오."

　"⋯⋯."

　들어서자 보이는 것은 지극히 실용적이고, 전투적이게 설계된 내부 배치였다. 보는 순간 딱 알 수 있었다. 지금 자신이 들어선 문으로 우르르! 뛰어드는 순간, 사방에서 날아드는 화살에 바로 꼬치가 되어버릴 것이다. 보호막으로 쓰기 딱 좋은 벽이 작업 장 소마다 설치되어 있고, 그 뒤로는 전부 노가 걸려 있었다. 양희 은을 따라 계단으로 올라서는데, 앞서 걷던 그가 툭 말을 던졌 다.

"제독이 직접 설계한 공간이오."

"실용적이군요. 전투적이고."

"오, 알아보셨소?"

"정문으로의 침투는 자살행위라는 것 정도는 알아봤습니다."

"후후, 정확하오. 입구는 정문뿐이고, 삿된 마음을 품고 들어서는 순간 얻을 수 있는 건 죽음뿐이오."

"기습당한 전적이 있었습니까?"

"많지, 아주 많소. 현재 오 대에 이르기까지 셀 수도 없이 많다오."

"……."

하긴, 아마 그럴 것이다. 오홍련은 솔직히 말해 적이 많다. 손으로 꼽으라면 정말 셀 수도 없다. 그중 가장 비중이 큰 적은 명황실일 것이다. 대담함을 넘어서 파격적인 행보를 보이는 오홍련을 관(官)에 적을 둔 이들은 아마 절대 좋아하지 않을 것이다.

"경계가 꽤나 심한 것 같군요."

주의를 둘러보니 경계심을 품은 오홍련 단원들의 눈빛이 느껴졌다. 정말 대놓고 보내는 눈빛이라 피부가 찌릿찌릿할 정도였다.

"얼마 전에 도독첨사를 처형한지라, 혹시 모를 명군의 기습에 대비하고 있소."

"도독첨사를?"

그 말에는 조휘도 조금 놀랐다. 조휘가 알기로 도독첨사는 정이품의 고위 관직이다. 아니, 최고위라고 해도 좋을 것이다. 정일품인 도독(都督)의 바로 아래이니 말이다. 그런 도독첨사를 처형

했다고 한다.

고개가 자연스레 저어졌다.

"소산의 약탈을 도왔소."

"음……."

이화매가 도독첨사를 처형한 이유에 조휘는 나직한 탄성과 함께 고개를 끄덕였다. 어느새 오 층에 도착하고, 양희은이 문 앞에서 '마도가 왔습니다.'란 말로 기별을 넣자 바로 '들어와' 하는 대답이 들려왔다.

끼익.

문은 열렸지만 이화매는 보이지 않았다. 저 앞에 거대한 문서, 죽간의 산 너머에서 울린 '잠깐, 거기 아무 데나 앉아 있어.' 하는 소리를 듣고 조휘는 그 말대로 빈자리에 엉덩이를 붙였다. 그리고 주변을 둘러봤다.

장식품이라곤 무기밖에 없었다. 아니, 이건 장식품이 아니었 다. 사용된 흔적들이 보였다. 전부 손때가 묻어 있었다. 아마 함 대를 이끌고 출항할 때마다 사용하는 무기들일 것이다. 가장 눈 에 띄는 건 거대한 참마도였다. 조휘 자신의 신장과 비슷한 참마 도는 과연 저것도 이 제독이 사용했을까? 하는 의문이 들게 할 정도였다.

"늦었군."

서류의 산을 벗어난 이화매가 꺼낸 한마디였다.

"마음을 조금 정리하느라 늦었습니다."

"마(魔)?"

"네."

"좀 진정이 됐나?"

"어지간한 일이 아니라면 괜찮을 겁니다."

"후후, 그렇다면 다행이고. 점심은?"

"아직입니다."

"그럼 밥부터 먹지. 오늘 할 얘기가 많아. 그러니 배부터 채우자고."

"네."

할 얘기가 많다. 많은 생각을 하게 만드는 단어였다. 단순한 작전 지시만 내릴 생각은 아닌 것 같았다. 아니, 그럴 거면 조회에게 직접 찾아오라고 하지도 않았을 것이다. 서신으로 전달만 하면 될 테니 말이다. 그런데 굳이 오라고 한 건, 생각보다 이번 일이 크다는 걸 암시했다.

이화매가 일어나 집무실 한쪽에 쭉 내려와 있던 줄을 두어 번 당기고는 다시 자리로 돌아와 앉았다.

"등과 옆구리에 상처는?"

"슬슬 아물고 있습니다."

"다행이군. 다치지 말라고. 마도, 넌 이제 내 사람이니까."

"할 일이 있습니다."

"적무영?"

"네."

"내가 도와준다고 하면? 그놈, 왜에도 꽤나 깊숙이 몸을 의탁하고 있어. 찾기 쉽지 않을걸?"

"음, 거절하겠습니다. 지옥에 있더라도 혼자 쫓아갈 작정이니까."

"후후, 쉽지 않을 거다. 그놈, 소우진의 곁에 있으니까."

"소우진? 아아……."

툭 하니 정보 하나를 던져주는 이화매. 그 말에 조휘는 인상을 찌푸렸다. 왜구들에 대한 정보는 조휘에게도 꽤나 있었다. 오홍련처럼 정확하진 않지만, 그래도 왜구들의 조직도(組織圖) 정도는 알고 있었다.

왜구들도 수많은 세력이 있고, 그 세력들은 전부 그 크기가 달랐다. 소우진 구루시마. 모든 세력을 통틀어 가장 거대한 덩치를 가진 집단의 우두머리다. 대대손손, 약탈로 먹고사는 해적 집단인데, 세가 얼마나 큰지, 조휘가 알기로는 세력 자체만은 오홍련과 비교해 결코 떨어지지 않았다. 물론, 질적인 차이는 꽤나 심하다.

"이건 내가 그대에게 비겁한 방법을 썼기에 그냥 주는 거야. 원래는 꼭꼭 숨기고 있다가 나중에 한 번 더 써먹으려고 했는데, 역시 그런 건 내 방식이 아니라서 말이야."

"그런다고 제 마음이 변하지는 않습니다."

이화매의 솔직한 말에도 조휘의 대답은 날이 서 있었다. 기분이 좋을 리 있겠나. 어쨌든 한 번 자신을 속였던 사람인데. 물론 완벽한 연기에 속아 그물에 걸려 허우적거린 건 조휘 본인이지만, 아직 이화매에 대한 감정은 좋지 않았다.

"정확한 위치는 왜국에 심어준 비선을 총동원해서 알아내고 있는 중이다. 그 정도로 마음 풀지?"

"생각해 보겠습니다."

"후후, 역시 쉽지 않아."

입가가 살짝 말린 이화매의 미소는 역시나 뇌쇄적이다. 그런데 자신감과 욕심이 적나라하게 깔려 있기도 해서 조휘는 오히려 그 미소를 경계했다.

"제독, 식사를 가지고 왔습니다."

"가져와."

끼익, 양희은이 직접 두 사람의 식사를 가지고 들어와 이화매와 조휘의 앞에 내려놓고는 다시 밖으로 나갔다.

"먹지. 먹고 나서 얘기하자고."

그렇게 말하더니만 이화매는 처음 보는 이상한 것으로 죽과 빨갛게 볶아낸 밥을 퍼먹기 시작했다.

조휘도 잠깐 그녀가 밥 먹는 모습을 보다가, 이상한 막대 같은 걸 손에 쥐었다.

"조선의 식기 중 하나야. 밥이나 죽을 먹을 때 꽤나 편하지. 방법은 그냥 퍼서 먹으면 돼."

"⋯⋯."

확실히 동그랗게 파여 있어 안에 죽이며 밥이 들어가 뜨기가 좋았다. 조휘도 이어 식사를 시작했다.

'호⋯⋯.'

입에 넣자마자 탄성이 나왔다. 고소하고 담백한 죽, 고소하고 매콤한 볶음밥. 숙수가 솜씨가 좋은지 맛은 일품이었다.

식사를 끝내고, 차가 나오자 이화매는 탁자에 가서 죽간 하나를 들고 왔다.

"네게 부탁할 첫 번째 의뢰야."

"⋯⋯."

조휘는 대답 대신 죽간을 펼쳤다. 일목요연하게 정리된 죽간을 읽는 조휘의 표정은 천천히 굳어갔다. 정리하자면 이렇다.

　　―왜와 서국의 대규모 거래.
　　―거래 물품은 오만 정의 개조 행용총.
　　―거래 일시.
　　―왜의 경호 수준.
　　―운송 수단, 경로.
　　―거래 책임자.

　그리고 마지막, 거래 장소.
　죽간에 적혀 있는 정보를 보며 조휘가 굳은 이유는 거래 물품 때문이었다.
　"오만 정⋯⋯."
　"끔찍하지? 간단하게 왜구 천 명이 행용총을 들고 약탈을 왔다고 생각해 봐라. 그건 지옥이다, 지옥."
　조휘는 이화매의 말에 수긍했다. 딱 한 번이지만 행용총을 상대해 본 적 있었다. 그리고 말했듯이 그때 정말 죽을 뻔했다.
　"마도, 네가 아는 행용총의 약점은 뭐지?"
　"장전."
　"그래, 장전. 그것 말고도 물론 더 있다. 습기에 약해. 화약을 쓰기 때문에 관리가 굉장히 까다롭지. 그리고 사거리. 일반 궁에 비해 사거리가 그렇게 길진 않아. 일정 거리 안에 들어와야만 써먹을 수 있다는 소리야. 하지만 보병과 기병이 주력이라면?

달려오다 다 죽을 거다. 운 좋게 살아남아도 무시무시한 굉음에 이성이 훌쩍 날아가겠지. 경험이 없다면 오로지 학살만 있을 뿐이다."

"……"

이화매의 낯빛도 상당히 딱딱하게 굳어 있었다. 시린 눈동자는 정확하게 조휘를 향해 있었고, 조휘는 그 눈빛을 피하지 않았다.

"근데 이런 악마의 무기를 풍신수길 그 미친놈이 오만 정이나 사들이려고 한다. 이게 왜구의 손에 들어가면 어떻게 될지 감이 오나?"

"대충은 예상됩니다."

조휘도 머리는 좀 돌아간다.

조선과의 전쟁이 터질 거라 했으니, 이 악마가 독아를 들이밀 곳은 당연히 조선이다.

"조선의 군 편제는 명과 비교해서 크게 다르지 않아. 보병이 주력이고, 기병은 그리 많지 않지. 궁병도 마찬가지야. 전술로 따져도 마찬가지고. 사거리에서 궁병이 사격할 텐데, 화살이야 잘 만든 방패만 있으면 막기도 쉽지. 그럼 궁병대의 공격이 막히면 어떻게 할까?"

"기병의 돌격. 이후 보병의 진압. 순으로 가겠군요."

"맞아. 아마 궁병대의 사격 이후 기병이 돌격하겠지. 그럼? 일만 대 일만의 부대가 싸운다 치고, 거기에 한쪽은 행용총을 든 부대가 딱 오천이 있다고 쳐보자. 어떻게 될까?"

"다가가지도 못하고 전멸."

"맞아. 가다가 다 죽을 거다. 말도 소음에는 약해서 미쳐 날뛸 게 분명해. 이후는 그저 학살이다. 보병의 진격이고 나발이고, 그대로 찢겨나갈 거야. 조선이 아무리 산지가 많다고 해도 왜놈이 병신이 아닌 이상 산지에서 전투를 고집하지도 않을 거고."

"몇 년이라 보십니까?"

"몇 년? 길어야 삼사 년 버틸까? 이건 작전부에서도 내놓은 결론이야. 최대치로. 근데 내 예상은 그보다 짧아."

"이걸 보여준 걸 보면 제게 이 거래를 박살 내달라는 것 같은데, 맞습니까?"

"막아야지. 일만 정의 행용총도 재앙인데, 오만 정? 조선이 박살 나는 데 걸리는 시기는 더 단축되겠지. 조선이야 뭐 그렇다 치자. 하지만 원래 풍신수길 그놈의 목적은 이곳이다. 놈들은 중원을 원해. 이 거대하고 비옥한 땅이 진짜 목적이라고."

확정적인 답을 내놓는 이화매의 말에 조휘는 수긍했다. 이 여자가 굳이 이걸 거짓으로 말할 이유가 없었다. 그리고 조휘가 보기에도 그렇다. 놈들이 조선을 점령했다고 치자. 그럼 그걸로 만족할까?

'아니, 결코. 그런 새끼들이었다면 약탈 같은 것도 하지 않겠지.'

왜놈들은 만족을 모르는 놈들이다. 털고, 또 턴다. 사람이건 물건이건 가리지 않고 약탈해 간다. 욕심이 하늘에 닿은 개새끼들이 바로 왜구다. 그런 왜의 대장이 조선을 점령하고 만족한다?

지나가던 개도 웃지 않을 소리다.

점령이 끝나면 다시 한 번 전열을 추스른 후, 명을 침략할 것이다. 북원도 있지만 그곳은 척박하다. 비옥한 명을 치면 쳤지, 북원을 치지는 않을 것이다.

"바다야 내가 지키면 돼. 안 그래도 서국 쪽에서 운용 중이던 모든 함대를 불러들였어. 그곳의 기반도 포기하고. 본 거점이 이곳 명(明)인 이상, 이곳은 반드시 지켜야 돼. 어쨌든 바다는 내가 막을 수 있는데, 문제는 조선에서 요녕 쪽으로 들어올 놈들이다. 명도 행용총의 무서움을 잘 몰라. 이 병신들은 사거리가 활보다 짧으니까, 그냥 궁병대로 막으면 된다는 너무 안일한 생각만 하고 있단 말이지."

"……."

이화매는 확정적으로 얘기하고 있었다. 조휘도 수긍은 했다. 조휘도 겪어보고 나서야 알았다. 그 악마의 무기는 직접 겪어보지 않는 이상 절대 그 무서움을 모른다. 아무리 호랑이가 무섭다, 무섭다 해도 직접 마주치지 않으면 그냥 대수롭지 않게 생각하는 것과 비슷하다.

이화매는 잔뜩 찡그린 얼굴이었다. 마음에 안 든다는 감정을 아주 적나라하게 내보이고 있었다. 감정 표현에 거침이 없는 여자, 조휘가 이화매에 대한 정보를 하나 다시 새겨 넣는 순간이었다.

이화매의 입이 다시 열렸다.

"대가리가 안 돌아가도 진짜… 후우. 어쨌든 요녕으로 들어온 왜놈의 군대가 북경까지 가는 데 얼마나 걸릴 것 같나? 산해관? 장성? 믿을 걸 믿어야지!"

짜증이 어린 이화매의 말에 조휘는 해줄 말이 없었다. 이런 전략적인 것은 사실 이해만 하지, 의견은 낼 수 있는 수준이 아니었기 때문이다.

"장담하는데, 놈들이 조선을 점령하고 명과의 전쟁을 시작하면 북경에 도착하는 데 길어야 반년이다. 바다와 육지 두 곳을 집중적으로 들쑤시면 양면에서 공격받고 말 거야. 얼마나 버틸까? 네 생각은 어떻지?"

"음……."

어느새 탁자에는 지도가 펼쳐져 있었다. 장성의 위치. 산해관. 조선. 바다. 수천의 병력만 장성 너머에 던져 놓는다면? 조휘가 생각할 수 있는 가장 기본적인 전술이다. 하지만 이게 주는 효과는 아마 엄청날 것이다.

"북경이 쓸리고 나면? 이제 그 밑도 위험해진다. 우리도 마찬가지야. 바다, 내륙, 양쪽에서 협공을 받게 되면 답이 없어. 우리가 바다를 지키는 의미도 사라지고."

"거래를 깨뜨려 달라는 건, 조선이 더 오래 버텼으면 해서입니까?"

"그래. 미안하지만 조선이 조금이라도 더 버텨줘야 나도 준비를 하지. 현재 명의 바다를 지키는 오홍련의 함대는 전부 다섯. 함선의 수는 대략 삼백. 건조 중인 것과 상선까지 전부 합치면 사백은 넘겠지. 다른 해역에 있는 함대까지 불러오면 그 몇 배는 되겠지만, 기반을 털었다간 전쟁 수행 능력 자체가 떨어져. 그러니 최종적으로 진짜 전쟁이 터질 때 우리 병력은 딱 지금의 두 배 정도라 봐야 돼."

무시무시한 대함대다.

일개 독립 함대라고 치기도 그렇다. 이 정도면 말 그대로 독립을 해도 될 정도의 군사력이다.

하지만 그러지 않는다. 오홍련의 기치는 백성을 지키는 것. 기치는 절대적이다. 오홍련의 존재 의의라 해도 과언이 아니었다.

"최소한 서국의 함대가 모두 복귀할 때까지는 조선과 왜의 전쟁이 이어져야 돼. 게다가 전쟁 물자도 아직 준비가 덜 됐어. 이 상태면 총력전으로 간다고 했을 때, 일 년이 한계다. 우리가 물자를 끌어모을 시간도 필요해."

즉, 장기전을 노린다는 생각이다.

이화매의 입장에서는 선택할 수 있는 마지막 패였다. 하나 더 있다면, 왜국 본토를 노리는 방법인데… 이건 사지로 달려가는 꼴이다. 오홍련은 수군이지, 육군이 아니기 때문이다. 침략 전쟁을 치르기에는 병력이 부족했고, 육지전 경험은 더더욱 부족했다.

"전쟁은 언제 벌어질 거라 보십니까?"

"이제 겨울이니, 겨울은 넘기고 시작하겠지. 그렇다면… 봄. 적어도 내년 봄이 지나기 전에 시작될 거다."

봄이 지나기 전이라.

그럼?

'이제 반년 정도 남았군.'

지금이 가을이 반을 넘어간 상태니까.

"이번 거래를 막으면 어쩌면 더 늦춰질 수도 있겠군요."

"그러면 더 좋지. 가장 바라는 상황이긴 하다. 하지만 그러진 않을 거야. 오히려 거래가 걸렸기 때문에 더 몰아붙이겠지. 괜히 조선이 준비하면 골치 아프니까."

"조선은 지금 왜의 생각을 모릅니까?"

"아마도."

"……."

명이나, 조선이나.

평화가 너무 길었나?

군침을 질질 흘리며 자신의 땅을 노리고 있는 승냥이가 있는데도 모르고 있다. 나 잡아 잡수! 하는 것과 다를 게 없는 이 상황이 참 거지 같았다. 그리고 그 거지 같은 상황에 자신도 엮여야 한다는 건 더욱 거지 같았다.

"조선에 알리는 방법은?"

"말했지. 하지만 묵살당했다지. 겨우 행용총만 믿고 전쟁을 일으키진 못할 거라고 보고 있어. 행용총 정도야 궁병으로 상대하면 된다는 생각이지. 저 북경의 머저리들처럼."

하아…….

답답한 상황이다.

조선.

별 관심도 없는 나라였다. 그곳이 전쟁으로 짓밟히건 말건 자신과는 상관없었다. 하지만 그 뒤에는 반드시 상관이 있을 것이다. 놈들이 이제 중원을 노릴 테니 말이다. 전쟁을 피해 내륙 깊이 도망친다?

아쉽게도 그건 불가능한 일이다. 적무영이 남았기 때문에 말이다.

"거래 물량, 경계병 수가 많습니다. 이건 혼자서 어떻게 할 수 있는 수준이 아닙니다. 차라리 오홍련의 함대를 이끌고 터뜨리는 게 나을 거라 봅니다만."

"생각 안 해본 건 아니야. 하지만 우리 함대는 움직이면 반드시 걸려. 우리가 정보대를 운용하는 것처럼, 놈들도 운용하거든. 우리보다 질은 떨어지지만 우리가 출항하는 그 순간 분명 어딘가에서 대기 중이던 왜놈들의 쾌속선도 같이 출항할 거다. 그럼 거래 자체가 무산되고 말겠지."

"나쁜 상황은 아닌 것 같습니다만. 거래가 무산된다면."

"당장에는 말이야. 하지만 더 은밀한 곳을 잡아서 결국은 할 거야. 이게 나쁜 상황이 아닌 걸로 보여?"

"……."

하긴, 이미 바다를 건너온 오만 정의 행용총을 포기할 새끼들이 아니다. 더 꽁꽁 숨어버리면 거래를 막을 방법 자체가 아예 사라진다.

'확실히… 아예 수장시켜 버리는 게 최고이긴 하지. 하지만… 어떻게?'

이건 아무리 조휘라도 힘든 일이다. 아무리 산전수전을 겪은 조휘라도 저 정도 규모의 거래를 무산시키거나, 못 쓰게 만들기에는 능력이 부족했다.

"처음부터 정말……."

"미안하게 됐어. 물론 혼자는 아니야. 내 직속 공작대를 내주지. 인원은 총 오십. 모두 믿을 만한 놈들이야. 훈련도 잘되어 있고, 경험도 풍부해. 물론, 마도만큼은 아니지만."

"그럼 그들을 데리고 직접 하는 것도 한 방법일 텐데요."

"내 전공이 아니거든. 유키나 이안, 잠, 이화는 물론 나나 양 부관도 이쪽으로는 약해. 이런 작전은 순간 판단 능력과 임기응 변이 뛰어나야 돼. 그런고로 마도, 네가 딱이지."

"……."

칭찬이긴 하지만, 결코 기쁘지는 않았다. 사지에 내몰리는 기 분이 들었던 까닭이다. 그러니 표정은 자연히 좋지 않았고, 이화 매는 빠르게 그걸 알아차렸다.

"위험하면 바로 빠져도 돼. 그런 변화는 바로바로 느끼는 감각 을 가지고 있잖아? 거래를 깨는 것도 중요하지만 나에게는 마도, 그대가 더 중요해."

"흠……."

결정을 해야 했다. 작전을 세 번 맡아주겠다고 약속했지만, 무 조건 해야 하는 건 아니었다. 결정 권한 자체는 조휘에게 있었 다. 조휘는 이걸 받아들여야 하나, 말아야 하나 고민했다.

'적무영.'

이 새끼가, 조휘가 그것을 받아들이는 쪽으로 밀어 넣고 있었 다.

"적무영."

"확실하게 알아봐주지."

"받아들이겠습니다."

"후후, 화끈해서 좋아."

"작전은 제가 짭니까? 저는 그런 쪽에는 소질이 없습니다만."

"알고 있어. 마도는 현장 지휘 체질이라는 걸. 작전은 내가 짠 다. 물론 그대와 같이. 출발 시기는 앞으로 삼 일이 남았지. 전부 제쳐두고 작전이나 짜자고. 작전의 성공과 그대의 목숨까지 생각하는 작전을."

"그거 고맙군요."

살짝 비꼰 조휘의 말에 이화매는 기분 나빠 하지 않고 오히려 후후, 특유의 미소만 흘렸다. 어차피 이제 결정을 해버렸다. 결정을 했으면 최선을 다하는 게 또 조휘다. 어중간하게, 대충대충은 자신의 생명을 위협한다는 걸 알기 때문이다.

게다가 특히, 지금처럼 명확히 가는 것, 오는 것이 있는 거래가 성사됐다면 더 확실하게 해준다. 조휘는 지도에 시선을 던졌다.

"작전 지역은 어딥니까?"

"여기."

"남사제도?"

"그래. 우리한테 걸릴까 봐 아주 멀찍이 떨어져서 거래를 끝내고, 열도 뒤쪽으로 수송하겠다는 생각이지."

"하지만 이쪽에도 오홍련의 지방 함대가 있지 않습니까?"

"물론 있지. 근데 움직이면 놈들이 눈치챈다니까? 그래서 그쪽 함대는 맡은 임무만 하게 해놨어. 괜히 수풀을 두드려서 뱀을 놀라게 할 필요는 없겠지."

타초경사(打草驚蛇)로 비유하는데, 조휘도 나름 수긍이 간지라 고개를 끄덕였다.

"정확한 위치는 파악된 겁니까?"

"아니, 여기 섬 중에 하나라 생각되는데……. 찾기 어렵지는 않을 거라 예상하고 있어. 대규모 함대가 움직일 테니까. 이건 좀 더 알아보고 확실하게 언질해 줄게."

"흐음……."

쇠로 만든 행용총이다. 무게가 많이 나가 한 척에 그리 많이 싣지는 못한다. 이 정도의 물량을 가지고 왔다면 분명 꽤나 대규모 상단이 움직였을 거다.

"거래 장소를 완전히 특정하지 못했다면 먼저 가서 움직여야겠습니다."

"맞아. 지형지물도 살펴봐야 하지. 그래서 삼 일 뒤로 잡은 거야. 생각대로라면 도착하고 삼사 일 뒤가 거래 당일이 될 거다."

"삼사 일은 촉박하지도, 넉넉하지도 않습니다."

"그렇긴 하지. 하지만 준비가 부족한 상태에서 출발하는 것보다는 나아."

"그거야 그렇습니다만… 으음."

조휘는 생각에 잠겼다. 상황에 따라 작전을 몇 개나 준비해야 될 필요성을 느꼈다. 딱 여기다! 하는 장소가 있다면 그곳을 중심으로 작전을 짜면 되지만, 그게 아니라면 여기저기에 맞춰 준비를 해놔야 한다.

'쉽지 않겠어.'

수많은 작전을 뛰었던 조휘다. 직감적으로 이번 작전이 상당히 피곤하고, 위험하고, 격렬할 것 같다는 생각이 들었다. 이런 생각은 거의 대부분 맞았던 만큼, 무시할 수 없었다. 하지만 그래도 해야 한다.

본인 스스로 한 약속을 지키고, 적무영 그 개새끼의 위치를 알아내려면.

물론, 감과는 다르게 작전은 쉽게 끝날 수도 있었다. 그건 그것 나름 매우 좋다. 쉽게 끝난다는 그 자체만으로도 말이다.

이화매가 팔짱을 끼고, 미간을 좁힌 채 중얼거렸다.

"거래를 깨는 가장 좋은 방법은……."

조휘는 그 답을 안다.

"암살."

"그렇지."

머리를 죽이는 방법이다. 즉, 조휘가 왜의 복장을 한 다음, 서국에서 온 상단의 머리를 죽이는 것이다. 그렇다면 불신이 일어날 것이다. 물론 확실하지는 않다. 외부 세력이 끼어들었을 거라고 생각할 수도 있으니까.

"지휘관의 성향은 파악했습니까?"

"왜놈 쪽은 했지. 이놈은 전형적인 해적이야. 비열하고, 또 비열한. 하지만 그만큼 잔대가리는 잘 돌아간다고 들었어."

"서국은?"

"파악 불가. 서국의 대형 상단에 대한 정보는 좀 가지고 있는데, 문제는 누가 왔는지 모르겠어."

"그럼… 암살한다고 치면 대상은 서국 상단의 책임자로 정해야겠군요."

"아마도……. 하지만 암살은 힘들 수도 있다. 이놈들은 경계를 개조한 행용총을 들고 서니까. 걸리는 순간 벌집이 될걸?"

"확실하다면 해야겠지요."

그게 가장 확실한 방법이니까. 물론 더 좋은 방법은 있다. 인원만 좀 더 된다면… 그리고 서국의 단원들이 좀 더 있다면 각각 복장을 바꿔 입고 기습전을 하면 된다. 왜놈들에게는 서국의 복장을 하고, 서국에게는 왜의 복장을 하고.

그럼 불신은 활화산처럼 커질 테지만… 이건 힘들다. 서국의 인물이 오홍련에도 얼마 없기 때문이다.

"행용총을 아예 바다에 수장시키는 건?"

"몇 가지 물건만 있으면 가능은 합니다만… 그래도 쉽지는 않을 겁니다."

"그렇겠지?"

"네. 대규모로 움직일 수도 없어서, 겨우 오십의 인원으로 움직입니다. 몇 척의 배에 나눠 실을지는 모르겠지만, 아마 수송 속도를 위해 상당히 분산시켜 실을 겁니다. 오십으로 이 배를 전부 맡는 건 미친 짓입니다."

그럼, 미친 짓이지.

아예 나 죽여달라고 모가지를 칼날 위에 가져다 대는 것과 다를 게 하나도 없는 짓이다.

"첫 번째로 가야겠군. 서국 책임자의 암살."

"지금으로서는… 이게 가장 좋은 방법입니다."

"일단은 확정하지 말고, 일순위로 올리도록 하지. 출발하기 전까지 좀 더 상의해 보자고. 더 좋은 방법이 떠오를 수도 있으니까."

"네. 그보다……"

"왜?"

"작전을 같이할 단원들을 보고 싶습니다."

"후후, 그래야지. 지금은 훈련장에 있어. 가볼래?"

"그러고 싶습니다."

"그럼 일어나지."

"네."

조휘는 풍신을 챙겨 일어났다. 이화매도 바로 외투를 걸치고, 무기를 챙겼다. 동양식이 아닌, 조휘도 처음 보는 형태의 칼을 허리에 차고는 바로 집무실을 나섰다. 그런 그녀의 뒤를 양희은이 따라붙었고, 조휘는 그 뒤를 따랐다.

제24장
공작대(工作隊)

훈련장은 항주에서 얼마 떨어지지 않은 곳에 있었다. 말을 타고 이각 정도 달리자 넓은 외벽을 자랑하는 거대한 장원이 나왔다. 안은 아예 보이지도 않고, 평탄한 대지에 쌓은, 꼭 성처럼 생긴 곳이었다.

이화매가 입구에서 내리자 경비로 보이는 이가 오홍련 식인지 처음 보는 군례를 올렸다. 손이 머리 쪽으로 향하는 게 아닌, 주먹을 심장에 대고 살짝 고개만 숙이는 방식이다. 독특해 보였다.

가볍게 그 인사를 받자 정문이 열렸다. 문이 열리자 가장 먼저 보이는 건 굉장히 넓은, 뢰주 군영의 훈련장보다 최소 두 배는 넓은 연무장이었다. 나무와 쇠로 만든 인형이 각각 박혀 있었고, 몇 명이 그 인형을 치고 있었다.

이화매와 양희은이 들어가자 연무장에 있던 이들이 훈련을 멈추고, 정문 경비가 보였던 군례와 똑같은 행동을 이화매에게 했다. 그리고 몇 채 안 되는 건물 하나에서 사람 하나가 나와 날렵하게 달려왔다. 강직한 표정의 사내였다. 나이는 사십 대 중후반 정도? 복장은 가벼운 흑의였다.

"오셨습니까, 제독."

"그래, 애들은?"

"오늘은 야외 훈련입니다."

"산으로?"

"네. 해가 뜨자마자 나갔으니, 이제 슬슬 들어올 겁니다. 일단 안으로 들어가시죠."

"그래."

이화매가 중년 사내를 따라갔다. 조휘도 그 뒤를 따랐다.

'강자.'

주먹 마디마디에 굳은살이 가득했다. 검이나 칼을 쓰는 이가 아닌, 주먹을 쓰는 권사라는 뜻이었다. 잠깐 느껴 보기로는, 쉽게 상대할 만한 이는 아니었다. 사내가 나온 건물로 다시 들어가니 역시나 실용적인 내부였다.

권하는 자리에 셋이 다 앉자, 사내는 차를 내왔다. 그리고 이화매의 바로 앞에 앉았다.

"일단 인사부터 하지. 이쪽은 진조휘. 들어봤지, 마도라고? 그게 이 친구야."

"마도? 뢰주 군영의 마도 말씀이십니까? 제독이 대놓고 탐냈던?"

"그래. 어떻게 겨우 꼬드겨서 이번 일을 같이하기로 했어."

"호오."

중년 사내가 시선을 이화매에게서 거둔 후 조휘에게 던졌다. 조휘는 그 시선을 담담하게 받았다. 경계가 아닌, 탐색의 기운이 담긴 시선이 조휘의 전신을 빠르게 훑고는 사라졌다.

"어때?"

"물건이군요. 마도라는 별호는 허명이 아니었습니다. 제독이 탐낼 만도 하군요. 하하!"

"그렇지? 아, 그리고 이 친구는 오현. 혹시 들어봤나? 예전에 철권 오현 하면 알아줬었는데."

이번에는 조휘에게 하는 말이었다.

사내의 이름이 오현, 이라고 할 때 조휘는 이미 알아봤다. 오현은 광동성에서 활동하던 이였다. 조휘가 타격대에 들어가서 들은 이름이다. 철권, 풀어보면 쇠주먹. 무쇠처럼 단단한 주먹이란 뜻이고, 주먹질 한 방에 황소의 머리통을 부쉈다는 일화는 꽤나 유명했다.

"들어봤습니다."

"그래. 서로 이름은 들어봤다니, 다행이군."

편하게 이화매를 대하는 걸 보고 조휘가 알 수 있었던 건 실력만큼이나 성격도 유들유들하다는 점이었고, 또 둘 사이의 신뢰가 대단하다는 점이었다. 이런 관계를 서로 유지한다? 나쁘지 않다.

'조직이 제대로 돌아가고 있다는 증거니까.'

조휘가 그런 생각을 할 때…

"마도는? 겨뤄보고 싶나?"

자극적인 말이 귀를 쏙 파고들어왔다. 그리고 그 말은 조휘가 실소를 자아내게 만들었다.

"그럴 때는 지났습니다."

"하긴, 백경 밑에서 타격대 전체를 지휘했으니까. 도전을 받았으면 받았지, 도전하는 입장은 아니었겠지. 어쨌든, 이번에 같이 임무를 수행할 거고. 오현, 마도가 이번 작전의 대장이 될 거다."

"괜찮습니다. 저는 명령보다는 현장에서 뛰는 게 좋습니다."

"그래서 내가 널 아끼는 거야. 후후."

"하하."

기분 나쁠 법도 한 말을 가볍게 넘기는 오현이다. 박혀 있는 돌을 굴러온 돌이 밀어버린 꼴이었는데도 마음이 조금도 상하지 않은 표정이다.

"제독이 그리 결정했다면 사람 잡는 것 말고 다른 능력이 있겠지요. 저는 제독의 결정을 믿습니다. 하지만… 놈들은 이해해 주려나 모르겠습니다."

"후후후, 그래서 왔잖아? 아, 이건 마도의 제의였어. 등을 맡겨야 될 놈들인데… 확실히 하고 싶은 거겠지."

"그래 보입니다. 눈빛을 보니… 자신감도 넘치고."

"자신감만 있는 건 아닐 거다. 유키의 요도를 몇 번이나 받아넘겼으니까."

"허, 그 정도입니까?"

"그래, 그 정도다."

"이거… 놈들 고생 좀 하겠습니다. 뭐, 잘됐습니다. 요즘 그놈들 좀 쌓여 있었는데, 오늘 화끈하게 풀 수 있겠습니다. 근데 괜찮습니까? 작전 전인데? 며칠 뒤면 출발 아닙니까?"

오현이 그렇게 이화매에게 다시 시선을 주고 묻자,

"마도가 알아서 하겠지. 설마 작살을 내놓겠어? 그래도 마도라 불리는 이가?"

조휘는 이화매가 그렇게 말하고 시선을 줬는데도 대답하지 않았다. 그냥 찻잔을 들 뿐이었다. 사실 할 말도 없었다. 조휘 성격상 걱정 마십시오, 혹은 알아서 하겠습니다. 이럴 성격이 아니었기 때문이다.

그러니 그냥 보여주면 된다.

무력 단체다.

그렇다면 수준은 대장을 보면 얼추 답이 나온다. 철권 오현, 강자다. 극한으로 단련된 주먹으로 육체를 박살 내는 자다. 이런 오현의 실력을 가늠해 보자면……

'숨겨놓은 게 없다면… 장산이면 상대할 수 있겠어.'

강자이긴 하다.

하지만 조휘가 보기에는 장산 정도면 상대가 가능할 것 같았다. 장산이 이긴다는 건 아니다. 상대가 가능하다는 소리다.

그럼 장산과 상대가 가능한 오현을 기준으로 전체적인 수준을 다시 가늠해 보면?

'타격대와 백중세? 그 정도겠지.'

대략적인 파악이지만, 아마 크게 빗나가지는 않을 것 같았다.

"오, 돌아왔나 봅니다."

오현이 일어나며 한 말. 조휘는 그 말이 끝나기 전에 이미 풍신을 챙겨 일어나고 있었다. 그리고 성큼성큼 걸어가 문을 열었다. 밖으로 나오니 정문을 통해 걸어 들어오고 있는 무리가 보였다.

조휘는 잠깐 보다가, 천천히 그 무리를 향해 걸음을 떼기 시작했다. 그리고 그런 조휘를 이화매, 양희은, 오현이 흥미로운 눈으로 주시했고, 그때쯤 조휘는 어느새 뛰고 있었다.

빡!

통렬한 소리. 조휘 식 휘어잡기가 시작됐다. 이 휘어잡기는 거칠지만 짧게 끝나는 게 특징이라면 특징이다.

뭐야, 이 새끼는!

이 씨벌 놈! 잡아 족쳐!

이런 악다구니는 들려오지 않았다. 도집째 후려쳐 한 놈을 무너뜨리자 공작조가 바로 반응해왔다. 순식간에 날개처럼 퍼져 조휘를 둘러싸려 했지만 전에도 말했듯이 포위는 조휘가 가장 싫어하는 상황이다. 가장 왼쪽으로 빠지는 놈을 목표로 잡고 조휘도 같이 뛰었다. 파박! 쭉쭉 뻗어나가는 신형이 어느새 끝에 있는 놈의 지척에 도달했다. 순간 가속에 좀 놀랐는지 딱딱하게 굳어지는 놈을 향해 풍신을 도집을 휘둘렀다. 쉭! 소리가 나면서 어깨로 떨어지는 풍신을 어깨만 비틀어 피하더니, 그 비틀림을 회전으로 이어서 상체를 혹 뛰어 회축을 날려왔다. 이것만 봐도 반사 신경이 상당히 좋았다.

'이 정도면······.'

만족스러운 수준이다.

슉!

생각과는 달리 조휘의 신형은 전방으로 더 치고 들어갔다. 퍽!
회전이 다 이루어지기도 전에 조휘의 어깨가 놈의 옆구리에 처
박혔다.

"컥."

호흡이 막혀 터진 신음을 뒤로하고 조휘는 상체를 숙였다. 슈
악! 따라붙은 놈 하나가 조휘에 얼굴을 노리고 발차기를 했지만,
이미 접근을 알고 있던 조휘는 그걸 파하고 역으로 지면을 쓸었
다. 공격한 놈이 뒤꿈치에 걸려 쓰러졌고, 조휘는 상체를 빙글
돌려 세우면서 풍신을 아래에서부터 그어 올렸다.

빡!

쓰러진 놈을 타 넘으며 몸을 날려오던 공작대원 한 놈의 허벅
지를 후려쳤고, 그 힘에 그대로 빙글 돌아 바닥에 쓰러졌다.

"어, 진 조장?"

저 끝에서 누군가가 조휘를 알아봤지만 조휘는 시선을 돌리
지 않고 가장 근접해 있는 놈에게 다시 몸을 날렸다.

퍽! 퍼벅!

순식간에 세 번의 손짓을 주고받고, 휘어져 들어오는 팔꿈치
를 피한 조휘가 손바닥으로 턱을 툭 쳤다.

턱은 급소다. 정신을 빼놓기 딱 좋은. 깨질 정도로 안 쳐도 툭
흔들어버리면 뇌가 진동하면서 앞에 뿌옇게 변한다.

빡!

무너지는 걸 보지도 않고 다시 도집을 휘둘러 옆에서 들어오
는 놈의 허벅지를 내려찍고, 뛰듯이 사선으로 이동해 등을 덮쳐
오는 공작조의 가슴을 들이받았다. 퍽! 요란한 소리와 함께 달려

들던 속도보다 더 빠르게 튕겨나가면서 공간이 확보됐다. 타닷, 들어간 만큼 다시 빠지면서 사위를 경계하는 조휘.

이전처럼 날이 선 눈빛은 아니었다. 날개가 다시 앞으로 들어오자 조휘는 뒤로 빠졌다. 원 안에 갇히면 사방에서 날아드는 공격을 막아야 한다. 아무리 조휘라도 그건 무리다. 그러니 최선의 방법은 포위를 안 당하는 것뿐이었다. 한 번에 훅 달려들다가 몇 놈이 나가떨어지자 공작조원들은 신중해졌다. 눈빛을 착 가라앉히고는 조휘를 훑었다.

뭔 놈인가 일단 파악하려하는 것이다.

"야, 곽유. 아는 놈이냐?"

조휘와 정면으로 대치하고 있던 공작원의 질문에, 조휘를 알아봤던 놈이 바로 대답했다.

"저 군역 치를 때 조장이었던 사람입니다. 아실걸요? 왜, 뢰주 군영의 마도라고."

"마도? 아아, 들어본 것 같은데……."

그러더니 놈이 시선을 돌려 이화매를 바라봤다. 그 시선에는 왜 마도가 여기 와서 난장을 치냐는 감정이 담겨 있었다.

짝짝.

"그만."

잠깐의 공방을 주고받자 이화매는 손뼉을 쳐 시선을 당기고는, 상황의 종료를 선언했다. 하지만 공작조는 아무도 움직이지 않았다. 자세도 풀지 않았다. 모두 조휘만 바라보고 있었다. 경계가 아주 확실하다. 조휘가 먼저 자세를 풀기 전까지는 아무도 움직이지 않을 태세였다.

"마도도 그만하고. 이 정도면 되지 않았나?"

그 말에 조휘는 자세를 풀었다. 확실히, 이 정도면 대충 가늠은 끝났다. 무력행사는 좀 부족하긴 하지만 이 정도면 대놓고 까불지는 못할 것이다. 실력이 있는 놈들, 그중에서도 고르고 골라 뽑아놓은 놈들이라면 머리도 나름 돌아갈 것이다.

오십이 한 번에 달려들었는데도 포위망에 집어넣지도 못했다. 그게 뜻하는 바는 하나. 경험이 아주 많다는 뜻이고, 그 경험만큼 무력도 출중하다는 뜻.

이 정도야 아마 다들 파악했을 것이다.

"다시 인사하지. 이쪽은 마도 진조휘. 저번에 말했던 작전을 지휘할 사람이다."

이화매의 소개에 오십의 시선이 조휘에게 달라붙었다. 조휘는 천천히 이화매의 옆으로 가서 선 다음, 오십을 훑어보며 입을 열었다.

"진조휘다. 잘 부탁하지."

"후후, 멋대가리 없는 인사하고는. 이쪽은 심혈을 기울여 키운 공작대. 정식 명칭은 아직 없어. 그냥 공작조 아니면 대라고 부르자고. 개개인의 정보는 이따 줄 테니 알아서 외우고."

그 말에 조휘는 가볍게 고개만 끄덕였다. 일일이 소개? 굳이 그럴 필요는 없었다. 차차 알아가면 되니까.

"어때?"

이화매가 가볍게 물어왔다. 그녀답지 않게 자부심이 묻어나는 어조였다. 조휘는 잠깐 생각해 봤다. 이 정도의 수준이면……

"타격대에서도 정예 수준입니다."

"그렇지?"

"네. 특히 흥분하지 않는 모습이 인상적이었습니다."

"그런 놈들은 애초에 뽑지도 않았으니까. 후후."

이 말은 진심이었다.

보통 전투가 일어나면 꼭 흥분하는 놈들이 있다. 실력과는 별개로 본능이 마구 움직이는 것이다. 그리고 꼭 그런 놈들이 일을 낸다. 전술을 흐트러뜨리고, 아군을 위험한 상황으로 몰고 간다. 물론 무조건은 아니다. 하지만 그럴 가능성이 높아진다. 예를 들어 왜구의 약탈을 막는 수성, 시가전이라고 치자. 그렇다면 정해진 자리, 역할이 있다. 이때 한 놈이라도 그 자리나 역할을 벗어나 지랄 발광을 떨면? 구멍이 뻥 뚫리는 거다. 뚫린 구멍으로 적이 밀고 들어오면 전술은 박살 나고, 진형도 망가진다.

그래서 조휘는 만약 이런 놈들이 있으면 철저하게 다져놨다. 그렇게 돼지고 싶으면 혼자 돼지란 말을 하면서 말이다.

"중걸, 악도건. 둘은 따라오고, 나머지는 쉬도록. 들어가지."

이화매가 다시 건물 안으로 발걸음을 돌렸고, 조휘와 양희은, 오현이 그 뒤를 따랐다.

이화매가 자리를 잡고 앉자, 조휘도 그 바로 앞에 앉았다. 양희은은 이화매의 뒤에 섰고, 오현은 오른쪽에 앉았다.

"중걸, 악도건. 이 둘이 오현 밑의 부조장들이야. 실질적으로 훈련을 도맡아 하고 있지."

그 말에 조휘는 고개를 끄덕이고 둘을 다시 찬찬히 살폈다.

중걸은 신장이 꽤 크다. 딱 벌어진 어깨, 그리고 하체. 단련 비율이 좋아 보였다. 반대로 악도건은 좀 왜소한 느낌이 들었다. 팔다리도 가늘어 보였지만, 자세히 보니 그건 또 아닌 듯했다. 울긋불긋, 전투를 수행하기 위해 필요한 부위는 제대로 단련되어 있었다. 팔이 좀 긴 편이었는데, 체형과는 맞지 않았다. 조휘는 아마 악도건의 주 무기는 암기 쪽이 아닐까 싶었다. 채찍이나 암기나 팔을 쭉쭉 휘두르기 때문에 늘어나는 경우가 있기 때문이다.

"다시 인사하지. 진조휘다."

"중걸입니다."

"악도건입니다. 도건이라 불러주십시오."

"그러지. 둘의 주 무기는?"

조휘가 묻자 중걸이 벽에 세워져 있던 철창 하나를 들고 왔다.

"이겁니다."

"창이군. 근데 좀 짧은데?"

"네. 좁은 공간에서도 불편함이 없게 하려고 길이를 줄였습니다."

그 말에 조휘는 고개를 끄덕였다. 나쁘지 않은 선택이다. 공작의 특성상 밀폐된 공간, 숲, 건물, 동굴 등등, 사방이 탁 트인 곳에서의 전투는 별로 없을 것이다. 조휘도 전장에 따라 풍신과 쌍악을 번갈아가며 썼었다.

능숙하기만 하다면 확실히 이점으로 자리 잡을 것이다.

"저는 이겁니다."

악도건. 도건이 내민 건 역시 암기였다. 단도? 그보다도 짧았다. 치명상을 가할 정도의 길이와 폭이 얇다. 무게가 안 되면 힘도 못 실릴 테지만, 단단한 쇠로 만든다면 문제는 없다. 저 정도면 충분히 힘을 받을 수 있는 무게는 나갈 테니까.

'중걸이 전방, 도건이 후방. 장산과 위지룡의 역할과 같아. 나쁘지 않아.'

확실히 능력이 있는 동료가 곁에 있으면 작전의 성공률은 기하급수적으로 올라간다. 또한 그만큼 어려운 상황에서의 생존률도 올라간다. 이건 변하지 않는 진실이다. 오현보다는 아래지만, 그래도 이 정도면 확실히 믿음이 갈 정도다.

무력도 나쁘지 않았다.

타격대의 수준과 비슷하다고 생각했는데, 정말 딱 그 정도였다.

"어때, 이 정도면?"

"좋습니다."

중걸, 도건, 그리고 오현을 보며 공작조의 수준은 거의 다 파악됐다. 이 정도면 웬만한 작전은 수행이 가능하다. 물론 웬만한 작전이다. 이번 작전에 이들을 데리고 간다면……

"최소 성공 확률이 삼 할 올라갔습니다."

"삼 할이라. 처음에는 몇 할로 봤나?"

"일 할."

"후후, 사 할인가, 그럼?"

"……"

조휘가 침묵으로 대답하자, 이화매는 탁자를 손끝으로 톡톡

찍었다. 그러면서 혼잣말로 '반드시 해야 하는 작전인데 성공 확률이 사 할이라…….' 하며 중얼거렸다. 눈매는 가늘게 좁혀져 있는데 무슨 생각을 하는지는 알 수가 없었다.

"겨우, 겨우 사 할……. 이건 사지(死地)에 보내는 꼴인데."

그러면서 콧잔등에 주름이 가도록 인상을 팍 썼다. 마음에 들지 않는다는 티를 팍팍 내는데, 조휘는 거기에 해줄 말이 없었다. 어쩌겠는가. 생각해 보니까 그 정도의 확률밖에 안 나오는데. 이화매의 시선이 다시 조휘에게 향했다.

"생존 확률은?"

"전원 말입니까?"

"당연하지."

"음……."

경우의 수가 많다. 그냥 처음부터 틀어져서 도망치는 것과 작전 수행 도중 도망치는 것. 이 차이는 컸다. 당연히 전자는 거의 십 할이다. 하지만 후자는 피해를 감수해야만 한다. 모두가 함께 아름답게 도망친다고? 그래, 그렇게 된다면 좋다. 좋긴 한데……

'현실은 그렇게 녹록지 않지. 피해는 반드시 일어나.'

조휘는 일단 솔직하게 얘기하기로 했다. 피해가 날 것은 어차피 이화매도 알 거다. 이 여자, 순진한 여자가 아니니까.

"작전 도중이라면 상당한 피해를 감수해야 할 겁니다."

"그러니까 어느 정도."

"많으면 반절. 적으면 그 반의 반절."

"최악이군. 내가 너무 쉽게 봤나? 마도의 지휘라면 괜찮을 줄 알았는데."

"저는 무적이 아닙니다."

"알아, 그 정도야. 후우, 이거 내가 그쪽 경험은 부족해. 나야 항상 정치 교섭, 해전만 치러왔거든. 육지전도 있지만, 그거야 항상 소규모였고. 이런 작전은 거의 경험이 없어."

"……."

솔직하게 자신의 부족한 점을 밝히는 이화매를 보며 조휘는 역시, 참 솔직하고 화통한 성격을 가졌다고 생각했다. 부족한 점은 곧 자신의 약점을 밝히는 꼴인데도 그걸 여과 없이 드러낸다. 한 단체를, 그것도 국가급의 무력을 보유한 단체를 이끄는 장이라는 점을 감안하면, 이건 진짜… 대단하다고 봐도 좋을 정도였다.

"더 생각해 봐야겠어. 아예 처음부터 다시."

"작전을 안 하면 더 상황이 안 좋아지는 걸로 압니다만."

"맞아. 더럽게 안 좋아질걸? 당장 놈들이 오만 정의 행용총 무장 병력을 명 땅덩이 어디에 쏟아내도 난리가 날 거야. 그걸 다 정리하려면 아마 몇 배는 필요할걸? 대응 전술이 아예 없으니까."

오만 정의 행용총.

상상을 해봤다.

정말 딱 상상만…….

그런데도 소름이 쭉 올라왔다.

그래서 이 작전은,

'피해를 감수하더라도 반드시 성공시켜야 하는…….'

그런 작전이다.

궁극적으로 조휘도 위협을 받을 것이다. 그 또한 명이라는 나라에 살고 있으니까.

"작전은 그냥 진행하는 게 좋겠습니다."

조휘가 그렇게 말하자 이화매의 시선이 쭉 날아왔다.

"이유는?"

"방치하면 그 무기는 제게 향할 테니까요."

"호오."

낮은 탄성과 함께 이화매는 '우리가 아닌, 제게라는 말이지…….' 이렇게 중얼거렸다. 마치 좀 서운하다는 말투지만, 조휘는 그 혼잣말에는 반응하지 않았다. 방원과 적운양을 넘겨준 조건으로 작전을 맡아주지만, 그렇다고 오홍련에 의리는 없었다. 충심은 더더욱 없었다. 그 오만 정의 행용총이 분명 몇 년 뒤에는 자신의 목숨을 노릴 거라는 이유가 없었다면 절대 하고 싶지 않은 작전이었다.

아, 하나 있긴 하다. 어쨌든 세 번의 약속을 해주겠다고 했으니, 거기서 나오는 책임감. 근데 그게 전부였다.

"그래도 좀 더 생각해 봐야겠어. 일단 돌아가지."

*　　　*　　　*

이화매가 자리에서 일어나자 조휘도 별말 없이 따라 일어났다. 이곳에 남을까 생각도 해봤지만, 익숙지 않은 곳이다. 게다가 타격대가 생각이 나서 내키지가 않아 그냥 항주로 돌아가기로 했다.

오현과 중걸, 도건의 배웅을 받으며 항주로 돌아온 조휘.

성문을 들어서자 이화매가 조휘에게 물었다.

"우리 숙소로 가지?"

"괜찮습니다. 아침에 찾아뵙지요."

"그래? 그럼 그러든가. 아침은 됐고, 점심쯤 와. 같이 작전이나 짜보도록 하지."

"전 그쪽에 재주가 없어서. 제독이 결정해 주십시오."

"그래도 전문가라 할 수 있는 당신의 의견도 중요해. 오라면 와."

오라면 와……. 참으로 말투가 시건방지고 오만하지만, 어쩜 이렇게 잘 어울리는지……. 고개가 절레절레 저어질 정도다.

"네, 그럼."

조휘는 등을 돌렸다. 돌리는 순간 바로 이화매도 갈 길을 향해 걸음을 뗐다. 잠깐 걷던 조휘는 객잔이 뭉쳐 있는 거리에 들어서자, 잠깐 걸음을 멈췄다. 휘황찬란. 이 단어가 그렇게 잘 어울릴 수가 없었다.

곳곳에 걸린 등불의 색채가 이미 해가 졌는데도 낮보다 더 밝게 거리를 밝히고 있었다. 호객을 하는 아이들부터 골목골목 보이는 어두운 표정의 여성들. 으하하! 벌써부터 만취해서 웃고 떠드는 사람들. 하루 일을 마치고 집으로 향하는 사람들. 온갖 군상들이 모여 있는 이곳은 과연 항주였다.

서문영과 함께 들어섰을 때와는 또 다른 마음이 들었다. 조휘는 그 이유를 알고 있었다. 끝났기 때문이다.

복수가 말이다.

짝! 촤악!

악!

군데군데에서 거친 소리도 들려왔다. 노비에게 가하는 매질이다. 잠깐 그 장면을 응시하던 조휘는, 천천히 눈살을 찌푸렸다. 조휘가 가장 싫어하는 짓거리. 풍신의 도집을 살그머니 쓰다듬는 조휘.

마가 빠지지 않았기 때문인지, 뽑아서 뒤통수를 뚫어버리고 싶은 마음이 들었다. 하지만 백의를 입은 무인이 그쪽으로 걸어가는 걸 보며 조휘는 그곳에서부터 시선을 뗐다.

항주의 거리를 지키는 백검문의 무인들이다.

자신이 나서지 않아도 깨끗이 해결될 거라고 예상되어 조휘는 이내 다시 걸음을 뗐다.

백검문도들 중 맨 뒤에 있던 여검수가 자신을 힐끔 보는 게 느껴졌지만, 조휘는 무시했다. 굳이 아는 체를 할 필요가 없었기 때문이다.

조휘는 예전에 서문영과 갔었던 객잔으로 방향을 잡았다.

그곳은 그리 멀지 않았다. 싼 가격임에도 나쁘지 않은 방, 음식이 괜찮다는 생각을 했던 곳. 문을 열고 들어가자 점소이가 바로 손을 싹싹 비비며 다가왔다.

"헤헤, 손님! 어서 오십시오! 저희는 유구한 역사를 자랑하는……"

"그만. 방 하나 준비해 주고, 지금 저녁을 좀 해결하고 싶은데."

"헤헤, 이쪽으로 오세요!"

점소이는 젊었다. 아니, 어렸다. 전에 보았던 그 아이는 아니고, 그때보다 더 어린 아이였다. 이제 고작 열 살이 될까 말까 한 아이. 아이들이 으레 그렇듯, 아직은 깨끗하고 동심이 묻어나는 눈빛을 가지고 있었다. 좀 전에 한 말은 이곳에 들어왔을 때 받았던 교육 때문일 것이다.

식탁은 만원이었다. 반각 정도 기다려야 했다.

"소면과 잘하는 볶음 종류로 하나."

"네!"

씩씩한 대답과 함께 점소이가 사라지자 조휘는 주변을 천천히 쓸어봤다. 과연 항주, 온갖 문물과 문화가 뒤섞이기 시작한 곳이다 보니 중원인이 아닌 이들이 꽤나 됐다. 다만 칼밥을 먹는 이들은 아니고, 복장을 보니 상인들이 대부분이었다. 또한 칼을 찬 이들이 많이 보였다.

해금책을 시행하고 있다지만, 암암리에 다른 나라와 교역을 하는 상단은 당연히 많다. 멀리 갈수록 그 나라의 고유의 물건들은 값어치가 올라가니 이걸 포기하지 못하는 것이다. 그런 이들을 지키는 건 뇌물과 무력이다.

그래서 칼을 찬 이들은 항주로 모여든다. 실력만 있다면 넉넉하게 삯을 받으며 일할 수 있으니 말이다.

'그러고 보니까⋯ 왜 혼자 있었지?'

좀 전에 봤던 백검문의 인물들 중 아는 이가 있었다. 맨 뒤에서 있던 여인, 은여령이다. 특별한 감각을 가졌다던 그 여인이 조휘를 알아보고 슬쩍 시선을 줬지만, 조휘는 모른 척했다.

하지만 보긴 봤다. 은여령과 함께 있던 이들이 예전에 봤던 이들이 아니라는 것을.

같은 조라고 했던 기억이 나, 그들이 없는 이유가 살짝 궁금해졌지만 조휘는 그건 자신이 신경 쓸 일이 아니라고 생각했다. 한 번 인연이 닿긴 했었지만, 그걸로 끝이라고 생각했다.

"손님! 음식 나왔습니다!"

조휘의 식사는 느리지도 빠르지도 않아 다 먹는 데는 딱 반각이 걸렸다.

싸구려 차를 따라 입가심을 하며 주변을 다시 한 번 살펴보는데, 끼익, 문이 열리면서 눈처럼 하얀 무복을 입은 여인이 객잔으로 들어섰다. 그러자 시선이 죄다 달려들어 그 여인에게 꽂혔다.

제25장
그녀의 사정

눈을 동그랗게 뜨는 이들, 백검의 무복에 놀라는 이들, 슬그머
니 옆에 두었던 무기를 잡아가는 이들. 가지각색이었다. 물론 조
휘는 그러지 않았다. 또 작게 눈을 찌푸릴 뿐이었다. 은여령이었
다.

하아…….

한숨이 절로 나왔다. 전역 후, 자꾸만 이렇게 엮인다.

어복?

싫다, 이런 게 복이라면.

게다가 전역 후 알게 된 모든 여인이 어떻게 된 게, 하나도 빼
먹지 않고 조휘를 곤란하게 만들었다. 그걸 아는 조휘라, 자연히
인상이 찌푸려진 것이다.

조휘를 발견한 은여령이 가뿐한 걸음으로 조휘에게 다가왔다.

걸어오는데 어깨의 흔들림이 전혀 없었다. 그런데도 쭉쭉, 보폭이 크지도 않은 것 같은데, 크게 경로를 트는 것 같지도 않은데 고정된 상체를 유지하며 조휘에게 다가온다. 그건 흥미로웠다. 어째, 유키라 불렸던 무인과 비슷한 모습이었기 때문이다.

"겨우 찾았네요."

"오랜만입니다, 은 소저."

"이런, 인사가 먼저인걸. 반가워요, 진 소협."

"앉으시겠습니까?"

"실례가 안 된다면……."

"훗."

실례는 무슨… 이미 모든 이들의 시선을 단박에 끌어당기고 있으면서. 큰 실례는 벌써 저지른 다음이었다. 조휘가 보니까 이 여자, 그걸 알고 있었다. 눈동자에 미안한 감정을 담고 있는 걸로 알 수 있었다.

'음?'

하지만 그것 말고 뭔가 다른 감정도 있었다. 분위기 파악. 조휘는 흔히 말하는 눈치가 빨랐다. 아예 처음 보는 거면 모를까, 전에도 봤던 은여령이라 알 수 있었다. 그때와 다른 무언가가… 더 있다.

'슬픔?'

착 가라앉아 있는 눈빛에서 유추해낼 수 있는 건, 그녀는 지금 슬프다. 이것밖에 없었다. 물론 어떤 이유의 슬픔인지는 조휘도 잘 모른다.

"잘 지냈나요?"

자리에 앉자마자 먼저 나온 질문은 극히 평범하면서도 비범한 질문이었다. 평범한 건 그냥 안부를 물으니 평범한 거고, 비범하다 한 이유는 이런 안부를 주고받을 사이는 아니었기 때문이다.

"잘 지냈습니다. 은 소저는 잘 지냈습니까?"

"네, 저야 뭐……. 그런데 진 소협, 거짓말이 능숙하네요?"

"거짓말이…….'"

"저는 감이 좋아요. 진 소협만큼이나. 특히 사람의 분위기를 읽어내는 쪽으로 특출 나다는 소리를 많이 들어요."

"……."

"지금 진 소협, 날이 잔뜩 서 있는데, 아닌가요?"

은여령은 거기까지 말하고 자연스럽게 찻잔에 차를 따라, 살짝 향을 음미하고는 붉은 입술에 가져다 댔다. 짧게 후릅. 이후 다시 내려놓고 조휘를 응시하는 은여령. 그런 은여령을 보는 조휘는 곽원일이 했던 말이 떠올랐다.

'은 소저가 그렇다면 그런 거라고 했던가?'

그건 믿음이었다.

자신이 그렇듯, 서문영이 그렇듯, 그리고 이화매가 그렇듯 특출 난 이들은 어느 시대에나 있다. 그리고 어느 곳에나 있다.

"무슨 일이 있었나요?"

다시금 은여령에게서 같은 질문이 날아들었다. 빤히 바라보는 눈빛은 마치 호수 같았다. 잔잔하고, 일정한 간격으로 물결치는 호수. 빨려 들어갈 것 같은 푸르른 호수. 신비하다는 소리다.

이상하게, 그리고 복잡하게 흘러가고 있다는 생각을 지울 수가 없었다. 특히 여성이랑 자꾸 엮이는데, 불안하기까지 했다.

"해묵은 은원 중, 두 가지를 해결했을 뿐입니다."

"해묵은 은원이면, 복수겠네요?"

"네, 맞습니다."

"잘못된 일은 아니겠어요. 죽어도 싼 악인… 맞나요?"

"그럴 겁니다."

그놈들을 생각하자, 으득! 주먹이 저절로 쥐어졌다. 동시에 아직도 갈무리되지 않은 '마'가 꿈틀거렸다. 조휘는 바로 고개를 털었다. 은여령이 앞에 있다. 아마 감이 좋은 만큼 굉장히 민감하게 반응할 것이다. 다시 은여령을 보자 조금은 차갑다 싶은 얼굴에 아주 옅은 미소가 떠올라 있었다. 조휘의 행동에 만족감을 느낀 걸까? 모르겠다.

은여령이 다시 입을 열었다.

"진 소협을 보면, 절대 악인이라 생각할 수는 없어요. 은원이면 해결해야죠. 그게 강호를 지탱하는 율법 중 하나니까. 물론… 마도라는 별명만큼이나 잔인하긴 하겠지만요. 아, 이건 들었어요. 백검문에도 나름 정보대가 있거든요. 마도라는 별명에 대해 물어봤더니 상세하게 알려주더라고요. 영입 대상이라는 말도 덤으로 들었고요."

"영입 대상이라. 죄송하지만, 아직 어딘가에 묶이고 싶은 생각은 없습니다."

백검문이?

나를 원한다고?

아서라. 지금 이화매 제독 하나만으로도 죽겠는데, 백검문까지 엮이는 건 사양이다.

"후후, 그런 생각에 이 제독의 제안도 거절한 건가요?"

대화가 갑자기 훅 다른 방향으로 넘어갔다.

"음."

"항주에 파다하게 소문이 났어요. 왜도를 찬 무인을 이화매 제독이 영입하러 나섰다가 퇴짜를 맞았다, 이런 소문이요."

"그게 저라고 확신하십니까?"

"꼬마 아가씨가 이끄는 상단과 동행한 무인이라 했어요. 이 정도면 폭은 확실히 좁혀져요. 저도 듣자마자 진 소협을 떠올렸는 걸요. 게다가 그 상단이 뢰주 상단이라는 소문까지 돌았어요. 남들이야 모르겠지만, 저는 바로 확신했어요. 아, 진 소협이구나."

조각을 짜 맞추는 능력이 상당히 좋다. 단편적인 정보들을 주르륵 나열해 짜 맞추면서 정답으로 근접하는 능력. 이건 군사, 책사의 능력이다. 정보를 다룰 줄 안다는 것은 은여령이 머리도 제대로 쓸 줄 안다는 소리. 여기서 더 억지를 부려봐야 남는 게 없다.

하지만 틀렸다. 그녀는 군사적 자질이 없었다. 그럼에도 사실에 접근한 이유를 조휘는 꿈에도 모르고 있었다.

"맞습니다."

"후후, 더 이상 억지를 안 부리네요?"

"해봤자 뭐 하겠습니까. 다 알고 묻는데."

그렇게 대답하면서 조휘는 생각해 봤다. 자신과 은여령이 이렇게 마주 앉아, 이런 대화를 나눌 사이인가 하고. 불쑥 든 생각인데도 조휘의 머릿속을 꽉 채웠다.

'아니지. 백번 양보해도 이럴 사이는 아니지.'

근데 왜, 이런 대화를 하고 있을까?

조휘는 스스로 고개를 갸웃거리게 되었다.

"받아들였나요, 그 제의? 분명 이 제독의 성격이라면 몇 번이나 더 찾아왔을 텐데."

"받아들였다기보다는… 거래를 했습니다."

"거래요?"

"네, 자세한 사항은 밝히지 못하겠군요."

"아, 그렇겠죠? 거래니까. 음……."

"……."

입가에 살짝 미소를 지으며 생각에 잠기는 은여령을 보며 조휘는 역시나 뭔가 이상하다는 느낌을 지울 수가 없었다. 바라지 않는 건 둘째 치고, 솔직히 살갑다 싶을 정도로 다가온 은여령의 행동이 뭔가 이상했다. 보니까… 찾아다닌 것 같았다. 안 그러면 처음에 '겨우 찾았네요.'라는 인사부터 했을 리가 없었다.

'찾을 이유가 있었다?'

의심이란 놈이 슬그머니 대가리를 추켜세웠다.

특히 그때 이화매에게 거하게 당해버려 좀 더 경각심이 곤두섰다. 그러자 자연히 은여령의 바라보는 눈빛도 변했다. 애초에 별 감정 안 담겨 있는 눈빛이었지만, 이제는 탐색의 기운을 담기 시작했다. 이전과 다른 은여령의 모습. 자세히 보니 금방 찾을 수 있었다.

'채찍? 저건…….'

낯익은 무기는 아니다. 다만 어울리지 않았다. 조휘가 그때 객
잔에서 만났을 때 은여령은 검을 패용하고 있었다. 즉, 주력으로
몸에 익힌 무기가 검이라는 소리다. 그런데 채찍? 너무 안 어울
린다. 차라리 암기를 차고 있었으면 그러려니 했을 것이다. 조휘
의 시선을 느낀 은여령이 살짝 자신의 허리춤을 바라봤다.

"아, 이건 소취 그 아이에게 받았어요."

"받았다……?"

"네, 받았어요. 마지막에."

"……"

그 말을 하면서 눈이 축 가라앉았다.

'마지막이라……'

그 말이 무엇을 의미하는지 모를 조휘가 아니었다. 자신의 물
건을 타인에게 양도한다. 어떠한 마지막 순간에. 문을 나설 때,
아니면 여행을 나갈 때?

'그렇다면 저렇게 슬픈 눈을 할 리가 없지……'

마지막 순간은, 생에 마지막 순간을 의미했다. 그렇다는 것은
또… 장소취. 그때 조휘를 살짝 자극했었던 여인이, 아니 소녀가
죽었다는 것이다.

"어떻게 된 일입니까?"

"그게… 너무 길어요. 근데 좀 들어줄래요……?"

"……"

조휘가 답을 하지 않자, 그 뒤에 바로 '부탁이에요……' 하고
아주 작은 목소리로 사정해왔다. 그제야 조휘는 알 수 있었다.

이 여자, 남들에게 말할 수 없는 뭔가를, 아무런 상관도 없는

사람한테… 털어놓고 싶어 한다. 그 이유야 역시 딱 하나,

거대하고, 묵직한 뭔가가 가슴을 짓누르고 있기 때문이다. 하지만 조휘는 잘못 짚었다. 아주 제대로.

사람이 죽었다. 아니, 이렇게 설명하면 안 된다. 지인이 죽었다. 혹은 동료이자 가족이 죽었다. 이렇게 설명을 해야 했다.

지인, 동료, 가족의 죽음은 분명 쉽게 받아들일 수 없는 일이다. 조휘도 미치는 줄 알았으니까. 아니, 아니다. 미치는 줄 알았던 게 아니라 조휘도 미쳤다. 조휘가 마도가 된 건 당연히 가족의 죽음 때문이다.

그 복수를 이루기 위해 독기를 머금고 생존을 그토록 추구하며 마도가 된 것이다.

'저런 모습은 보통 첫 번째 단계.'

슬픔에 잠겨 있을 때가 첫 번째다. 두 번째는 여러 가지로 나눠지는데 체념이나, 혹은 조휘처럼 복수를 선택하며 자신을 내려놓는 단계로 들어선다. 그다음은? 상상에 맡기겠다. 조휘는 풍신을 만지작거렸다. 자신처럼 변할 상황에 놓인 여인이 눈앞에 있다. 도와야 하는가?

'왜?'

겨우 한 번밖에 안 봤는데.

아주 잠깐 얘기한 것밖에 없는데.

그렇다면 무시하는 게 옳을까?

'그렇지, 그래야지.'

그게 정답이라는 걸 조휘는 알고 있었다. 솔직히 조휘의 성격상 무시하는 게 당연한 일이긴 하다.

하지만 참으로 몹쓸 놈이 또 불쑥 감정의 수면 아래서 태동을 시작했다.

호기심이란 놈이다.

"오늘은 좀 늦게 잠들겠군요."

"……"

은여령이 조휘를 보며 살짝 웃었다. 그 웃음을 보니 이제 완연히 느껴진다. 감정을 숨기고 있다가 조휘가 툭 건드리자 겉으로 튀어나온 슬픔이란 감정이 아주 잘 느껴졌다. 은여령은 희다 못해 투명하게 느껴지는 손을 들어 점소이를 불렀다. 그러고는 독한 화주를 하나 시켰다. 화주라, 취향 참… 독특했다.

화주가 나오자 바로 잔에 따르고, 조휘에게도 건넸다. 강호의 세계에 사는 여인이라 그런지 그 동작에는 거침이 없었다. 보통 양갓집 규수였으면 지랄 날 일인데도 말이다. 아마 거친 세상을 살아서일 거라 생각했다.

은여령이 첫 잔을 들이켜는 모습을 보고 조휘도 천천히 화주를 입안으로 흘려 넣었다. 식도를 타고 화주가 흘러 넘어가자, 짜르르한 느낌이 뒤따라 올라왔다. 은여령은 이후 석 잔이나 더 마시고 나서야 입술을 뗐다.

"황명이 있었어요."

"큭."

그 단어에 조휘의 입에서 반사적으로 억눌린 신음이 튀어나왔다.

운명의 비틀림은 전혀 예상치 못한 순간에 또다시 찾아왔다.

조휘는 바로 손을 들었다. 정말 상상치도 못한 단어가 나왔기 때문이다. 조휘 스스로가 생각하는 것조차 거부하고 있던 단어가 바로 저 '황명'이라는 단어. 연 백호에게 흘러가는 얘기로, 그러나 분명 조휘에게 당부, 혹은 경고의 의미로 던진 '황명'이라는 단어. 이게 지금 나올 거라고는 예상도 하지 못했다.

'아니, 아니지. 그때도 분명······.'

곽원일이 황명을 언급했었다.

그러나 곁에 있던 왕소산, 그가 말리지 않았으면 어쩌면 넘지 말아야 할 선을 넘었을 대화가 됐을 거다.

"진 소협."

"잠깐, 잠깐만······."

"진 소협도 알고 있었어요?"

"잠시만··· 좀!"

"······."

조휘는 작지만, 강한 어조로 일단 은여령의 입을 막았다. 이거, 그냥 이대로 진행되면 안 되는 얘기일 거라 생각됐다. 아니, 안 된다. 절대 안 된다. 조휘는 후우, 짧게 한숨을 내쉬고 주변을 훑어봤다. 다행히 이쪽에 집중하고 있는 사람은 없어 보였다. 처음 은여령이 들어왔을 때는 주목했지만, 이후 다시 자기들끼리 얘기를 나누면서 관심을 끊었다. 다행이었다.

"······."

"······."

조휘는 은여령과 마주친 시선을 통해, 정말 안타깝게도 또 다른 감정을 읽어버렸다. 간절한, 혹은 다급한.

후우…….

미치겠다, 정말…….

여기서 거절은?

반대로,

여기서 수락은?

대화를 끝내고, 이어감에 따라 나올 결과는 달라질 것이다. 그것도 매우, 엄청 크게 달라질 것이다.

조휘는 손을 들었다. 그러자 점소이가 재깍 달려왔다.

"준비해달라고 했던 방은?"

"헤헤! 깨끗하게 치워놨어요! 바로 올라가셔도 됩니다!"

"안내해."

"네!"

조휘는 짐을 챙겨 일어났다. 그리고 은여령을 바라봤다. 턱짓으로 슬쩍 신호를 보냈다. 따라오라고. 이런 객잔에서 같이 올라가면 추문이 흘러나오겠지만, 은여령을 보니 그런 것쯤은 신경도 못 쓸 정도로 뭔가가 있었다.

욕도 안 나올 만큼 복잡한 상황이다.

점소이의 안내로 방으로 들어온 조휘. 다행히 방은 이 층 끝, 외곽에 있었다. 옆방은 하나밖에 없다. 나무판에 귀를 대고 귀를 기울여보았지만 아무런 소리도 들려오지 않았다. 풍신을 손에 꽉 진 채 조휘는 천천히 은여령을 돌아봤다.

"미안해요…….."

"…….."

솔직히 말해 대답도 할 수 없을 만큼 기가 막혔다. 설마 이렇게 상황이 급변하리라고는 상상도 하지 못했다.

으득!

그러니 이가 혹 갈렸다. 너무 예민하게 반응하는 것 아니냐고? 아니다. '황명'의 구체적인 내용을 알면 절대로 그렇게 말하지 못할 것이다. 황명은 진짜… 절대 금기다. 알고 있어도 아가리를 일단 닫고 살아야 한다는 소리다. 이건 황실에서도 최고위 관직에 있는, 게다가 현 황제의 최측근만 알고 있는 내용이다. 조휘는 그렇게 알고 있었다.

이걸 조휘가 어떻게 아냐고?

연 백호의 아버지 되는 사람이 황제의 최측근 중 한 사람이기 때문이다. 무려, 중군도독부(中軍都督部)의 도독(都督)이다. 그분을 통해 연 백호가 알고 있었고, 그걸 조휘가 알게 된 것이다.

그렇기 때문에 조휘는 알아도, 기억 속 가장 깊숙한 곳에 처박아 놓고 끄집어 내지 않았다. 그리고 그건 말을 해준 연 백호의 경고이자 부탁이기도 했다.

"흐으……."

이제야 짜증이 올라오며 흐느끼는 울분이 입술을 비집고 나온다. 그런 조휘를 보는 은여령은? 입술만 꽉 깨물고, 부들부들 떨 뿐이었다. 그런 은여령에게, 기어이 조휘가 한 소리 하고 말았다.

"이게 지금… 뭐 하자는 겁니까?"

"어쩔 수… 없었어요."

"어쩔 수 없었다……? 그걸 지금 말……."

"다 죽었어요. 원일 오라버니, 소산 오라버니, 삼결 오라버니,

그리고 소취까지."

"……."

맥을 훅 끊고 나온 은여령의 말에 조휘는 입술을 꾹 닫았다. 다 죽었다고? 장소취, 그 소녀뿐만 아니라 그때 봤던 백검문의 인물들이 전부? 항주를 주름잡는 백검문, 만병대의 인물들이?

아아… 미치겠다. 조휘는 생각하고 싶지 않은데, 뭐가 어떻게 된 걸까 하고 벌써 유추를 시작했다.

'황명… 그때 분명 급했지. 요기만 하고 바로 떠났으니까.'

밤이 깊었는데 조휘와 대화 후 바로 객잔을 떠났다. 그 순간을 조휘는 기억하고 있었다. 왜냐하면 황명을 잠깐 생각하면서, 그래도 복수는 하겠다고 다짐했기 때문이다. 뭔가 희미한 선들이 생겨나며 다닥다닥 붙어가기 시작했다.

"이제 제 차례예요……."

"…적은 어디입니까."

…하고 물으면서도 사실 답을 알고 있었다.

"서(西)……."

"아……."

미치겠다, 정말…….

서.

조휘는 단박에 알아들었다.

서창(西廠).

동창(東廠)과 더불어 최악의 황실 직속 기관이다. 피도 눈물도 없는… 사신 집단. 이들의 악명은 민간에서도 너무나 유명하다. 이들의 감시, 조사, 납치, 고문 끝에 멸족한 이들의 수는 헤아리는 것조차 불가능할 정도.

"이형백호(理刑百戶)가 변절했다. 그가 보낸 서신을 중간에서 끊어내라. 반드시 어떤 수를 써서라도. 이게 임무였어요……."

"황명으로… 말입니까?"

"네……. 그런데 지정된 장소에 갔더니……."

"서창의 칼날만 기다렸다……."

"……."

제대로 걸렸다. 전형적인 죄를 뒤집어씌우는 방식이다. 거짓 정보를 흘려, 가서는 안 될 장소로 보내는 것. 곧 사지로 보낸다는 뜻이다. 덤으로 죄까지 뒤집어씌운다. 조휘가 어떻게 아냐고? 수많은 인간 군상들이 흘러오는 곳이 바로 타격대고, 그런 타격대를 지휘했던 게 연 백호다. 알기 싫어도 알 수밖에 없었다.

'이걸 더 이어가야 하나? 이건 정말…….'

미친 짓인데.

이 대화를 나눈다는 것 자체가, 아니 은여령을 만났다는 것 자체가… 이미 더럽게 꼬였다는 뜻이다.

"네 사람의 목숨으로 저만 탈출할 수 있었고, 문으로 겨우 복귀했어요. 그 이후에는 문에서 지켜줬지만… 압박이 장난 아니었어요. 직접 듣지는 못했지만, 매일 밤 서창의 첨형관(貼刑官)이 문주님을 찾았다는 걸 우연히 들었어요."

"내놓으라는 뜻."

"네. 하지만 문주님은 거부하셨어요."

"그럼 남는 건… 반란, 역모의 죄."

"그게 애초……."

목적이니까…….

'빌어먹을.'

그 이유를 조휘는 안다. 하지만 입 밖으로 내지는 않았다. 돌이킬 수 없는 길로 들어선다는 걸 알기 때문이다. 복수에 연관된 것도 아닌데 황실과 엮이고 싶은 마음은 추호도 없었다.

'무(武)의 말살……'

황명이 가진, 추구하는 궁극적인 목표다.

단순한 목표가 아닌, 말 그대로… 목표. 강호에 떨어지는 모든 황명은… 모두 궁극적으로는 무의 말살을 목적으로 한다.

"백검은 곧 정과 협."

"멸문하더라도 당신을 지키겠군요."

"네… 그러니 차라리 제가 사라지는 것이 도움이 돼요. 아니, 백검문을 지키려면 그것밖에 없어요."

"그래서… 나를 찾았군요."

"네, 만병대주님의 허락을 얻어 탈출할 수 있는 모든 정보를 얻었어요. 몇 날 며칠을……. 당신이 오늘 항주에 도착했다는 걸 알고, 희망을 걸었어요."

"……."

백검문의 정보력도 항주를 한정으로 놓고 본다면, 아마 오홍련과 비슷할 것이다. 아니, 어쩌면 넘어설지도. 오홍련은 방대하지만, 백검문은 항주에만 집중했다는 소리를 들은 것 같으니까. 전부 따지면 이런 거다.

하나, 백검문이 나서서 은여령의 탈출을 도우면 공범자가 된다.

둘, 그러니 은여령은 자력으로 도망쳐야 된다.

셋, 정보대를 이용, 검색, 도와줄 누군가를 찾는다.

넷, 믿을 만한 무력을 보유해야 하며, 믿을 만한 심성이어야만 하는 자로 한정.

다섯, 찾고 찾아, 그 물망에 오른 이가 마도 진조휘.

여섯, 이미 한 차례 만나본 진조휘.

일곱, 마도라는 별호, 아까 말한 것처럼 따로 알아보니 무력은 수준급, 그 이상.

여덟, 심성은 자신이 본 것처럼, 결코 악인은 아니다.

아홉, 두 가지 요구 조건을 충족.

열, 군중의 틈에 섞여 움직여, 마도와 접선.

그리고 지금 이 상황…….

은여령의 입이 열렸다.

"그래서 시기를 봐서, 바로 다가서지 않고 빙 돌아서 찾아왔어요."

"그런 다음… 빌어먹을 그 단어를 꺼낸다. 나를 엮을 셈이었군요."

"네."

거짓을 고하지 않고, 사실을 고한다. 만남부터 대화까지, 어쩌면 이 모든 게 의도적인 연출이었을 수도 있었다. 부자연스러웠던 것. 자신이 의심을 하게 만들게 만들던 요소들은 대화의 주제를 이쪽으로 돌리기 위함이었다, 가 된다는 소리다.

"진짜 짜증나는군……."

"……"

조휘의 입에서 결국 쓴소리가 나왔다. 정상적으로 이해해줄
수 있는 범주를 넘어서버렸다. 이화매도 그렇지만, 이 여자도 마
찬가지였다. 어쩌면 이화매보다 더욱 위험한 화탄을 안고 자신
의 품으로 뛰어든 것이나 다름없었다. 게다가 심지가 거의 끝까
지 타들어간 화탄이었다.

"아주 남의 인생을 제멋대로……. 당신 목숨은 중요하고 내 목
숨은 중요하지 않나? 백검? 의와 협? 지랄. 이건 뒷골목 파락호
와 다를 게 뭐가 있나. 오히려 더욱 악질이다. 결국에는 이용해
먹으려는 생각 아닌가."

울화를 넘어선, 농담이 아니라 진짜 지금 당장 은여령의 목을
쳐버리고 싶었다. 화탄을 안고 뛸 거면 뛰다가 혼자 뒈지든가,
왜 애먼 사람의 품으로 뛰어드나?

"미안……."

"그 입… 제발 닥쳐."

이제야 조휘는 직감했다.

아까는 못 느꼈지만, 분명 지금 은여령은 감시당하고 있을 것
이다. 더불어 자신도 마찬가지로 엮였다. 둘이 하나로 묶여 지금
어딘가에서 서창의 직졸(職卒)들의 감시망에 들어가버렸을 것이
다.

뭔 말이냐고?

아주 엿 같지만 이미 엮였다는 소리다. 그렇다면 이제 남은
건? 언제고 저 문을 부수고 서창의 직졸이 난입하는 상황밖에
없었다.

"마음 같아서는 지금 당장… 당신의 목을 치고 싶어."

"……."

은여령은 고개를 푹 숙였다. 당연히 저래야 한다. 조휘를 이용해 먹으려고 화탄을 안고 품에 안겼는데 저러지 않았다면 조휘는 지금 당장 목을 쳤을 것이다. 근데 목을 쳐도 도움이 되질 않는다.

그녀가 죽어도, 서창은 그냥 가지 않을 테니까.

어떻게든 백검문과 엮어, 백검문을 역사의 뒤안길로 사라지게 만들고 싶을 테니까.

앞날은 아무도, 그 누구도 모른다고 했던가.

지금만큼 그 말이 통렬하게 공감되는 순간은 여태 단 한 번도 없었다. 양홍의 마음이 변해 방원을 잡고 협박했던 그 순간에도 이 정도로 공감되지 않았었다. 근데 지금은? 그 말을 한 이를 찾으면 '당신은 이치에 통달한 이요!' 손을 붙잡고 이렇게 외칠 것 같았다. 정말 그렇게 외치며 진심으로 존경할 것 같았다.

'앞으로 호락호락 당하고 살지는 않겠다고 그날 다짐했건만……'

당최 지켜지지가 않는다.

짜증나게도…….

그릉.

살짝 집을 빠져나오는 풍신. 조휘의 시선이 서늘하게 가라앉았다. 그리고 각오를 한다. 이걸로 적이 하나 늘었다고. 아주… 거대한 적이.

'풍신을 뽑고, 휘두르면… 이젠 돌이킬 수 없어.'

조휘는 은여령을 바라봤다. 그녀 또한 이미 검집에 손을 가져다댄 상황. 느껴진다. 고요하게, 지독한 침묵에 사로잡혀 있는 이 공간이, 이 건물이. 이건 연출된 분위기. 그 연출자는 아마……

조휘의 몸이 벼락처럼 회전했다.

그리고 동시에…

벌컥!

쉭!

그아아앙……!

결국 풍신은 공간을 갈랐다.

조휘는 이렇게, 돌이킬 수 없는 강을 건넌다. 그리고 건너감과 동시에 몰아치는 폭풍의 중심부에… 발을 디뎠다.

제26장
몰아치는 폭풍

깡!

문이 열리면서 머리로 떨어지던 검을 조휘는 풍신으로 튕겨냈다. 침입자, 정체가 뭔지는 굳이 생각해볼 필요도 없었다. 서창, 황제의 암검(暗劍)들이다. 서창의 직졸이 검을 튕겨내자 그의 가슴이 훤히 드러났다. 평소였다면 바로 손목을 비틀어 풍신을 쭉 찔러 넣었을 것이다.

하지만 이번에는 그러지 못했다.

이미 강을 건너고도 남아 있는 미련이 육체에 제동을 건 것이다.

쉭!

그러자 곧바로 이격이 날아들었다. 팍팍 안쪽으로 뛰어 들어오면서 공간을 만들고, 그 뒤로 다른 직졸이 뛰어 들어왔다. 깡!

조휘는 풍신을 어깨 쪽으로 당겼다. 깡! 어깨를 찔러오던 직졸의 검을 막고, 시선을 은여령에게 던졌다.

깡! 까강!

뒤이어 들어온 직졸이 은여령에게 폭풍 같은 연격을 펼치고 있었다. 슉슉! 일반적인 검보다는 조금 짧은 검으로 은여령의 가슴, 하단전의 조금 아래쪽까지, 자비 없는 공격을 감행하고 있었다.

공격 부위가 여인의 수치심을 극도로 자극시키는 곳이다. 이걸 지금 상황에서 해석하면 반드시 은여령을 죽이겠다는 것으로 밖에 보이지 않았다.

쉭!

막았던 검을 다시 당긴 직졸이 조휘에게 검을 휙 던졌다. 깡! 다시 비스듬히 풍신을 조종해 검을 튕겨내고, 이번엔 역으로 풍신을 그었다. 쉬익! 바람이 갈라지면서 풍신이 직졸의 가슴을 향해 떨어졌다. 그러나 그 순간 다시… 멈칫. 아직도 해소되지 못한 미련이 육체에 제동을 걸었다. 그 짧은 순간에 직졸은 이미 한 발 뒤로 빠진 다음, 은여령에게 몸을 던졌다. 목표와 목적은 명확했다.

은여령의 죽음. 납치도 아니고, 은여령의 목숨을 빼앗는 게 이 기습의 목적이자 목표였다.

으득!

이로 아랫입술을 씹어 피를 터뜨렸다. 비릿한 피가 일시에 조휘의 정신을 씻어냈다.

'적, 적이다. 죽여. 안 죽이면… 조휘 네가 죽는다!'

강하게 스스로를 세뇌시키고, 오른발을 뒤로 빙글 돌리며 상하 전체를 회전시켰다. 쉬아악! 풍신이 회전력을 머금고 발끝에서, 머리로 이어지는 선을 그렸다.

깡!

조휘에게 떨어져 은여령에게 달려들던 직졸이 상체를 획 뒤집었다. 사악. 아슬아슬하게 조휘의 풍신을 피한 직졸이 검을 맞대고 힘겨루기에 들어간 은여령을 덮쳤다. 좌악! 공중에 몸을 붕 띄워 전력으로 은여령의 머리를 노리고 검을 찍어갔다. 조휘는 급히 풍신을 제어, 은여령을 지키려 했지만 그러지 못했다.

파박!

활짝 열린 문을 통해 직졸 하나가 더 들어선 것이다. 그놈은 바로 조휘에게 달려들어 옆구리에 길쭉한 단창을 찔러 넣었다.

아따… 훌륭하다.

그러나 조휘에게는…….

"큭!"

빌어먹을이다.

시간을 두고, 하나의 상황이 딱 만들어지자마자 바로 뒤이어 들어왔다. 이미 와 있었으면서도. 이건 경험에서 나오는 완벽한 합격이었다. 상황 자체를 자신들 쪽으로 끌어당기는 치밀한 연수합격, 조휘도 할 수 있지만, 이걸 하려면 장산이나 위지룡이 있어야 했다.

스악. 일단 옆구리로 들어오는 단창을 허리를 비틀어 피하고, 퍽! 손등을 쭉 뻗어 직졸의 턱을 후려쳤다.

쿵.

뇌가 흔들려 의식이 날아가며, 그대로 앞으로 고꾸라졌다. 그런데도 놈은 신음조차 흘리지 않는다. 지독한 놈들이다.

까강!

"흑!"

조휘의 시선이 다시 은여령에게 향했다. 역시, 역시… 백검문의 무인이다. 거기다가 은여령은 여인이긴 하나, 치열한 전장을 경험했고, 살아남은 여인이다. 머리로 떨어지는 검을 허리에서 재빨리 단검 하나를 꺼내 막아냈다. 도합 두 개의 무기를 손에 쥐고, 직졸 두 놈의 무기를 막아내고 있는 은여령이다.

조휘의 신형이 바로 벼락처럼 튕겨져 나갔다. 정말 마음에 안 들어도 개같이 마음에 안 드는 여자다.

미모? 지랄…….

자신을 정말 시궁창 같은 상황에 끌어들인 여자다. 구해주고 싶지도 않은데, 냉정한 이성이 당장 저 여자를 버리고 도망치라 외치고 있는데, 한 번 쿵! 하고 뛴 심장이 그걸 방해하고 있었다.

그아앙……!

어느새 회수된 풍신이 도집에 들어갔다, 굵직한 궤적을 그려냈다. 그 속도는 가히… 빛에 버금갔다.

서걱!

풍신이 최초 조휘가 상대하던 놈의 허리부터, 어깻죽지까지 쭉 갈라버렸고, 그 상처에 놈이 움찔하자, 은여령이 발끝으로 놈의 정강이를 툭 밀어 찼다. 그러자 두 종류의 힘에 자신의 신형도 무너졌다. 하지만 역시 항주의 패자, 백검의 이름을 단 무인이라 할 만한 몸놀림을 이어 보였다.

무릎을 바닥에 대고 빙글 회전, 엎어지는 한 놈의 검을 흘려 바닥을 찍게 하고, 밀고 들어오는 검 또한 자신을 빗겨나가게 만들고는, 퍼벅! 거의 동시에 손을 써서 한 놈의 목에, 또 다른 놈의 허벅지에 굵직한 검상을 만들었다.

흡, 짧은 신음을 흘린 놈의 뒤통수를, 그아앙! 조휘의 발도가 갈라버렸다. 풀썩. 동시에 도를 회수하며 조휘는 오른발을 번쩍 들어 허리를 비틀며 찍어 내렸다.

꽈직!

세 번째 기절한 놈의 뒤통수에 통렬한 내려찍기를 먹이자, 으깨지는 소리가 나면서 한 차례 부르르 떨더니 축 늘어졌다.

해치웠다.

세 놈 다…….

이로써 이제는 못 물린다.

"아… 씨발…….."

으득!

이가 절로 뿌득뿌득 갈렸다. 은여령 때문에 이제는 완벽하게 엮였다. 이건 뭐, 빼도 박도 못 하게 되었다. 증거인멸? 가능할 리가 있나. 조휘는 이 세 놈이 전부라는 생각은 버렸다.

금의위(錦衣衛)와는 다르다. 정면으로 치고 들어가 모조리 쓸어버리는 그들과는 다르게 동창이나 서창은 공작, 첩보, 납치, 방화, 암살에 능했다. 그래서 작전도 설계에 가깝다. 힘으로 찍어 누르는 게 아닌, 아주 촘촘하게 설계도를 짠 다음 압박해서 원하는 것을 얻어간다. 그러니 이 주변에는 분명 직졸들이 퍼져 있을 것이다. 그리고 그런 직졸을 통솔하는 군관(軍官)들도 있을 것이다.

그 숫자는 최소,

'오십 내외.'

아주 제대로다.

무럭무럭 자라나는 살심이 눈빛에 담겼다. 조휘의 시선이 저절로 은여령에게 향했다. 은여령은 창백했다. 눈매 아래가 꾸물거리고 있었다. 습관적으로 훑어보고 만 조휘. 그녀의 왼손이 골반 쪽을 살짝 짚고 있었고, 그 손이 짚고 있던 눈처럼 새하얀 무복이 검붉은색으로 물들어가고 있었다.

이게 뭘 뜻할까?

부상이다…….

'다섯 중 넷이 죽었는데… 그녀라고 무사했을 리가 없지.'

그리고 언제였는지는 모르겠지만 아마 제대로 당한 부상일 것이다. 그게 짧지만 격렬했던 전투로 벌어진 게 분명했다.

"후우… 움직일 수 있나?"

"네……."

창백한 얼굴로, 미안한 얼굴로 대답하는 은여령. 조휘는 보고 말았다. 그러나 그 호수 같은 눈동자에서 이글거리는 짙은 복수의 불길을 봤다. 익숙하다. 자신이 했던 눈빛이고, 양홍에게서 봤던 눈빛이다.

"왜 나야."

"제가 아는 한 현재 항주에서는 당신이 제일… 강했고, 믿음이 갔고, 그래서 강하게 기억에 남았기 때문이에요."

"한 번 본 나를 그렇게 확신할 수 있나?"

"저는 단 한 번도… 사람을 잘못 본 적이 없으니까요."

"……."

그래, 그랬지. 이 여자도 조휘처럼 특별한 감각을 소유하고 있었지. 그걸 다시 상기한 조휘는 후우… 짧은 한숨을 흘려냈다. 몇 번이나 내뱉은 한숨인지. 이러다 땅바닥이 꺼지는 건 아닐까 하는 쓸데없는 고민이 들었다.

조휘는 움직이기 전에 생각해야 했다.

첫 번째로 따져야 할 건 안전한 곳.

두 번째로 따져야 할 건, 멀지 않아야 하는 곳.

하아.

또 한숨이 나온다.

동굴에서 뛰쳐나온 호랑이를 피해, 건너편의 다른 호랑이 굴로 들어가야 하는 상황이 되어버렸다.

"큭!"

"……."

입새를 비집고 나온 짜증 가득한 웃음에 은여령은 말없이 서 있을 뿐이었다.

그녀는 죄인이다. 조휘에게는 정말 대역죄인이다. 당장 목을 치겠다고 해도, 정상적인 사고를 가졌다면 할 말이 있어서는 절대로 안 될, 그런 죄를 지었다.

"오홍련으로 간다. 알아서 따라와."

"네……."

은여령은 가타부타 따지지 않았다. 왜 오홍련인지, 물어볼 법도 한데 그러지 않은 건 그녀가 그걸 물을 자격이 없기 때문이고, 그걸 스스로도 알고 있었던 까닭이다. 풍신을 집에 넣고, 천천히 걸음을 떼던 조휘는 다시 멈칫했다.

'아주 대놓고 풍기는군.'

나오면 죽이겠다고 말이다.

엄습하는 살기는 이미 문밖, 사방에서 흘러나오고 있었다. 앞방, 옆방, 그 앞방, 계단 쪽도, 문 바로 옆에서도. 직졸들이 숨어 의도적으로 풍기는 살기들이었다.

힐끔.

고개를 돌려 창문을 보는 조휘.

이 층이다. 뛰어내려도 별상관은 없다. 하지만 조휘는 이게 뭘 뜻하는지 잘 알고 있었다. 조휘도 해본 적이 있으니까.

'이쪽은 미끼, 창문이 진짜 덫.'

살기를 느끼고 창문으로 뛰어내리면? 조휘의 경험상 땅바닥에 발을 딛기도 전에 바로 꼬치가 될 것이다. 사방에서 분명 암기나 노를 쏴댈 것이다.

'오홍련까지의 거리는? 달리면… 이각. 최소 이각은 잡아야 된다.'

절대 짧지 않은 시간을 달려야 한다. 이각이면 전력으로 뛰었다고 가정할 시, 어쩌면 탈진까지 할 수도 있었다. 하지만 그렇다고 안 갈 수도 없는 상황이다. 절대적으로 안전한 곳, 현재 항주에는 오홍련밖에 없었다.

현 명의 황제조차 영향력을 행사할 수 없는 단 하나의 장소, 그곳이 바로 오홍련이다.

이화매 제독의 치마폭이 가장 안전하다는 소리다. 그렇게 생각하니 또 씁쓸해지지만, 어쩔 수 없었다. 가야만 한다.

조휘는 마음을 가다듬었다. 이제 의도적으로 냄새를 풍기는 미끼의 밭으로 몸을 던져 넣어야 된다. 그런데 미끼라고 얕잡아 볼 수가 없었다. 미끼는 미끼인데, 잘못 물면 사냥꾼을 죽이는 미끼가 되어버릴 테니까.

스윽, 한 걸음 내딛고. 스윽, 다시 반대쪽 발로 한 걸음을 내딛고. 스윽, 다시 한 걸음을 내딛자 발끝이 문의 경계선에 딱 도착했다. 이제 발을 더 밀어 넣는 순간 전투는 재차 발발한다. 후미를 맡아줄 은여령.

과연 손발이 맞을까 의문이지만, 전쟁 경험이 있다는 사실을 믿을 수밖에 없었다.

손가락을 뒤로 넣고, 수를 헤아려준다.

셋.

둘.

하나.

스으… 윽.

퉁……!

터엉……!

바로 화살 한 발이 발등이 있던 장소에 박혔다. 슉! 그 후 조휘는 바로 몸을 밖으로 빼냈다. 깡! 문 바로 옆에 숨어 있던 직졸의 검을 튕겨내고, 미련 없이 계단 쪽으로 신형을 돌려세웠다. 이후, 종아리, 허벅지에 힘을 주고 폭발적으로 분사시켰다. 파바박! 좀 전에 공격했던 직졸이 바로 조휘의 등을 노리고 달렸다.

푹!

그러나 순간 문을 뛰쳐나온 은여령이 단검을 아래에서 위로, 놈의 턱에 꽂아버린 후, 쑤욱 뽑아내며 조휘를 따라 달렸다.

벌컥! 벌컥!

옆방, 앞방에서 동시에 문이 열리며 직졸들이 쏟아져 나왔다. 도합 다섯. 깡! 까강! 조휘는 상체를 틀고, 놈들의 무기끼리 부딪히게 한 후, 앞발로 한 놈의 무릎을 찍었다. 으직! 주저앉는 소리가 나자 바로 도집을 뒤로 쭉 밀어 넣었다. 퍽! 도집의 끝이 다시 직졸 하나의 명치를 찍었고, 두 놈이 무너지자 어느새 마지막 공격이 조휘의 머리로 떨어지고 있었다. 큭! 거리가 짧다.

'피할 틈이······!'

쉬익!

퍽!

조휘를 스쳐 지나간 단검이 앞에 있던 직졸의 면상에 처박혔다. 누구? 당연히 은여령이다. 깡! 까강! 허리를 빙글 한 바퀴 돌려 보니 은여령이 직졸 둘의 무기를 마구 튕겨내고 있었다.

때린 후 반동을 이용해 바로 다른 방향에서 날아오는 무기를 막는, 어처구니없는 기예를 선보이는 은여령이다.

그녀와 시선이 마주쳤다.

그녀의 눈에는 다급함이 없었다. 아직 여유가 있다는 뜻. 그렇다면 뿌리칠 능력도 있다고 판단한 조휘는 다시 신형을 돌린 후 계단으로 내달렸다.

슉!

모서리를 돌려고 하자 벽에서 장창이 쭉 들어왔다. 하지만 이미 살기를 감지하고 있었다. 전투가 시작된 이후 쭉 잦아든 살기지만, 완전히 죽이지는 못했다. 아직 이놈 말고도 더 있는 걸 조휘는 안다.

계단 위, 삼 층에도,

계단 아래, 일 층에도,

아직 많이 있다.

게다가 이미 이곳에서 교전이 벌어졌으니 창밖에 대기하던 놈들도 다 이쪽으로 몰려올 것이다.

지랄 같은 상황.

쉭!

허리를 틀어 창을 빗겨내고, 팔꿈치를 접고, 허리를 다시금 원위치로 복귀시키며 휘둘렀다. 빡! 콧잔등 아래에 정확히 처박힌 팔꿈치. 우둑! 하는 소리가 적나라하게 울렸는데도 비명이 없다.

정말 지독한 놈들이다.

조휘는 몸을 비틀어 반원을 그리며 붕 띄웠다. 그러자 좀 전에 있던 자리로,

슉! 슈슈슉!

텅! 터덩!

화살이 처박혔다. 동시에 그 뒤를 은여령이 스쳐 지나갔다. 어느새 둘을 떨쳐내고 조휘의 등을 따르고 있던 것이다. 계단을 날듯이 뛰어 내려가는 조휘, 그 뒤를 비슷한 동작으로 따라가는 은여령.

일 층으로 내려오자 역시 시꺼먼 복장을 한 놈들만 가득했다. 조휘는 그걸 보고도 멈추지 않았다. 어차피 예상했기 때문이다.

파박!

내려선 후, 가속을 이어 그대로… 그아앙! 풍신을 다시금 긁어
내는 조휘. 고막을 자극하는 소음 이후, 깡! 파삭! 가장 전방에
있던 직졸의 무기를 부수고, 목을 날렸다. 개개인의 무력은 조휘
보다는 아래다. 이놈들이 무서운 건 작전의 치밀함과 끈질김, 그
리고 잔인함 때문이다. 이 전부가 한데 어우러져 효과를 발휘하
기 전에 몸을 빼내야 했다. 보니까 열 남짓이다. 아직 전부 모이
지는 않았다는 소리다. 쉭! 조휘를 스쳐 지나간 은여령이 검을
그대로 찍어 내렸다.

깡!

직졸이 은여령의 검을 막자, 조휘가 풍신을 혹 찔러 넣었다.
푹! 심장에 틀어박혔다가 빠지는 풍신. 조휘는 곧바로 풍신을 펴
듯이 휘둘렀다. 깡! 작은 손도끼 하나를 튕겨내고, 그 반동을 이
용해 다시 한 걸음 나서며 쭉 그었다.

서걱!

다가오던 직졸의 앞섶은 물론, 그 안에 살가죽 안까지 모조리
그어버린 풍신이 피분수를 만들어냈다.

은여령의 검이, 순간 조휘의 시력을 벗어난 움직임을 보였다.
빛살? 그것보다도… 빨랐다. 분명히. 그렇게 뿌려진 은여령의 검
은 역시 현실을 벗어난 살상력을 선보였다.

서걱.

소리는 하나.

움찔거렸다 무너지는 것들이 셋. 그걸 보며 조휘의 입가가 알
수 없는 감정으로 일그러져갔다.

후우…….

이후 깊은 한숨을 내쉬는 은여령.

조휘는 직졸들이 잠깐 멍해진 그 순간을 놓치지 않았다. 파바박! 퉁퉁 뛰듯 걸어가, 서걱! 한 놈의 목을 쳐 날렸다. 쿵쿵쿵쿵!

뒤에서 직졸들이 계단을 내려오는 소리가 들렸다. 삑! 귓가를 파고드는 짧고 굵은 소리. 호각 소리다. 어떤 신호를 보냈는지는 굳이 깊게 생각하지 않아도 바로 알 수 있었다. 모이라는 신호.

파쇄, 단번에 저 포진을 파쇄하고 빠져나가야 한다는 생각이 들었고, 몸은 곧바로 그 생각에 반응해 움직였다.

그르릉! 탁!

풍신이 다시금 도집으로 들어갔다. 귀찮은 동작이지만 가장 강력한 공격은 당연히 발도고, 그걸 위해서는 납도는 필수다. 객잔의 정문이 벌컥 열리며 일단의 무리가 다시 들어섰다. 아니, 들어서려 했다.

그아앙……!

퍽!

직졸 하나의 가슴을 쫙 갈라내고, 이후 발바닥으로 밀어 찼다. 신형이 뒤로 쭉 밀려나가자 조휘는 그대로 달려 어깨로 다시 박았다. 이미 혼이 떠난 육신이 붕 떠서 뒤로 날아가며 들어서려던 직졸들을 잠깐 멈추게 했다.

푹!

멈칫했던 그 순간이 죽음의 문턱을 지나는, 경계선이 되어버렸다.

은여령이 바닥에 떨어진 검을 집어 던졌고, 그 검은 한 놈의 어깨에 맞았다. 인상을 쓰며 주춤거리자 이번엔 조휘가 달려들었다. 그대로 어깨로 타격을 주니 들어서던 놈이 훅 뒤로 밀리고, 뒤에 있던 놈들까지 일시에 밀어냈다.

파바박!

은여령의 몸이 쭉 날았다.

팟!

그리고 문을 나감과 동시에 다시 조휘의 육안을 벗어난 기괴한 궤적을 그렸다. 서걱! 한 번의 절삭음, 그리고 떠오르는 목은 세 개. 가능한가, 저게? 조휘로서는 불가능이다. 후욱! 후읍! 거친 숨소리가 들렸다.

슈슈슉!

조휘까지 나오자 갑자기 반대편 객잔의 지붕에서 화살이 날아들었다. 조휘는 본능적으로 몸을 틀려고 했지만, 화살의 궤적은 조휘에게 향하지 않았다.

푹!

까앙!

한 발이 정확히 직졸 하나의 어깨에 박혔고, 두 발은 막혀 바닥에 떨어졌다.

본능적으로 궤적이 시작된 곳으로 시선을 던지니, 낯이 익은 복장을 한 소녀가 보였다. 이화. 이화매 제독의 동료이자, 수하인 소녀다. 조휘에게 혹으로 붙인다고 하더니, 정말 근방에 대기하고 있다가 사태를 보고 개입한 것 같았다.

"이쪽 골목으로요!"

까랑까랑한 소녀의 외침에 조휘는 바로 신형을 틀어 내달렸다. 그런 조휘의 뒤를 은여령이 따랐고, 그녀의 뒤로는 직졸들이 우르르 나와 따라 달리기 시작했다.

슉! 슉슉!

이화가 매긴 화살들이 직졸들을 정확히 노리고 날아갔다. 그것도 은여령의 바로 뒤에 붙은 직졸들에게만 쏘아졌다. 기가 막힌 궁술이다. 깡! 막히고, 까강! 또 막혔다. 하지만 소득이 없던 건 아니었다. 방어를 하면서 균형이 무너졌고, 그건 곧 간격이 더 벌어지는 효과를 낳았다.

"그대로 골목으로!"

이화의 외침을 조휘는 그대로 따랐다. 오홍련의 인물, 지금 상황에서는 가장 믿을 만한 사람이었다. 솔직히 말해 지금은 이화매가 이화를 혹으로 붙여준 것도 감사할 지경이었다. 이화가 아니었으면 훨씬 더 곤란해졌을 거라는 걸 알기 때문이었다.

골목으로 들어서자, 새까만 어둠이 조휘를 반겼다. 어떻게 불빛 한 점 없는지 의문이었지만 그걸 신경 쓸 겨를은 없었다.

"이쪽!"

불쑥 들려오는 소리에 조휘의 시선이 돌아갔다. 끼익! 열린 문을 통해 조휘의 신형이 그쪽으로 바로 꺾여 들어갔다. 동시에 은여령이 들어서고, 쾅! 소리와 함께 문이 닫혔다. 철컥! 조휘를 들어오라고 한 이는 거친 바다 향을 물씬 풍기는 사내였다. 쿵쿵쿵! 문을 두들기는 소리가 들렸다.

통성명?

그런 건 할 틈도 없었다.

"따라오시오!"

이후 사내는 바로 조휘를 바닥의 비밀 통로로 안내했다. 조휘,

은여령이 내려가자 사내는 통로의 문을 닫고, 다시금 철컥! 소리
가 나게 뭔가를 조작했다. 이후 횃불을 하나 만들더니 앞서서
달리기 시작하는 사내.

조휘는 말없이 따랐다. 은여령도 마찬가지였다. 헉, 헉헉, 하고
미약한 신음을 흘리고 있었지만 그걸 신경 쓸 틈이 없었다. 복
잡하다 못해 폭풍이 불어닥친 상황 탓에 사실 스스로도 정신이
없었다.

다만 무사히 오홍련의 인물들과 만났다는 사실에, 일단은 작
은 안도를 할 뿐이었다. 사내의 뜀박질은 빨랐다. 아니, 익숙했
다. 거친 바닥을 딛고 쭉쭉 치고 나가는데, 조휘도 전력을 다해
야 할 정도였다.

얼마나 사내가 든 횃불을 의지하며 달렸을까? 아마 이각은 된
것 같았다. 조휘도 숨이 가빠질 무렵 사내는 멈췄다.

사내는 들어온 곳과 비슷하게 생긴 문 앞에 서서, 그 옆에 있
는 줄을 세 번 잡아당겼다. 그러자 잠시 후, 반대편에 있던 종이
정확히 비슷한 간격으로 세 번 울렸다. 덜컥! 끼이익……. 문이
열리고 나서야 사내가 뒤로 돌아섰다.

"들어가면 제독에게 안내해줄 사람이 나올 거요."

"고맙습니다."

"별말을. 이게 내 임무일 뿐이오. 제독을 도울 수 있어 기뻤
소."

"……."

조휘는 다시 한 번 고개를 숙여 예를 표하고, 계단을 올라갔
다. 은여령이 뒤에서 감사합니다, 잊지 않을게요, 인사를 하고 따

라왔다. 문을 통해 위로 올라가자, 은은한 불빛이 감도는 공간이 나왔다. 사방이 벽이다. 그 공간에 한 명이 서 있었다. 좀 전의 사내와 마찬가지로 새까맣게 그은 피부를 가진, 거친 바다를 누비는 사나이 같았다.

"마도? 따라와."

"……"

대뜸 반말이지만 신경 쓰지 않았다. 지금 당장은 이화매 제독을 만나는 게 우선이었기 때문이다.

사내가 벽을 더듬자 그르릉, 하는 소리와 함께 돌벽의 한쪽이 움직여 사람 하나 통과할 만한 공간을 만들어냈다. 신기했다.

어떻게 이런 기관(機關)을 만들어냈는지, 다시 한 번 오홍련의 저력에 놀랐다. 이런 통로를 가지고 있을 줄이야……. 어떤 상황에서도 대처할 수 있게 할 수 있는 모든 준비를 해 놓는 모습.

절로 감탄사가 흘러나올 정도다.

사내를 따라 나가자, 오늘 아침에 보았던 오홍련의 일 층 내부의 모습이 보였다. 아침과 똑같은 정경이지만 다른 게 느껴졌다.

분위기.

팽팽하게 곤두선 장내의 분위기가 피부에 직격으로 와 닿았다. 사방에서 날아드는 시선들. 그 시선에 적개감은 없었지만 불편하기 그지없었다. 마치 뭔 죄를 지은 것 같았기 때문이다. 조휘는 은여령을 돌아봤다.

지친 기색으로 주변을 둘러보는 은여령. 그러다 조휘와 시선이 마주치자 다시 조용히 내리깔았다. 지은 죄가 있기 때문에 감히 마주 볼 용기가 없는 것이었다.

"올라가면 제독이 기다리고 있을 거다."

"감사합니다."

"됐어. 할 일을 한 것뿐이니까."

사내는 손을 휘휘 젓고는 나왔던 곳으로 다시 들어갔다. 조휘가 움직이기 시작하자 달라붙었던 시선들이 다시 떨어졌다. 그리고 각각, 경계 위치를 살피기 시작했다. 꼭대기 층에 위치한 제독의 집무실로 가자, 집무실 문은 훤히 열려 있었고, 안에서 양희은의 보고를 받는 이화매가 보였다. 조휘가 그녀의 모습을 확인했을 때, 이화매도 조휘를 발견하고는 손짓으로 들어오란 신호를 보냈다.

"확인해본 결과, 서창입니다."

"서창? 서창 놈들이 왜 마도를 기습했지?"

"모르겠습니다. 마도가 왔으니 직접 물어보는 게 빠르지 않을까 싶습니다."

"그래야겠네. 이화는?"

"복귀 중입니다. 일각 내로 거점으로 도착할 겁니다."

"그래, 좋아. 그럼 내려가서 애들 지휘 좀 해주고, 음… 의원도 좀 올려 보내. 저 여자, 보니까 좀 다친 것 같네."

"네."

양희은이 절도 있게 군례를 올리고, 조휘를 지나쳐 아래로 내려갔다. 이화매는 보고서 몇 장을 더 보고 나서야 조휘에게 다가왔다.

"후우, 헤어진 지 얼마나 됐다고 이런 대형 사고를 터뜨렸나?"

"한숨은… 제가 쉬고 싶은 심정입니다."

"그런가?"

"네."

이후 두 사람의 시선이 동시에 은여령에게 향했다. 은여령은 바로 고개를 푹 숙였다. 모든 잘못은 그녀에게 있던 게 맞으니까. 화탄을 가슴에 품고 조휘에게 뛰어든 게, 바로 그녀니까.

"백검문도네? 게다가 표식을 보니… 정예 중 정예라는 만병대의 인물이고. 인상착의를 보아하니… 생각나는 인물이 있어."

오홍련의 정보력으로 모를 리가 있을까? 조휘는 확신할 수 있었다. 절대 없다고.

"은성검(銀星劍) 은여령, 맞나?"

"네."

"일단 치료부터 받고 오지?"

"네……."

은여령은 이화매의 말에 찍소리도 하지 못하고 밖으로 내몰렸다. 은여령이 나가고, 조휘를 보는 이화매. 입가에 묘한 미소를 머금고 유쾌하지 않은 어조로 말문을 열었다.

"벌써부터 사랑의 도피인가?"

사랑의 도피?

지랄… 정말 지랄 같은 소리에 조휘의 눈빛이 대번에 변해버렸다.

그러나 눈빛에 담긴 감정대로 몸을 움직이지는 않았다. 꾸욱, 다시 눌러 참는 조휘.

"농담할 기분이 아닙니다, 지금은."

"후후, 그렇겠지. 무려 서창과 한바탕하다 오셨으니."

"후우……."

이화매는 웃지만, 조휘는 웃을 수 없었다. 솔직히 아직도 제대로 실감이 나지 않았다. 자신이 황실을 적으로 돌렸다는 사실이 말이다. 불가항력이었지만, 그래도 결국은 최악의 수를 짚은 것이나 다름없었다.

"어떻게 된 건가?"

"은 소저가 오면 직접 물어보시는 게 빠를 겁니다. 저도 아직 정리가 안 돼서, 뭐라 말할 상황이 아닙니다. 그리고 굉장히 지쳤습니다."

"피로?"

"네, 정신적으로."

"이런, 천하의 마도가 지쳤다니. 뭔가 굉장한 사정이 있었나 보군."

"굉장하다면… 굉장하겠지요."

으득!

아주 굉장하게 낚였으니까. 좌측 골이 욱신거리는데 온 신경이 그리로 몰려가고 있는 상황이었다.

"심정이 복잡한가?"

"부정하지 않겠습니다."

"후후, 십 년의 군역을 치렀지? 그대가 군역에 떨어졌을 때, 나는 오홍련의 제독이 되기 위한 임무를 시작했지. 아, 우리 오홍련의 총 제독에 오르기 위해서는 본가의 수뇌부가 정한 임무를 완수해야 돼. 이런 임무는 보통 역사적인 유물을 찾아오라는 게 대부분이지."

"……."

자신의 얘기를 풀어놓기 시작하는 이화매. 어떤 의도인지 알기에 조휘는 가만히 듣기만 했다. 희미한 미소를 지은 이화매가 조휘에게 똑바로 시선을 마주치며 붉은 입술을 다시 열었다.

"오 년을 떠돌았어. 결국 찾긴 찾았지만 그 기간은 아주 지옥 같았지. 하루는 이 섬에서 원주민과 싸우고, 그 뒷날은 다른 섬의 부족에게 잡혀 속이 비치는 나삼을 입고 덩실덩실 춤을 추었지. 그다음 날은 내게 춤을 추라 시킨 놈들의 목에 비수를 틀어박았고, 그다음 날은 배를 타고 도망가고. 어때, 파란만장하지?"

"……."

인정한다. 저 말이 거짓이 아니라면, 이화매도 정말 순탄치 못한 세월을 겪었다.

"하루 앞날이 어떻게 변할지 모르는 공포는… 너나 나나 지독하게 겪어 본 거야. 나는 좀 더 넓은 세상에서, 너는 좁지만 아주 직접적인 죽음의 공포를 느꼈겠지. 지금 그대 주변에서 범상치 않은 일들이 연속으로 일어나는 건 알아. 하지만 옛날을 생각해 봐. 그때와 다른 건 사건 몇 개 더 터진 것밖에 없으니까."

"……."

아주 긴 위로다. 조휘는 고개를 끄덕였다. 전부 이해했다. 하지만 완전히 정리는 안 됐다. 그런 조휘를 보며, 이화매가 씩 웃으며 화제를 바로 돌려버렸다. 아주 능숙하게 사람을 상대하는 이화매다.

"이번엔 이화가 주변에 있었기에 망정이지, 아니면 큰일 날 뻔했어. 마도를 잃을 뻔했으니까."

"아… 그 부분에 대해서는 정말 감사합니다. 덕분에 진짜 큰일을 넘겼습니다. 무사합니까, 그 소녀는?"

"이화? 무사하지. 소녀처럼 보이고, 실제로 소녀이긴 한데 무시하진 말라고. 혼자 적각무사도 웃으면서 상대하는 아이니까."

"진짜 그 정도입니까?"

"그래, 조선의 도가(道家) 중 하나를 잇고 있어. 뭐, 그래도 예전처럼 호풍환우를 부리는 도술을 익힌 건 아니지만, 무력 하나만큼은 아주 제대로야."

"그것참… 대단하군요."

그 어린 소녀가, 이제 겨우 방년이나 지났을까 말까 한 소녀가 적각무사를 상대한다? 도대체가… 어떤 수련을 쌓았기에 가능한 걸까? 조휘 자신도 풍신을 얻고, 무력이 수준급에 오르기 전에는 적각무사와의 대적은 꿈도 못 꿨다. 골목으로 들어서기 전 보여줬던 궁술이 떠올랐다. 그 정도면 가히 위지룡과 비교해서 결코 떨어지지 않을 것이다. 근데 궁술이 끝이 아니다. 소녀가 등에 매단 무기는 분명 검이나, 도, 근접형 무기였다. 그게 아마 주 무기일 것이다. 즉, 무기를 뽑으면 더 강해진다는 소리다.

호랑이도 제 말 하면 온다더니, 쿵쿵거리는 소리가 들렸다. 그 소리와 엇박자로 언니! 언니! 하는 외침도 들렸다. 조휘를 도와준, 아니 거의 구해준 것이나 다름없는 이화가 도착했다. 이화는 조휘를 보고 어! 도착했다! 하더니 반가워했다.

조휘는 바로 일어나서 예를 표했다. 거의 구명의 은에 가깝다. 그녀가 곁에 없었다면? 아마 지금까지도 처절한 사투를 벌이고 있었을 것이다. 십 중 칠, 팔의 확률로 말이다. 그럼 나머지 이,

삼의 확률은? 조휘가 죽었거나, 혹은 돌파했거나…….

그러니 조휘의 예는 결코 과하지 않았다.

"에헤헤! 아니에요!"

이화는 조휘의 예에 가볍게 답하고는, 이화매의 옆에 냉큼 앉았다. 그리고 시선을 들고 이화매를 초롱초롱한 눈망울로 바라봤다. 그 모습에 조휘는 집 지키는 견공(犬公)이 생각났지만, 그걸 입 밖으로 내지는 않았다.

"다친 데는?"

"없어요!"

"다행이다. 그리고 잘했어."

"히히!"

이화매가 머리를 쓰다듬어주자 몸을 부르르 떨면서 좋아한다. 그 모습에 조휘는 당겨져 있던 신경이 천천히 느슨해짐을 느꼈다. 황제도 어떻게 못 하는 이곳을, 감히 쳐들어올 간덩이 부은 놈들은 없을 테니까.

'후우…….'

그래서 조휘에게는 지금 현재 이곳이, 마치 딴 세상처럼 느껴졌다. 현세에 존재하지 않는, 풍요롭고 평화롭다는 선경(仙境) 중한 곳인 무릉도원(武陵桃源). 마치 그렇게 느껴졌다. 하지만 그런 생각도 잠시였다.

상처를 치료하고 다시 이화매의 집무실로 들어온 은여령을 보자 무릉도원은 급격하게 깨져나갔다.

짜증으로 인해 기분이 급변했다.

"마도, 좀 참지? 피부가 따끔하네, 아주."

이화매의 농이 조휘의 귀로 파고들었다.

분노와 함께 일어난 살기를 가지고 한 농담이라, 조휘는 다시 하아… 한숨을 내쉬었다.

"은성검도 앉고."

"……."

말없이 조휘의 반대편에 앉는 은여령. 이화매가 자리를 상석으로 옮겨갔고, 이화는 눈치를 좀 보다가, 언니! 저는 이만 잘게요!란 말과 함께 사라졌다. 그렇게 집무실에는 셋만 남았다. 이화매가 둘을 바라보더니 느긋한 것 같지만 날이 제대로 서 있는 어조로 말문을 열었다.

"자, 이제 들어볼까? 왜 은성검이 내 사람에게 침을 묻혔는지 말이야."

"……."

"……."

과격, 파격적인 그 말에 당연히 바로 대답하는 이는 없었다.

*　　　*　　　*

"아아… 빌어먹을 상황에 엮였네."

거의 반각 정도, 은여령의 설명을 듣고 난 이화매의 감상평이었다. 하아, 단발 한 번 털고, 뒤로 살짝 넘긴 그녀가 조휘를 바라봤다.

"마도, 은성검이 널 제대로 엮였는데? 용케 참았어. 네 성격이면 그 도를 뽑아도 결코 부족하지 않았을 텐데."

"그러려고 했습니다만, 후우… 작은 인연이 있었기 때문에 그러지 않았습니다."

"오오, 마도가 인연을 따지다니. 이거 새로운 걸 알았는데?"

농담이지만 조휘는 웃지 않았다. 웃을 마음 자체가 일지 않았다. 조휘도 대화가 시작된 이후, 머리가 복잡하게 돌아가기 시작했다. 주제는 바로 앞날, 미래다. 황실 직속 기관인 서창의 직졸들의 목을 벴다. 한둘도 아니고 꽤 여럿이다. 몇 이나 베었는지 수를 헤아리진 않았지만 못해도 대여섯은 될 것이다.

그러나 문제는 숫자가 아니었다. 하나라도, 서창에 적대적인 행동을 하고 말았다는 사실이 중요했다. 조휘의 무력이 아무리 높다 한들, 금의위 한 개 대만 나서도 감당하기 힘들다. 황실, 최후의 보루라 할 수 있는 게 바로 금의위다. 결코 만만한 집단은 아닐 것이다.

"일단 차근차근 가보자고. 은성검, 혹시 백학(白鶴)이 그댈 버렸나?"

"아니요. 그럴 분이 아니시라는 걸 제독님도 아시잖아요."

"알지. 알기 때문에 물어본 거야. 만약 그댈 버렸다면 이건 또 굉장히 심각한 문제니까."

백학(白鶴).

백검문주의 별호다.

고고한, 티끌 하나 묻지 않은 순수한 학. 그의 인격을 대변하는 별호였다.

백검문. 정(正)과 협(俠)으로 대변되는 중원의 대표적인 정도문파. 그런 곳의 수장이다.

"그럼 자의로 나와 마도를 걸고 넘어간 건데…… 이유는 황명. 아, 이 빌어먹을 단어를 들을 줄은 솔직히 생각도 못 했는데."

"……"

조휘는 이화매의 굳어진 얼굴과 말투에서 그녀도 '황명'에 대해서 알고 있다는 걸 알 수 있었다.

전쟁이 일어나는 것도 아는 오홍련이다. 설마 황명의 진의를 모를 리는 절대 없었다. 정보에 특히 민감한 오홍련이 말이다.

"마도, 너도 아나? 황명의 뜻."

"네, 연 백호에게 들었습니다. 하지만 듣고 나서 잊으라 했기에 지금까지 잊고 살았습니다."

"그놈 성격이면 그럴 만하지. 음, 어디까지 들었나?"

"황명이 추구하는 그 끝까지는 알고 있습니다."

"그렇다면 얘기가 빠르겠어."

쪼르르.

이화매는 앞에 있는 주전자를 들어 찻잔에 차를 채우고, 격을 따지지 않고 들이켰다. 시원시원한 모습이었다.

"왜구와의 전쟁, 그리고 북원과의 전쟁. 이 모든 곳에 황명이 관여해 있지. 어떤 황명인지 아나?"

"음……"

거기까지는 모른다. 다 들은 게 아니고, 딱 황명이 추구하는 그 끝만 들어 알고 있었다. 조휘가 모르겠다고 고개를 젓자, 이화매가 설명을 이었다.

"중원 내, 모든 문파는 무인을 보내 전쟁을 도우라는 황명이지. 자, 그럼 이게 뭘 원해서 내린 것이라 생각하나? 진짜 전쟁을 위해서?"

"……."

저렇게 말하니까 절대 그건 아닐 거라는 생각이 들었다. 그리고 그 생각처럼, 이유는 정말 그게 아니었다.

굳은 이화매의 얼굴, 꽉 쥐어진 주먹. 분노를 여과 없이 나타내며, 그녀의 말이 이어졌다.

"강호가 가진 무력의 제거야. 계속해서 전쟁을 통해 깎아내겠다는 거지. 이 황명은 그 기틀을 만들기 위한 것이고."

"…기틀?"

"그래, 차곡차곡 계속해서 깎아내는 거지. 진짜 무인들을."

"……."

"처음 듣지?"

조휘는 대답 대신 고개만 끄덕였다. 당연히 처음 듣는다. 생각조차 해본 적이 없었다. 이 얘기를 연 백호에게 듣기는 했었지만 지금까지 깊게 생각해본 적은 없었으니까.

"미친 거지. 미쳐도 아주 제대로 미친 거지."

이화매가 눈살을 찌푸리고, 적의를 있는 대로 드러냈다. 조휘도 공감했다. 광기가 들어간 행동이었다. 미치지 않았다면 이런 말도 안 되는 일을 벌일 이유가 없었다.

"무의 상실의 시대. 그때가 아무리 치욕적이고, 무서웠기로서니… 쯧."

이유 또한 이화매의 입에서 나오긴 했지만 그걸로 정당성이 성립되지는 않았다. 조휘는 이쯤에서 생각하는 걸 멈췄다. 황제가 미쳤든, 안 미쳤든 지금 당장 중요한 건 그게 아니라 자신의 처우다.

결국은 범을 피해 또 다른 범의 아가리에 대가리를 밀어 넣는 꼴이지만, 그나마 다행인 건 또 다른 범이 그나마 온순하고, 자신에게 이득이 되는 범이라는 사실이었다.

'씨발, 진짜……'

욕이 정말 목 끝까지 치밀어 올랐다.

"앞으로 어쩔 건가?"

자신에게 묻는 건가 싶어 조휘가 다시 시선을 돌렸더니, 이화매의 시선은 은여령에게 향해 있었다.

"가능하면… 몸을 의탁하고 싶어요."

"역시 그렇게 나오는 건가. 음, 나쁘지는 않지. 현재는 감히 황제도 오홍련을 건드릴 수 없으니까."

"……"

은여령은 이미 결단을 내린 것처럼 보였다. 하지만 표정은 굉장히 딱딱하게 굳어 있었다. 그녀는 아랫입술을 깨물고 있었다. 정말 할 말이 많아 보였다.

몸담았던 문을 떠나, 새로운 단체에 적을 둔다.

사실 불가능한 일이었다. 옛 강호도, 현 강호도 이건 용서치 않는다. 하지만 지금은 상황의 특수성 때문에 이해가 되고, 적을 옮겨도 아무런 문제가 없었다. 그리고 그런 그녀의 선택을 누구도 뭐라 할 수 없을 것이다.

조휘 빼고는.

"복수할 생각인가?"

"네."

"힘들 거야. 적은, 이 중원 땅을 다스리는 놈이니까."

"그래도……."

포기하지 않으려고요.

뒷말은 가느다랗게 흘러나왔지만 조휘도, 이화매도 전부 들었다. 참으로 기구한 사연이다. 조휘와 비교해도 솔직히 떨어지지 않을. 그러나 그건 제삼자가 봤을 때나 그렇고, 당사자인 조휘의 생각은… 여전히 달랐다. 다만 내색하지 않았다.

이화매의 시선이 조휘에게 넘어왔다.

마치 너는 어쩔 거냐는 질문이 고대로 담겨 있는 시선이었다.

"후우……."

선택지가 없다.

"이런 식으로 마도를 영입하는 건 별로인데. 마도, 내가 먼저 제안하지. 그냥 적만 오홍련에 넣어둬. 내가 방패가 되어주겠다."

"음?"

"떠나고 싶으면 언제든 떠나도 돼. 그대가 떠나고 싶은 마음이 생긴다면 그건 여전히 내가 마음을 얻지 못했다는 뜻이니까."

"……."

과연…….

이렇게 나오나?

입바른 소리라면 조휘가 바로 알아차렸겠지만, 그건 아니었다. 마주친 시선은 강렬했다. 탐욕도 분명 있지만, 그에 비례해서 올곧음 또한 있었다.

"네가 떠나고 싶을 때, 그때가 오기 전까지 내가 그대의 마음을 사로잡아 볼 테니까. 어때?"

"……."

이화매의 제안은 매력적이었다. 굉장히 매력적인 제안임이 분명했다. 이화매가 마도의 영입에 성공했다는 공표를 하는 순간, 제아무리 서창이라고 할지라도 이제 조휘에게 손을 쓰기는 힘들다.

그러니 이 제안은 솔직히 말해, 이화매가 진짜 굉장히 신경을 쓴 제안이다. 조휘는 이화매를 바라봤다.

이유가 당연히 궁금해서였다. 정말 왜 이렇게까지 할까? 하는 이유. 시선을 받은 이화매가 다시 입을 열었다.

"나는 내가 직접 마음을 얻지 않은 동료는 신뢰하지 않아. 언제고 배신할 가능성이 있기 때문이지."

"……."

"특히, 간부급으로 영입할 대상들은 더 그래. 선원들이야 배신해도 큰일이 벌어지진 않아. 큰일이 벌어질 수 있는 일 자체를 맡기지 않으니까. 하지만 조직도나 항로, 동료 관계, 비선, 자금 유동 등등. 이런 걸 알고 있는 간부급이라면 얘기가 달라져. 어느 하나라도 빠져나가면 오홍련 자체에는 큰 타격이 오지. 이걸 대비하기 위해 간부급은 언제나 내가 영입해. 내가 이 두 눈으로 보고 나서 직접 판단한다고. 마도, 너는 내 나름의 기준을 한참이나 넘어섰지. 넌 반드시 얻고 싶은 놈이야. 이제 설명이 됐나?"

"네."

넘치도록 됐다.

진정성이 가득한 그 말은 믿음이 갔다. 이후 조휘는 천천히 고개를 끄덕였다. 이화매의 제안을 받아들이겠다는 뜻이었다.

"그런 의미로, 하나 더 부탁하지. 은성검, 니가 맡아."

"네? 음… 그건 좀 그렇습니다만."

조휘는 이화매의 말에 즉각 거부 의사를 나타냈다. 그리고 자신의 맞은편에 앉아 있는 은여령에게 시선을 돌렸다. 고개를 푹 숙이고 있는 그녀. 꼴도 보기 싫은 여인이다.

그런데 자신의 밑에 두라고?

안 될 말이었다.

분명 사달이 벌어질 것이다.

"맡아. 은성검 정도의 무력은 백검문에서도 보기 힘들어. 아니, 전 중원을 따져도 많지 않아. 유키에 비교해도 결코 부족하지 않으니까. 지금은 그래도 나중에 가면 정말 큰 도움이 될 거야."

"그래도 지금 당장은 아닙니다. 솔직히 말해, 지금 제 마음은 목을 쳐도 분이 풀리지 않을 것 같으니까요."

"알아."

"알면서 이런 권유를 하는 건 아닌 것 같습니다만."

"그래도 나중에는 이득이라니까? 내 말 들어. 게다가 여인이라는 특성상, 임무의 폭은 더 넓어져. 선택의 수가 넓어진다고. 이게 뭘 뜻하는지 마도, 너는 알지?"

"알긴 압니다만… 후우."

임무의 폭.

여인에게 맡길 수 있는 임무. 몇 개 없지만, 그 몇 개가 굉장히 큰 도움이 된다. 그건 조휘도 알지만, 그래도 지금 당장은 힘들다는 생각뿐이었다. 저 푹 숙인 모습조차 마음에 안 들 정도니까.

"그리고 마도, 이건 지금에서야 느끼는 건데… 어쩌면 넌 폭풍의 중심이 될지도 몰라."

"네?"

이건 또 뭔 소리일까? 이화매를 바라보자 그녀는 입가에 묘한 미소를 머금고는 다시 말을 이었다.

"폭풍의 중심이라고. 즉, 핵(核)이라는 거야. 사건, 사고의 핵. 그게 아니라면 이렇게 한 사람을 중심으로 일이 터진다는 건 사실 말도 안 되는 일이지."

"……."

그래, 그 뒷말은 조휘도 공감하고 있었다. 도대체 자신이 뭘 잘못했다고 이렇게 굵직한 일들에 엮여 가는지, 정말 신기할 지경이었다.

"그런 일이 종종 있어. 나도 한 번 서봤고, 지금도 서 있지. 만약 나처럼 그 중심에 설 운명이라면 각오 단단히 하고, 준비도 단단히 해야 될 거야."

"……."

"굉장히 힘들 테니까."

의미심장한 말이다. 말뜻을 이해해 보려 했으나, 밖에서 들려오는 쿵쿵거리는 소리에 생각을 멈출 수밖에 없었다.

양희은, 이화매의 부관이었다. 매우 딱딱하게 굳은 얼굴. 손에는 죽간 하나를 들고 있었다.

"뭔 일이야?"

"제독, 이것 좀 보셔야겠습니다."

"가지고 와."

도르르 말려 있던 죽간을 펼친 이화매가 이내 내용을 읽기 시작했다. 그리고 거의 곧바로라고 해도 될 정도로 빠르게 표정이 굳었다.

딱딱하다 못해… 한기가 느껴질 정도로 굳어갔다. 그걸 확인하던 조휘도 인상을 살짝 굳혔다.

저 표정, 방원과 적운양을 놓고 소산에서 보여줬던 것이었다. 정말 진심으로 분노하기 시작했다는 뜻.

"이거 참……."

나직한 한마디를 흘려내더니, 조휘를 봤다. 그리고 다시 죽간으로 시선을 옮겼다. 시선이 맨 위다. 다시 처음부터 읽고 있다는 뜻.

"출처는."

"저희 쪽 정보원입니다."

"언제 도착한 거야."

"특급 배편으로, 좀 전입니다."

"큭, 미치겠군……. 내가 태풍의 핵이라는 말을 꺼낸 지 얼마나 됐다고… 큭큭!"

웃음이 달랐다.

후후, 뇌쇄적인 미를 흘리던 웃음이 아닌, 정말 억눌린 웃음. 획, 죽간이 조휘에게 날아왔다. 가볍게 받아 펼쳐 본 조휘의 표정이… 바로 굳었다. 첫 문장 때문이었다.

연 백경 사(死).

으득!

이후 조휘의 입이 격렬한 소리를 내며 갈렸다. 죽간의 내용은 짧았다. 연 백호의… 사망 소식과 사인, 사망 시각, 흉수 유추 등등. 그게 전부였다. 굉장히 간결했기에 읽는 데는 한 호흡도 걸리지 않았다.

그런데 그 한 호흡도 안 되는 내용에 조휘는… 격렬한 심적 변화를 일으켰다. 지인의 죽음.

아니, 아니다. 구명(救命)의 은(恩)을 몇 차례나 조휘에게 베풀었던 이의 죽음.

연 백호가 없었다면, 연 백호가 아닌 다른 이가 백호로 왔다면, 어쩌면 조휘는 지금까지 살아 있지도 못했을 것이다.

제대로 된 지휘관.

수하의 목숨을 살필 줄 아는, 조휘가 봤을 때는 그야말로 최고의 지휘관이었고, 솔직히 말해 존경하는 이였다.

그런 이의 사망 소식이니, 어찌 멀쩡한 정신으로 견딜 수 있을까. 죽간을 쥔 손이 부들부들 떨렸다.

"이거… 확실한 겁니까?"

"오홍련의 정보원이 보낸 거야. 사실일 가능성이 십 할은 되겠지."

딱딱한 대답이 되돌아왔다.

십 할. 아닐 확률 자체가 존재하지 않았다. 확실하다는 뜻이다. 조휘는 다시 죽간의 내용을 곱씹었다. 그러다가 홍수 유추라는 대목에서 딱 멈췄다.

동창(東廠).

조휘의 시선은 그 단어에 고정된 채 한참이나 떨어지지 않았다. 동시에 의식이 갑자기 뿌옇게 흐려졌다.

                    *   *   *

"네가 진조휘냐?"
"……."
"네가 마도냐고, 이 새끼야!"
"……."
두 번의 물음에도 조휘는 도를 손질하던 손을 멈추지 않았다. 앞의 세 놈. 복장을 보아하니… 갓 들어온 애송이들.
"형님이 묻는데 대답 안 하냐!"
퍽!
딸랑이로 보이는 놈 하나가 조휘의 손을 걷어찼다. 아니, 도를 찼다. 발길질이 나오는 순간 이미 손을 뺐기 때문이었다.
조휘는 도가 저 멀리 날아가고 나서야 고개를 들었다. 아직 빳빳한 타격대의 복장을 한 세 놈이 보였다. 조휘는 천천히 일어났다.
"내가 니들 조장이다. 말 높여."

"하, 이 새끼 보시게? 조장인데, 뭐 어쩌라고? 씨발, 뒈지고 싶냐?"

걸쭉한 욕설이 날아왔다. 이로써 한 번은 참았다. 꼭 있다. 이렇게 시비를 거는 놈들이. 특히 밖에서 주먹질 좀 하던 놈들은 열에 대여섯은 와서 시비를 걸었다. 보통은 말로 한두 번 타이른다. 나름 기회를 주는 거다.

하지만,

쉭!

날아온 주먹을 피한 조휘는 그대로 무릎 안쪽을 짓밟았다. 뿌득! 뒤이어 악! 소리가 들렸다.

"이 개새끼가!"

쉭!

다른 한 놈이 주먹을 날렸다. 기회를 줘도 잡지 않는 놈들. 지금 조휘의 기분은 매우 더러운 상태였다. 엊그제 있었던 작전에서 정말 죽을 뻔했기 때문이다. 백호장이라는 새끼는 전투가 시작되자마자 도망쳤다.

하지만 조휘는 그걸 별로 마음에 두진 않았다. 왜? 한두 번이 아니었던 까닭이다. 하지만 그런데도 기분이 더러운 건, 덕분에 조휘가 이끌던 타격대원들이 반 이상 죽어나갔기 때문이다.

'명철이 그 새낀 오늘 전역이었고, 억이 그놈도 한 달밖에 안 남았다고······.'

그런데 죽은 거다.

전역을 얼마 안 남기고.

그래서 조휘는 지금, 극도로 기분이 더러운 상태였다.

슥, 날아오는 주먹을 툭 쳐내고, 사선으로 주먹을 쳐올렸다. 퍽! 턱이 빙글 돌아가며 캑! 소리와 함께 실 끊어진 인형처럼 쓰러지는 두 번째 신병.

"이, 이놈이……."

"이놈, 뭐."

"내, 내가 누군지 알고!"

"네가 누군데?"

신병은 이미 얼어붙었다. 조휘가 보여준 짧은 몸놀림에 아마 자신의 상대가 아니라는 걸 본능적으로 깨달은 것 같았다. 하지만 깨닫는다고 달라질 게 있나? 아무것도 없었다. 와서 시비를 걸었으면 책임을 져야지?

빡!

"컥……."

채찍처럼 감겨 들어간 조휘의 발이 신병의 바깥 무릎을 후려쳤다. 외마디 비명과 함께 무너졌고, 조휘는 그대로 멱살을 잡아 바짝 당겼다.

"말해 봐, 네가 누군데?"

"나, 나는… 칵!"

빡!

송곳 같은 주먹이 놈의 콧잔등을 후려쳤다.

"다시 말해 봐. 누구라고?"

"저, 저… 악!"

빡!

이번엔 입술. 뒤이어 조휘는 더 들을 생각도 없이, 신병을 작살내기 시작했다. 빡! 빠각! 광대, 턱, 입술, 코, 눈까지.

사정없이 들어가는 주먹에, 피가 마구 튀었다. 돌이라고 해도 될 정도로 단련시켜 놓은 주먹이다. 한 방, 한 방이 아마 뼈를 끊어 놓는 것처럼 아플 거다.

"사, 살려⋯⋯."

"살려주긴 뭘? 누가 죽인대?"

피식 웃은 조휘가 다시 주먹을 들었다. 그리고 자비 없이 신병의 얼굴에 다시금 주먹을 꽂아 넣었다.

아니, 넣으려고 했다.

탁.

"그만하지? 이러다 죽겠어."

"⋯⋯."

조휘는 자신의 주먹을 잡아챈 사람을 말없이 올려다봤다. 복장이 달랐다. 잠깐 보던 조휘가 놈의 멱살을 놓고 일어섰다.

"누구십니까?"

"나? 연백경이라 하네."

"연백경?"

"그래, 연 백호라 부르게. 앞으로 타격대 일대를 맡을 사람이지. 아, 그러니 자네의 상관이 되겠는데?"

"⋯⋯."

웃으면서 손을 내미는 그 사람.

그게, 연 벽호와의 첫 만남이었다.

'그랬지⋯⋯.'

조휘의 의식이, 다시금 현실로 돌아왔다. 하지만 정상적인 상태로 돌아오진 못했다.

동창, 이 개새끼들……

으드득!

이가 갈리는 소리와 동시에 풀려나오는 살심에, 주변에 있던 모든 이들이 흠칫하고는 조휘를 바라봤다. 그러나 조휘는 그 시선들을 느끼면서도 무시했다. 아니, 아예 신경을 쓰지 않았다. 끓어오르는 이 분노.

단지 그 분노를 풀 방법만을 위한 사고 회전이 시작됐다.

눈앞이 깜깜해지면서 시야 자체가 몽롱하게 변했다. 화끈한 열기가 느껴졌다. 자신의 몸에서 피어나는 열기라는 걸 조휘는 자각했다. 손으로 이마를 짚어보니 불덩이다. 급격하게 올라온 분노가 육체 자체에 영향을 끼치기 시작했다.

…도!

귓가에 쏙 박히는 어떤 소리가 있었지만 이번에도 조휘는 무시했다. 아무런 영향도 끼치지 못한 그 소리는 바람결에 흩어졌다.

와락!

앞섶을 쥐는 새하얀 손이 보였다. 둔중한 충격에 조휘는 바로 반응했다. 앞섶을 쥔 하얀 옥수(玉手)의 손목을 잡고 비틀었다. 두둑! 하고 꺾여야 하지만 그런 소리는 나지 않았다. 손목을 잡고 힘을 주는 그 순간 옥수에도 힘이 들어가며 저항했기 때문이다.

"마도!"

"……"

손목을 비틀지 못한 조휘는 바로 팔꿈치를 접어, 빙글 돌려 휘둘렀다. 뾰족하게 나온 부위가 멱을 잡은 인물의 관자놀이를 향해 날아갔다. 퍽! 안타깝지만 상대가 내민 손바닥에 막혀 원하던 바를 이루지 못했다. 하지만 한 번으로 안 되면 두 번, 세 번 치면 된다는 생각이 들어 계속해서 후려쳤다.

퍼벅!

그러나 그 공격들은 모두 막혔다. 그때 다시,

"진조휘! 정신 차리라고!"

"……"

그 소리에 다른 팔로 상대를 잡아당겼다가 놓고, 팔꿈치가 다시금 반원을 그렸다.

퍽!

그러나 이번에도 막혔다. 상대는 근접 격투의 달인인지, 조휘의 공격을 모두 막아내고 있었다.

촹……!

"윽……"

고막을 찌르르 울리는 경종 소리에 조휘는 인상을 찌푸렸다. 큰 소리가 아니라, 그냥 진짜 고막 자체에 충격을 주는 요상한 종소리. 꽹과리 같은 그 소리는 조휘의 정신을 일순간 현실 세계로 되돌렸고, 그 틈을 놓치지 않은 이화매가 다시 외쳤다.

"이 새끼야! 정신 안 차려!"

"…아."

"아는 무슨!"

으득!

바로 코앞에서 들려오는 격렬한 이 가는 소리에 조휘의 의식
은 더 빨리 정상으로 돌아왔다. 스르륵, 가장 먼저 한 행동은 손
을 놓는 것이었다. 상대의 손목을 놓자, 상대의 얼굴이 보였다.
이화매였다.

울긋불긋한 얼굴로 노려보고 있는 이화매. 조휘는 그제야 자
신이 이성을 잃었다는 것을 자각했다.

"하아……."

"미치겠군. 이건 좀 아니잖아?"

"……."

털썩.

조휘는 몸에 힘을 쭉 빼고 주저앉았다. 이후 손바닥으로 좌골
쪽을 툭툭 두드렸다. 지끈거리는 통증이 아직도 느껴졌다. 땀이
뚝뚝, 방울져 떨어졌다. 잠깐 동안 이 정도의 땀을? 정신력의 탈
진이다. 육체적이 아닌 심적으로 조휘는 지쳤던 것이다. 복수를
끝내고, 항주로 오자마자 은여령의 이기적인 행동에 말려 황실
과 척을 졌다. 이것만 해도 짜증이 승천할 지경인데, 여기에 엎
친 데 덮친 격으로 연 백호의 사망 소식까지 받아버렸다. 정신적
으로 감당할 수 있는 선을 넘어버린 것이다.

오늘 단 하루 만에 일어난 일들 때문에 말이다. 조휘의 정신
력은 나쁘지 않았다. 나쁘지 않은 정도가 아니라 상당히 좋은
편… 그 이상이다. 굵직한 기둥을 세워, 조휘는 웬만해서는 잘
흔들리지 않았다.

그런 조휘도 오늘 겪은 일은 견디기 힘들었다. 사람이다. 인간

이다, 조휘도. 마도이기 이전에, 사람의 목을 툭툭 쳐내는 마도이기 이전에 인간이란 소리다. 한계는 명확했다.

상황에 따라 그 한계는 늘어나기도, 줄어들기도 한다는 소리다. 지금 이 상황은 후자였다. 한계가 확 줄어들었다.

"좀… 쉬어야겠습니다."

"그래, 지쳐 보이는군."

"……"

조휘는 대답 없이 풍신을 챙겨 일어났다. 조휘가 일어나자 은여령이 따라 일어나려 했지만, 조휘는 가만히 쳐다보는 걸로 그녀의 행동을 막았다. 이 여자도 지금 자신이 탈진하게 만든 원인 중 하나다.

따라오면 으슥한 곳에서 목을… 쳐버리고 싶다. 옷을 갈가리 찢어 욕보이고 싶다. 통제되지 않는 흉포한 심성이 눈을 뜨려 했기 때문에 고개를 저어 따라오지 말라는 신호를 보냈다. 다행히 알아들었는지 은여령은 잠깐 주춤하다가, 엉덩이를 의자에 붙였다. 다행이었다. 그나마 눈치가 있어서.

그녀가 앉는 걸 보고 나서야 조휘는 밖으로 걸음을 옮겼다.

쾅.

활짝 열린 문을 닫고, 조휘는 그 문에 잠깐 등을 기댔다.

"……"

그는 고개를 들어 하늘을 한번 볼까 했지만 보이는 건 새까만 천장밖에 없었다. 어디서 흑목을 구한 건지, 아니면 옻칠을 한 건지 모르겠지만, 반들거리는 칙칙함이 오늘따라 유난히 마음에 들었다. 한참을 더 보던 조휘는 휘적휘적, 다시 걸음을 옮겼다.

바람을 쐬고 싶었다. 그러나 조휘는 또다시 깨닫고야 말았다. 지금은… 밖으로 나갈 수 없음을 말이다.

*　　　*　　　*

"지친 모양이군."

"……."

이화매는 슬쩍 인상을 쓴 채 손목을 잡고 돌렸다. 조휘의 팔꿈치를 막은 대가를 치르고 있는 중이었다. 부러지지는 않았지만 근육에 무리가 간 건 확실했다. 묵직하다 못해 통나무가 후려치는 느낌을 받았다. 작정하고 휘두른 조휘의 팔꿈치에 맞았다면 아마 의식이 날아가는 걸로 끝나지 않았을 거다.

조휘는 사람을 죽이는 방법에 통달했다. 풍신을 써서, 쌍악을 써서, 그 외의 무기나 최후의 방법으로 손발을 써서 사람을 죽이는 거의 모든 방법을 조휘는 알고 있었다. 안 맞은 게 정말 다행이었다.

"난폭합니다. 저런 감정 상태라면……."

양희은이 눈살을 찌푸린 채 말하자, 이화매는 고개를 저었다.

"아니야. 지쳐서 저런 거야. 오늘 하루 동안 마도가 겪은 걸 생각해 봐. 저 정도면 나도 힘들었을 거야. 마도도 인간이란 걸 자각하자고."

"하지만……."

"옛날 생각 안 나나? 내가 미쳐 날뛰던 것 말이야."

"그건 제독이……."

"아니야, 나나 마도나 상황만 놓고 보면 똑같은 거야. 차라리 저렇게 표현해 주는 게 낫지. 가슴속에 꽁꽁 묶어두면… 그건 그것 나름대로 골치 아프다고."

"네, 알겠습니다. 이번 일은 그냥 넘어가겠습니다. 하지만 만약 다음에 또 저런다면, 저도 참지만은 않겠습니다."

"그래, 이해해 줘서 고마워."

"별말씀을."

두둑! 두둑!

목을 좌우로 꺾어 풀어준 이화매가 조휘가 놓고 간 죽간을 들었다. 그리고 내용을 또다시 눈에 담았다.

"혀를 뽑았어. 이건… 입막음이겠지? 아니면 경고?"

"후자일 겁니다. 연… 백경의 시신으로 누군가에게 보내는 경고."

"중군도독일까?"

"확실하지는 않습니다. 이 부분은 조사가 필요합니다."

"흐음……."

이화매는 턱을 살짝 잡고는 생각에 잠겼다. 연백경, 중군도독부의 도독의 아들인 연백경이다. 이화매는 그 사실을 당연히 안다. 오홍련에 들어오기 전, 조사도 진행됐고, 그가 또 스스로 밝혔으니까.

톡, 톡톡톡.

손끝으로 탁자를 두들기는 이화매의 행동이 무거운 선율을 만들어냈다. 죽간을 주시하던 눈빛이 점차 가라앉기 시작했다. 분노하기 시작한 것이다.

"양 부관."

"네."

"동창이… 내 사람을 죽였어."

"네."

"이건… 황제가 내 사람을 죽인 거나 마찬가지야. 그렇지?"

"그렇게 생각됩니다."

현 황제를 그냥 황제라고 칭한다. 대단히 불경한 발언이긴 하지만, 어디 이화매가 그런 걸 신경 쓸 사람인가? 절대 아니다.

"주익균(朱翊鈞)이… 드디어 완전히 미친 모양이야."

"……."

"미칠 거면 제 땅에서 혼자 미치든가. 왜 사방팔방… 지랄을 떠는지 모르겠네?"

"……."

"……."

날이 바짝 선, 게다가 바짝 선 날에 분노까지 담아버린 이화매다. 연백호는 이화매의 사람이다. 중군도독의 아들이긴 하지만, 그의 뜻은 아버지를 따라 걷지 않고, 오직 백성만을 위하는 이화매를 따라 걷고 있었다.

"이건 보복일까?"

시린 눈동자가 양희은에게로 향했다.

시선을 받은 그가 잠깐 생각하더니, 이내 본인의 의견을 내놓았다.

"그럴지도 모르겠습니다."

"……."

이화매는 얼마 전, 강량 도독첨사의 목을 쳤다. 왜구와 내통했다는 죄로, 직접 쳐들어가 모조리 꿇린 후, 친히 모가지를 날려버렸다.

솔직히 말하자면… 이화매의 행동도 파격을 넘어 미친 짓이긴 하다. 하지만 그녀는 자신의 행동에 아무런 문제도 없다고 판단했다. 죽을죄를 지었으면 죽이는 게 맞다. 아무도 하지 않으니까, 본인이 한 거다. 본인이 화가 났으니까, 그걸 풀어버린 거다.

"황제의 입장에서는 처벌을 해도 본인이 했어야 한다고 생각했을 수도 있습니다."

"웃기는군. 해봤자 뭘 얼마나 잘한다고. 게다가 강량, 그 새끼 동아줄 타고 내려온 놈이라며?"

"네. 건너, 건너 그렇게 몇 다리 걸치면 황실의 인물과 닿는 끈이 있습니다."

"퍽이나 처벌 받겠어. 짜증나는군, 정말."

"경고의 의미일 수도 있습니다. 우리에게 보내는."

"무슨 경고? 아아, 적당히 날뛰라는?"

"네."

"지랄하고 있네……."

까드득!

이화매의 눈동자에서 불길이 치솟기 시작했다. 이제 이 여자가… 제대로 분노를 터뜨리기 시작했다는 뜻이다.

상황을 파악하기 전에는 분노조차 눌러 놓는 여자. 이성과 감성의 통제에서만큼은 조휘보다 최소 두세 배는 뛰어난 이화매였다. 살벌한 기세가 집무실을 휩쓸었다. 조휘와는 완전히 다른 기세다.

조휘가 죽음과 직접 맞닿아 있는 기세라면, 이화매의 기세는 만인을 찍어 누르는, 그런 기세였다.

톡, 톡톡톡.

다시금 탁자를 두드리던 이화매가 갑자기 시선을 은여령에게 던졌다. 은여령은 이화매의 시선을 뭔가 침울하게 굳은 눈빛으로 받았다.

"양 부관."

"네."

"오늘 저 여자와 마도가 서창에 얽혔어."

"알고 있습니다."

"그런데 그 이후 한 시진도 안 되어 연 백호가 동창에게 죽었다는 지급이 날아왔어."

"네."

"동창과 서창이 한날에 전부 얽혔단 말이지. 이게 우연일까?"

"……."

"따져보면 당연히 시기상 맞지는 않아. 백경의 죽음은 분명 며칠 전일 테니까. 하지만 반대로 따지면 이게 우리에게 도착한 건 오늘이야. 맞지?"

"네."

"난 이런 우연, 좋아하지 않아."

"……."

"필연이라고 생각한다고……."

"……."

양희은은 서슬 퍼런 이화매의 기세에 눌린 건지, 아니면 할 말이 없는 건지 묵묵부답으로 일관했다. 이화매는 양희은에게 말을 걸면서도 시선은 은여령에게 주고, 떼지 않았다. 그녀에게서 뭔가를 알고 싶은 걸까? 속마음은 알 수 없었다. 표정에는 온전히 분노만 떠올라 있으니까.

말은 의문인데, 표정은 분노. 흔히 이런 걸 겉과 속이 다르다고 한다. 역시 절제, 통제의 급 자체가 다른 모습을 보여주고 있었다.

"그럼 다시 하나 묻지. 이번엔 은성검, 당신이 대답해 봐."

"네……."

"당신이 지금 이 자리에 있는 것도 우연일까?"

"……."

"아니면 필연일까?"

"……."

은여령은 대답하지 않았다. 듣는 순간 깨달았다. 뭘 의미하는 질문인지. '너, 첩자야? 지금 여기서 공작하는 거야?' 이런 뜻이 담긴 질문이다. 그래서 대답하지 않은 은여령은 이화매와 마주친 시선에, 자신의 진실 된 감정을 담았다. 뚜렷하게 변화가 일어나는 눈빛. 그 눈빛은 올곧았다.

"……."

"……."

올곧음, 그리고 거짓이 없는 투명한 눈동자.

그걸 확인한 이화매는…

피식.

웃음을 터뜨렸다.

"은성검은 믿을 수 있겠네. 좋아, 그럼… 은성검이 앞으로 일어날 일에 중요한 역할을 한다고 생각하자고."

"……."

대답 대신 고개만 살짝 끄덕이는 은여령. 이화매는 그제야 그녀에게서 시선을 떼고, 다시 양희은을 바라봤다.

"이번 일에 관련된 것들을 조사해."

"네."

"싹. 정보망, 비선까지 총동원해. 필요하다면 북경의 정보망도 움직여."

"그쪽은 아직 불완전합니다만……."

"해. 감이 좋지 않아. 폭풍이… 몰아치기 시작할 것 같은 느낌이야. 왜, 알잖아? 새까만 먹구름이 전방에서 몰려오는 걸 보는 기분."

"네."

"지금… 그런 기분이야."

"음……."

양희은이 침음을 흘리자, 이화매는 단발을 차분하게 정리하고는 다시 말을 이었다.

"나한테 보고할 때 작전부에도 던져줘. 그리고 알아내라고 해. 주익균, 그 미친 새끼가… 기어코 시작할 생각인지, 반드시 알아내라고 해."

"네, 알겠습니다."

빠르게 지시를 내린 이화매가 자리에서 일어났다. 턱짓으로

은여령에게 가자는 신호를 보내고, 걸음을 옮기다가 다시 멈춰
서는 이화매. 문 앞에서 딱 멈춰 선 그녀가 마지막 질문을 던졌
다.

"백경은……?"

"본가로 옮겨졌을 겁니다."

"그래? 못 가겠군."

끼익.

문을 연 이화매가 집무실을 나가며 나직한 한마디를 흘려냈
다.

"오늘은… 독한 화주가 필요하겠어."

*　　　　　*　　　　　*

"제가 먼저 올라가겠습니다."

"괜찮겠나?"

피식.

"저, 마도 진조휘입니다."

"하하! 그렇지. 그래도 조심하라고. 자! 백병전으로 들어간다!
모두 준비해!"

네!

연 백호의 외침에 타격대 전체가 각각 병장기를 꼬나 쥐고 눈
을 빛냈다. 가장 전방에는 조휘가 있었고, 그 뒤로 장산, 위지룡
이 있었다. 돌격선이 속도를 올려, 왜선의 옆구리를 때려 박았다.

쿵!

우지직!

동시에 길고 넓적한 판이 배 사이로 건네졌고, 끝의 갈고리가 난간에 걸려 단단히 고정됐다. 동시에 조휘의 신형이 훅 날았다.

파바박!

순식간에 판의 중간까지 도달했다가 몸을 붕 띄웠다.

쉭!

푹!

"아악……!"

흑악의 칼날이 흠칫한 왜구 한 놈의 쇄골에 깊숙이 박혔다. 히죽! 한 차례 웃어준 조휘는 흑악을 쥔 손아귀에 힘을 줬다. 그극! 뼈마디가 갈리고, 왜구가 으아악! 처절한 비명을 토해냈다.

"아, 새끼. 거참, 시끄럽기도 하네."

서걱!

백악의 날이 왜구의 울대를 사정없이 갈랐다. 파바박! 등 뒤에서 타격대가 단단한 판을 건너오는 소리가 들렸다.

쉭! 슈슉!

돌격선에 남아 있던 타격대의 지원 사격이 있고, 갑판 위를 순식간에 난전으로 만들어버린 조휘가 외쳤다.

"모조리 죽여 버려!"

"네!"

조휘의 외침에 화답한 타격대가 왜구들의 틈을 비집고 들어갔다. 조휘도 구경만 하고 있진 않았다. 쉬익! 머리를 노리는 창을 피하고, 전진하며… 서걱. 옆구리에 길게 칼집을 내줬다. 아악! 하는 비명은 천상의 선녀가 부르는 노래 같았다.

지금 이 순간, 조휘는 아주 순수하게 변신하고 있었다.

서걱.

등 뒤를 노리던 놈의 꼬챙이 같은 칼을 피하고, 빙글 돌며 목 덜미를 그었다.

깡! 어깨로 떨어지던 왜도를 백악으로 막고, 흑악을 아래로 빗겨 내려쳤다. 서걱! 허벅지가 길게 갈라지며 핏물이 훅 올라왔다.

"크악!"

"크악? 안 아프게 해줄게."

서걱!

백악이 빛살처럼 놈의 울대를 그었다. 푸슉! 벌어진 틈새로 피 분수가 솟구쳤다. 솟구친 피는 조휘의 온몸으로 쏟아졌다.

"흠흠."

비릿한 피 냄새.

히죽.

"좋네."

이 냄새를 맡을 수 있다는 것 자체가, 내가 살아 있다는 증거가 되어주고 있으니까. 으으! 왜구 몇 놈이 조휘의 모습을 보고 전의를 상실했는지 뒤로 물러났다.

퍽! 퍼벅!

타격대원들이 달려들어 순식간에 그놈들을 도륙했다.

조휘는 시선을 돌렸다. 전투는 거의 종결되고 있었다. 왜구의 대장으로 보이는 놈의 머리가 장산의 도끼에 으깨지고 있었다. 한쪽 구석까지 몰린 놈들이 무기를 버리고 투항하려는 모습을 보였다.

피식.

"항복? 지랄들 하네."

이번 전투는 섬멸전이다. 포로로 살려둘 가치가 있는 놈이 없었기 때문이다. 해충, 해악 덩어리들. 모조리 죽여 고기밥으로 만드는 게 이번 전투의 최종 목표다.

오십에 가까운 왜구가 무릎을 꿇고 손을 번쩍 든다. 이미 승기는 완전히 기울었다. 타격대원들이 나서 전부 무장을 해제시키자 가장 앞으로 나선 조휘.

푹!

바로 가장 가까운 놈의 대가리에 백악을 꽂아 넣었다. 왜구들의 얼굴에 경악, 좌절이 떠올랐다.

"개새끼들이, 니들은 살려줬어?"

서걱!

벌떡 일어난 놈의 가슴을 흑악으로 쭉 그어버리고, 픽! 발로 차 날려버린 다음 조휘는 왜구들 틈으로 몸을 날렸다.

그러면서 한마디 명령을 남기는 것을 잊지 않았다.

"다 죽여!"

"네!"

펑!

그러나 뒤이어 들린 신호용 폭죽 소리에 조휘는 쌍악을 멈췄다. 그리고 돌격선으로 시선을 돌렸다. 그러자 난간에 선 연 백호가 고개를 젓는 모습이 보였다. 조휘의 얼굴에 짜증이 깃들었다.

"칫."

상관의 명령이 떨어졌다.

조휘는 쌍악을 거뒀다.

'……'

연 백호와 함께했던 전투를 회상한 조휘.

쏴아악.

뱃머리에 부딪쳐 비산하는 파도 소리에 조휘는 회상에서 깨어났다. 조휘가 있는 곳은 배의 가장 앞부분이다. 이곳은 타격대의 마도 진조휘의 자리였고, 더불어 연 백호의 자리이기도 했던 곳이다. 그래서 습관적으로 조휘는 이곳에 자리를 잡았다.

그래, 조휘는 잊지 못했다.

덮어 놓기는 했지만 완전히 지우지 못해 또 본능적으로 이 자리를 찾은 것이다. 연 백호의 굵직한 선을 간직한 얼굴이 떠올랐다. 어울리지 않게 수염도 길렀었으나, 조휘가 안 어울린다고 하자 그는 냉큼 잘라버렸다.

호방하고, 정이 많았던 연 백호.

그러면서도 강단이 있고, 불의와는 타협을 하지 않았으며, 수하를 구하기 위해 때때로 불굴의 의지를 보여주었다.

나이는 겨우 조휘보다 네다섯 살 정도 많았지만, 형이라기보다는 항상 스승이란 느낌을 받았었다.

나이만 많았으면 은사라고 생각했을 거라는 게 거짓은 아니었다.

'웃는 낯으로 전역패를 건넨 게 몇 달 되지도 않았는데……'

농담으로 했겠지만, 정말로 벌어져 저주라 생각했던 말도 떠올랐다.

촤아아악. 파도 부서지는 소리가 마치 이제 그만 정신 차려라! 하고 외치는 것처럼 들렸다.

감상에 빠졌다가는 바로 연 백호의 뒤를 따라갈 것이다. 이번 작전은 호락호락하지 않았다. 대규모 행용총의 거래를 완전히 박살 내는 게 이번 작전의 목표였고, 이는 잘못하면 저승길로 들어설 만큼 위험할 것이다.

'알아봐준다고 했지. 오홍련이면 알아낸다. 복수는 그 뒤에 생각해도 돼.'

이화매는 조휘가 떠나기 전, 그 점을 확고한 어조로 말해줬다. 그 말을 할 때 이화매의 눈빛에도 조휘와 아주 비슷한 감정이 떠올라 있었기에 그 말은 신뢰가 갔다. 조휘에게 은사 같았던 연 백호라면, 이화매에게는 소중한 수하였다. 느끼는 감정은 서로 비슷했다. 그러니 이번 작전을 마치고 돌아가면 모든 판이 까뒤집혀 있을 것이다. 그때, 이 감정은 그때 푼다.

"저……"

뒤에서 들리는 미성(微聲)에,

"뭐야."

조휘는 뒤도 안 돌아보고 대답했다. 은여령이었다. 조휘와 정말 좋지 않게 틀어진 그녀를 대체 무슨 생각인지 이화매는 동행시켜 버렸다.

부대를 짜는 권한은 이화매가 가지고 있었다. 그녀가 총 제독이니 당연한 일이지만 조휘는 거절했었다. 사이가 좋지 못한 사람과 작전을 같이하면, 분명 틀어지는 일이 생기기 마련이라고. 그걸 들은 이화매는 고개를 끄덕였지만 그래도 강제로 은여령을 같이 보냈다.

오십의 공작원, 은여령, 조휘.

그녀는 시꺼먼 사내들만 우글거리는 이곳에서는 꽃이나 다름 없었다. 달콤한 향기를 풀풀 풍기는 꽃. 그러나 조휘는 악취밖에 맡지 못했다.

"다시 사과드리고 싶어요."

"됐어."

"……."

단호한 조휘의 대답에 은여령은 침묵했다. 조휘는 뒤돌아보지 않았다. 저 멀리 수평선의 끝에 시선을 준 채 미동도 하지 않았다. 흔들거리는 뱃머리에서도 조휘의 중심은 무너지지 않았다. 한두 번도 아니고, 이 정도 진동을 타는 감각은 예전에 익혔기 때문이다.

"은 소저의 사정이야 잘 알고 있고, 이해도 했습니다. 다만 가슴이 인정 못 할 뿐이니 나를 옹졸한 놈으로 생각하십시오."

"정말… 미안해요."

"됐다고 했는데, 진짜."

조휘는 신형의 반만 돌려 세웠다. 얼굴에는 숨기지 않은 짜증이 서려 있었다. 자극하는 건가?

"그렇게 이기적으로 나를 이용해 먹었으면 차라리 끝까지 이기적이던가. 뭐 하자는 거지? 욕이라도 해달라는 건가?"

"……."

아무 말도 못 하는 은여령.

조휘도 안다. 인간은 때때로, 굉장히 이기적인 선택을 한다는 것을. 조휘도 거기에서 벗어나지 못했다. 복수에 관한, 생존에 관한 것이라면 가능한 한도 내에서 어떠한 수단이라도 사용할 준비가 되어 있는 게 조휘다.

어쩌면 조휘가 은여령의 처한 상황에 있었다고 한다면, 그녀와 같은 선택을 했을 수도 있었다. 아니, 분명히 그랬을 것이다.

그걸 알면서도 조휘는 은여령을 용서하지 않았다.

왜냐고?

사람 참 간사한 게, 내가 행한 것과 내가 당한 것에서 느끼는 감정이 정반대이기 때문이다.

"이 제독이 무슨 생각으로 당신을 여기에 넣어놨는지는 모르겠지만, 나는 신경 쓰지 않을 거야. 그러니 당신도 이딴 건 그만 신경 쓰고 작전에 충실해 줬으면 좋겠는데."

"……."

그녀가 대답하지 않자, 조휘는 다시 한 차례 눈살을 찌푸리고는 신형을 다시 원상 복귀시켰다. 망망대해. 끝없이 펼쳐진 해수면을 따라 시선을 옮기다가, 또다시 눈살을 찌푸리는 조휘. 새까만, 새까만 어둠이 몰려오고 있었다.

조휘는 저게 뭔지 너무나 잘 알았다.

"정말 되는 일이……."

하나도 없다.

출발한 지 얼마나 됐다고 폭풍이라니.

조휘는 빠르게 전방을 훑었다. 아무것도 없는 대해. 신형을 돌려가며, 그리고 직접 움직여가며 사방을 살피는 조휘. 그러다가 선미의 갑판 쪽에서 눈을 반짝 빛냈다.

"중걸! 도건!"

"네!"

"네!"

이미 폭풍을 확인하고 부산스럽던 갑판에서 중걸과 도건은 조휘의 부름에 바로 반응해 달려왔다. 두 사람이 오자 조휘는 바로 한 지점을 손가락으로 가리켰다.

"저 섬으로 간다. 뱃머리를 돌려!"

"네!"

"네!"

두 사람이 조휘의 명령을 받고 바로 달려갔다. 조휘의 선택은 폭풍과 정면으로 싸우는 게 아닌 회피였다.

이 쾌속선은 빠르다. 그래서 그만큼 작았다. 폭풍에 휩쓸려 뒤집히면 작전이고, 나발이고 물고기 밥이 먼저 될 것이다. 그러니 차라리 해보자는 마음으로 대드는 것보단, 섬으로 이동해 배를 꽉 동여매고 폭풍이 지나갈 때까지 버티는 게 훨씬 좋은 선택이다.

얼마 지나지 않아 배가 선회를 시작했고, 다가오는 폭풍에 등을 쫓기며 다시 나아가기 시작했다. 조휘는 후미에 서서 몰려오는 폭풍을 노려봤다.

그러다 문득, 언젠가 연 백호가 했던 말이 떠올랐다.

'인생은 바다와 비슷해. 왜인 줄 아나?'

당시 조휘는 고개를 저었고, 연 백호는 웃으며 이렇게 대답했다.

"지랄 맞거든."

그 말은, 지금 자신의 상황에 매우 알맞은 대답이었다.

*   *   *

고오오오……!

파스스스……!

폭풍은 거칠었다. 미친 연놈들이 벌이는 광란의 춤사위처럼 아주 거셌다. 비바람을 동반한 폭풍은 조휘가 스스로 내린 선택에 주먹을 불끈! 쥐게 만들 정도로 화끈했다. 지금도 배를 해안까지 끌고 와 강제로 돛을 눕힌 다음 어른 팔뚝만 한 밧줄을 내려 사방에 매달아놓고 있었다. 그런데도 비틀비틀, 넘어가려고 아주 용을 쓰고 있었다. 아니, 미친 폭풍이 배를 어떻게든 넘겨보려고 지랄하고 있는 것 같았다.

공작대원들 전원이 계속해서 밧줄을 확인하고 있었다. 눕혀놔서 돛이 작살나지는 않겠지만, 밧줄을 고정시켜 놓은 곳 중 한두 군데만 문제가 생겨도 배는 더 내려갈 것이다. 그랬다간 상상하기도 싫은 최악의 상황이 온다.

솨아아아……!

이윽고 굵은 빗방울이 쏟아지기 시작했다.

"바위 쪽 가서 확인해!"

"네!"

"나무는! 견딜 만해?"

그 비를 맞으며 조휘는 악다구니를 쓰고 있었다. 지켜보고만 있을 상황이 아니었다. 한 사람이라도 나서 위급한 곳을 확인, 지원, 보수해야 하는 상황이었다.

은여령도 자신의 허리에 줄을 매달아 굵은 나무에 묶고는, 사방을 휘청거리며 뛰어다니고 있는 실정이었다. 체중이 적어 잘못하면 진짜 바람에 날아갈지도 몰라 은여령은 오현의 제안을 받아들였다. 새하얗던 무복은 이미 젖어 그녀의 탄탄한 육체의 굴곡이 드러났다. 하지만 어두워 제대로 보이지도 않았고, 그걸 볼 정신 나간 놈이 있는 상황도 아니었다.

"삼 번 줄, 조금 풀렸습니다!"

"잡고 버텨! 중걸! 둘 데리고 가서 꽉 조여!"

"네!"

악다구니를 써야 겨우 들리지만, 이런 상황에서의 발성법을 익힌지라 조휘의 지휘는 거센 바람 소리를 뚫고 울려 퍼졌다.

"바위 쪽 매듭 풀립니다!"

"지랄!"

욕이 훅 올라왔다. 걸 만한 곳 없이 임시방편으로 매어 놓은 곳이다. 풀리면? 연달아 타다닥! 바위 쪽 밧줄은 죄다 풀려나갈 것이다. 그렇게 되면 배도 흘러내려간다. 거센 폭풍에 쓸려.

말했지만 그게 바로 최악의 상황이다. 조휘는 바로 지원조 두 사람을 데리고 달려갔다. 푹푹, 뛸 때마다 해변의 모래에 발목까지 푹푹 빠졌지만 조휘는 악착같이 뛰어갔다. 신발은 거추장스러워 벗어버렸기에 그나마 빠졌을 때 빼는 데는 문제가 없었다.

겨우 도착해 보니 확실히 문제가 있었다.

정말 꽉꽉 쪼였는데도, 풀린다는 건 배가 쓸려 내려가려는 힘이 상상 이상이라는 뜻이었다. 조휘의 인상이 확 일그러졌다.

배 쪽의 매듭은? 배 쪽에서 풀리면 답이 없었다. 헤엄쳐서 가서 쪼이지도 못한다. 아무리 자맥질을 잘해도 배에 도착하기 전에 쓸려내려 갈 것이다. 그리고 정말 어찌어찌 간다고 해도 매듭은 못 조인다. 혼자 힘으로는 불가능할 정도로 굵은 밧줄이기 때문이다.

조휘는 급히 사방을 둘러봤다. 굵직한 바위 하나가 보이는데, 가능할까 싶었다.

"저 바위! 밀어서 밧줄을 그냥 찍어버려! 도건! 네가 잡고 있고, 나머지는 나랑 같이 바위를 민다! 도건! 바위가 굴러 내려오면 바로 피해! 등신같이 손 찍히지 말고!"

"네! 걱정 마십시오! 흡!"

도건이 기합을 넣고 밧줄을 혼자 움켜쥐자,

"올라가!"

조휘는 바로 위로 몸을 날렸다. 휘이잉! 거센 바람이 불어와 조휘의 신형을 날려버리려 했지만, 이 정도야 이골이 난 조휘는 바로 중심을 잡고 바위 뒤에 섰다.

"셋에 민다! 하나! 둘! 셋! 흐읍!"

흐읍!

숨을 딱 멈추고 셋이 달라붙어 바위를 민다. 그그극! 그극! 움직이긴 하는데… 딱 그 정도다. 사람 몸통보다도 큰 놈이라 쉽게 움직이지가 않았다. 큭! 조휘의 입에서 미약한 신음이 흘러나왔다. 포기?

설마, 할 수 있는 방법은 다 동원해 봐야 한다.

"다시! 하나! 둘! 셋!"

흐읍!

숨을 멈추고, 젖 먹던 힘까지 끌어올려 바위를 밀었다. 그극! 그그극! 그러나 역시 처음과 똑같았다. 으득! 조휘는 이를 거칠게 갈았다. 그러면서 계속 힘을 썼지만, 역시 움직이지 않았다.

"끄웅……! 대주! 못 버티겠습니다!"

밑에서 도건의 앓는 소리가 들려왔다.

"버텨!"

조휘는 그 앓는 소리를 싹 무시했다. 첫 번째다. 이게 풀리면 바로 옆에 바위에 묶어 놓은 두 번째 매듭에 부담이 갈 것이다. 그럼 더 버티기 힘들어진다.

"다시! 하나! 둘! 세……!"

흐읍!

"합류할게요!"

그때 들려오는 미성. 은여령의 목소리다. 조휘는 눈이 번쩍였다. 시선을 휙 돌리고는,

"빨리!"

"네!"

버럭 소리를 쳤다. 팟바박! 폭풍우를 뚫고 날렵하게 달려온 은여령이 조휘의 옆에 자리를 잡았다.

"다시! 하나! 둘! 셋!"

흐읍!

그극! 그으으!

밀린다! 밀려!

조휘는 바로 알아차렸다. 이게 가능한 이유를.

첫 번째도, 두 번째도 긁히는 소리만 내던 바위가 이번에는 밀린다. 은여령 하나 투입됐다고? 아무리 무인이라지만 근력은 조휘나 공작대원들에 비해 한참이나 아래다. 그런데도 밀린다?

다른 힘이 개입했기 때문이다.

생각을 정리하고 힘을 더 쓰는 조휘. 그극! 그그그그극! 거칠게 지면을 긁던 바위가 결국 앞으로 쭉 기울었다. 그리고 뚝 떨어졌다.

"도건! 피해!"

"네!"

암기를 쓰는 도건답게 재빨리 손을 떼고 몸을 피했다. 쿵! 쿵쿵! 바위가 정확히 밧줄을 찍어 누르며 공정시켜, 조휘에게 엄청난 보람과 희열을 선사했다. 하지만 그걸 느낄 틈이 없었다. 여전히 다른 곳은 전쟁 중이기 때문이다.

"정신 차리고! 다른 곳에 가서 지원해! 도건!"

"네!"

"오 권사님을 지원해! 전부 다 데리고!"

"네!"

도건이 다른 대원들을 데리고 사라지자, 조휘도 다시 빠르게 해변으로 올라갔다. 그렇게 반 시진을 더 사투를 벌이고 나자, 쏴아아아, 빗방울이 점차 약해졌다. 피부에 느껴지는 감각이 달라질 정도로 처음과는 차이가 나기 시작했다. 비가 멈추고 있다는 뜻이다. 폭풍도 지나가고 있다는 뜻이다.

뒤이어 바람도 점차 사라지고, 우르릉거리던 뇌성도 저 먼 곳으로 떠났다.

"하아……."

조휘는 바다가 잠잠해지고 나서야 해변에 대자로 쭉 뻗었다. 탈진이다, 탈진. 근 한 시진간 정말 전쟁보다도 빡세게 힘을 썼더니, 온몸이 아주 비명을 질러댔다. 철퍽. 그런 조휘의 옆으로 은여령이 와서 조휘처럼 대자로 누웠다. 그녀도 거칠게 숨을 내쉬고 있었다. 힐끔 보다가, 시선을 다시 하늘로 돌리는 조휘.

정말 짜증나게도… 벌써 햇빛이 미약하게 들어서고 있었다.

큭!

"정말… 지랄 맞다."

기후를 조종하는 신이 눈앞에 있다면, 귀싸대기를 올려붙이고 싶었다.

제27장
첫 번째 작전

한차례 폭풍에 휩쓸린 이후 조휘는 마음의 안정을 어느 정도 차릴 수 있었다. 거친 비바람이 조휘의 정신의 불순물마저 쓸어 버리며 간 것이다. 폭풍은 몸을 정말 고단하게 만들었지만, 반대로 정신은 깨끗하게 만들어 조휘는 이 폭풍을, 연 백호가 보낸 것이라 생각했다. 물론 진짜 그럴 리는 없다. 다만, 상황이 상황이라 그냥 조휘 혼자 그렇게 생각할 뿐이었다. 며칠을 더 항해하고, 해남도에 들러 보급을 마친 다음 다시 남쪽으로 항해를 시작했다.

남사제도.

해남도에서 남하하면 나오는 나라, 대월국(大越國)과 비율빈(比率賓)이라는 나라 사이에 있는 제도다.

여기를 가본 적은 없지만 지명 정도는 들어본 적이 있었다.

하지만 제대로 아는 건 아니었다. 조휘는 잘 모르지만 약 칠십여 개의 섬으로 이루어진 이 군도는 사람은 살 수 없지만 찾는 사람은 꽤나 많은 곳이다.

그 사람들이 이 제도를 주로 이용하는 것은 바로 거래 때문이었다. 정상적인 방법으로 할 수 없는, 금지된 거래들이 주로 이루어지는 곳이란 소리다.

수십 개의 섬과 암초로 이루어진 군도니 도망가거나 숨기가 참 용이하다는 이점 때문이었다. 물론 배만 잘 몰고, 이곳의 지형을 잘 아는 이가 포함되어 있어야 하지만, 돈을 위해서라면 무슨 짓이든 하는 인간들은 넘쳐나니 사람을 구하기는 별로 어렵지도 않을 것이다.

그런 남사제도에 그리 오래지 않아 도착했다. 오홍련의 기술이 집약된 쾌속선은 그야말로 순속으로 항해했다. 해풍도 제대로 받아 항해 속도는 더 빨랐다. 갑판에서 별을 보며 며칠 밤을 새운 후 해가 수평선 끝에 걸렸을 때 조휘는 중걸에게 도착했다는 보고를 받았다. 일어나서 가보니 저 멀리 섬이 보였다.

"저곳이 남사제도의 초입인 입섬(入島)입니다."

"……."

조휘는 말없이 고개만 끄덕여 수긍했다.

본래 이런 명칭은 아니지만 오홍련에서 따로 지정한 이름이라고 했다. 익숙한지 해수면을 빠르게 가르고 간 쾌속선이 해변 근처에 정박했고, 조휘를 필두로 배에서 내려 전부 입섬으로 들어갔다.

"배를 위장하고, 야영 준비해. 이따가 따로 소집하지."

"네."

조휘는 능숙하게 지시를 내리고, 배에서 내린 물자로 야영할 곳을 만들었다. 이후 조휘는 일단 섬을 둘러보기로 했다. 혹시 모를 위험을 찾아내기 위한 수색이었다. 공작대원을 보내도 되지만 솔직히 이런 쪽은 자신이 훨씬 더 낫다고 생각했다. 풍신과 단도를 챙겨 숲으로 들어서는 조휘. 그런 그의 뒤를 은여령이 따라붙었다.

폭풍을 만난 이후, 은여령은 조휘의 곁을 맴돌았다. 그런 은여령의 행동에 조휘는 이상함을 느꼈고, 여기까지 오면서 생각해 본 결과, 어느 정도 답을 찾아낼 수 있었다.

팍, 팍팍.

단도로 넝쿨을 잘라내며 숲으로 진입하는 조휘. 숲은 진창이었다. 섬에 당도하기 전 비라도 한 차례 내린 건지 가죽신을 신은 조휘의 발이 푹푹 빠질 정도로 진창이었다. 보통 이런 곳은 꺼리기 마련이다. 그런데도 은여령은 따라 들어왔다.

조휘는 이제 거의 확신했다. 은여령은 따로 이화매에게 지령을 받았다는 것을 말이다. 생각해 보니까, 사실 은여령이 이곳에 있어봐야 조휘와 틀어진 관계 때문에 작전에 안 좋은 영향을 끼치면 끼쳤지, 절대 좋은 영향을 줄 수 없었다. 그런데도 보냈다. 조휘가 그렇게 단정적으로 싫다고 했는데도 말이다. 그럼 이 제독에게도 그럴 만한 이유가 있었다는 뜻이 된다. 조휘는 그 이유 또한 알 수 있었다.

피식.

웃음이 나왔다.

조휘는 이 제독의 당부가 떠올랐다.

퍽, 퍽퍽.

넝쿨을 헤집으며 더 숲으로 들어가는 조휘. 일각쯤 들어가자 작은 연못이 나왔다. 조휘는 이쯤에서 이동을 멈췄다.

작은 바위에 걸터앉자 은여령이 들어섰다. 그녀는 조휘를 보고 나서 한 번 움찔하긴 했지만, 다른 곳으로 가진 않았다. 그런 은여령에게 조휘는 단도직입적으로 물었다.

"이 제독에게 따로 임무를 받았나?"

"…네."

"나를 호위하라는?"

"……."

두 번째 질문에는 대답이 없었다. 하지만 대답이 없는 것 자체가 답이었다. 왜? 얼굴에 난처한 웃음이 잠깐 피었다 사라졌기 때문이다. 그걸 놓칠 조휘가 아니었다.

"이거 참……."

자신의 세상을 박살 내는 데 지대한 공헌을 한 여자가 호위로 붙는다. 이건 대체 무슨 짓거리인가 싶었다.

은여령의 무력은 높다. 이건 부정할 수 없는 사실이었다. 보니까 내력을 사용하는 횟수 자체는 제한되어 있는 것 같았다. 그 당시 봤을 때, 두 번 정도 썼는데도 지쳤으니까.

하지만 한두 번을 정말 위급한 순간에 쓴다면? 최소한 두 번은 고비를 넘길 수 있다는 뜻이 된다. 이건 대단한 일이다. 구명줄을 두 개나 붙잡고 있다는 뜻이니 말이다.

그런 은여령에게 자신의 호위를 맡긴 이화매. 분명 둘 사이에 따로 얘기가 오갔을 것이다. 이화매는 은여령이 원하는 것을 들어주고, 은여령은 반대로 이화매가 원하는 것을 들어준다.

"신경 안 쓸 테니까, 당신 할 일은 알아서 해. 나도 내 할 일 할 테니까. 이 정도는 타협해 주지."

"……."

살짝 고개를 숙인 은여령이다. 조휘는 그 모습을 보며 눈을 조금 굳혔다. 그때, 항주행에서 만난 은여령은 이렇지 않았다. 분명히 자신감이 있었고, 조휘도 어렵게 만들던 어떤 기묘한 분위기가 있었다. 그런데 지금은? 하나도 없었다. 아마 그간 그녀가 겪은 일들이 그 모든 것을 앗아간 게 분명했다.

어떻게 보면 저 여자도 가련한 여인이다. 십 년 전 자신과 비슷한.

조휘는 냉정하게 판단했다. 저 여자는 분명 그 예전 자신과 닮아가고 있지만 그건 저 여자의 상황이다. 조휘의 상황이 아니라.

강제로 엮어서 조휘도 분명 더럽게 꼬인 상황으로 내몰린 게 분명하지만, 이 이상 그걸 책잡지 않기로 했다. 관여하지도 않기로 했다. 데리고 다니라고? 자의로 그럴 생각은 절대 없었다.

조휘는 바위에서 일어났다.

생각을 정리한 후, 섬의 탐색을 이어나갔다. 그런 조휘의 뒤를 은여령이 조용히 따랐다. 이 두 사람도 참… 더럽게 꼬여버렸다.

*   *   *

반 시진 가깝게 섬을 수색한 후 복귀한 뒤, 저녁을 먹고 조휘는 바로 오현, 중걸, 도건을 불렀다.

　제도에 들어섰다. 이제 딴생각은 그만하고 작전에 대한 논의를 집중적으로 해야 할 때였다. 출발 전 조휘의 상태가 안 좋아모든 작전을 이화매 제독 혼자서 짰고, 조휘는 그걸 양피지로 전달받아 숙지했다.

　"거래는 삼 일 뒤다."

　"……."

　"……."

　셋은 대답 대신 고개만 주억거렸다. 셋 다 작전에 대한 고지는 충분히 받았다. 조장, 부조장들이기 때문이다.

　공작대원들도 숙지는 하고 있었다. 그럼에도 작전 시일을 말하는 건 처음부터 다시 숙지하기 위함이다.

　"서국에서 온 상단은 총원 약 삼백 정도로 추정. 왜놈들도 비슷하다고 했고, 주력 무기는 역시나 행용총이겠지. 위치는 백납도. 어딘지 아나?"

　조휘가 묻자, 중걸이 고개를 끄덕이며 대답했다.

　"딱 제도 중앙에 위치한 섬입니다. 새하얀 모래사장으로 된섬이며, 나무도 없어서 사방이 탁 트여 있습니다. 기습하기엔 최악의 위치입니다."

　"그렇지. 기습하기에 결코 적당한 곳이 아니지. 그러니 기습이란 것 자체가 아예 불가다. 따라서 작전은 두 가지로 나뉠 거다. 하나, 양측의 대표자 암살로 인한 거래 파기."

　이화매가 제시한 방법이다. 함대를 끌고 포격을 가할 수가 없

다. 쾌속선 한 척으로 포격은 무슨? 그렇다고 사방이 트인 섬에
서 거래를 한다는데 기습을 할 수도 없었다. 그래서 이화매가
결정한 게 그 당시 둘이 나누던 대화에서 나온 양측의 대표 암
살이다.

그런데,

"나는 이 방법을 따르지 않을 생각이다."

그렇게 단정 짓자, 셋이 일시에 흠칫했다.

"네?"

"어, 어?"

중걸과 도건은 좀 놀랐고,

"이유가 있나?"

오현은 눈을 빛내며 물어왔다. 역시 경험이 조휘만큼이나 쌓
여 있어 그런지, 이 정도로는 흔들리지 않았다. 조휘는 이 부분
은 정말 믿음직스러웠다. 그리고 폭풍을 만난 이후 지휘 체계
때문에 따로 말은 편하게 놓기로 한지라, 대하는 것에도 부담이
없어 좋았다. 철권이란 시원하고 단순한 별호만큼 오현의 성격
도 시원시원했다.

등 뒤를 맡길 수 있는 사내다.

"이 작전의 안 좋은 점은, 공작대 전체가 투입되지 못한다는
거야. 대표자 하나를 암살. 따로 소란까지 피워 이목을 돌리는
걸 생각하면 대를 둘로 쪼개야 돼. 그럼 양쪽이 스물다섯, 여섯
정도 되겠지. 전력이 너무 분산돼. 한쪽이라도 실패하면 피해는
기하급수적으로 커져. 그래서 이 작전은 폐기다."

"음……."

"음……."

"게다가 거래 전이면 분명 경계도 엄청 예민하게 서겠지. 만만한 물량이 아니니까 서로 상대 측을 잔뜩 경계할 거야. 우리 같은 제삼자에 대한 경계도 마찬가지일 거고. 발각될 확률이 높아진다는 거야. 그런 때에 무리해서 암살을 시도하는 것보다 안 하는 게 나아."

중걸과 도건은 똑같은 침음을, 오현은 침묵으로 답을 대신했다. 그런 셋에게 조휘는 이제 자신이 따로 생각한 작전을 설명했다.

"거래는 그냥 둔다. 하라 그래."

"……."

"……."

"……."

셋은 말없이 조휘를 바라봤다.

뒷말을 고대하는 눈빛으로.

그런 셋에게 조휘는 고대하던 것을 줬다.

"거래가 끝나고, 각자 흩어지면 우린 왜놈들의 상선을 덮친다."

고개를 끄덕이는 셋을 보며 조휘는 피식 웃었다. 속으로는 이화매가 왜, 자신을 영입하려 했는지에 대한 이유도 알 수 있었다. 아니, 이 제독이 대놓고 말한 부분이었다. 전천후 무인을 원한다고.

이 셋은 무력과 작전 수행 능력은 뛰어나나, 결정적으로 임기응변, 그리고 사고의 넓이가 조휘와 차이가 났다. 지휘관은 막

움직여서는 안 된다. 하라고 했다고 상황이 안 좋은데도 무턱대고 들이받으면 안 된다.

때에 따라 작전을 비틀거나, 아예 다른 방향으로 시행하는 것도 생각해야 된다. 이화매는 조휘에게 그런 부분을 원한 것이다.

"이쪽도 방법은 두 가지다. 하나는 놈들이 오는 항로를 파악했다가 앞질러 가 매복하는 것. 두 번째는 멀찍이 떨어져서 뒤따라가는 것. 작전 개시는 밤을 샐 때다. 함대가 정박하고 쉴 때, 이때로 정한다."

"아따……."

"…괜찮은 방법입니다."

중걸과 도건의 대답.

"두 번째가 좋겠어. 되돌아갈 때 항로를 변경하면 첫 번째는 아예 실패가 될 테니까. 반대로 두 번째는 언제고 꼬리만 물고 있으면 작전을 개시할 수 있지. 넉넉하게 시간을 잡을 수 있으니 후자가 더 좋지 않나?"

"나도 그렇게 생각했고, 결정도 그쪽으로 내렸지."

조휘도 그쪽으로 결정하고 있었다. 마지막으로, 함선을 무너뜨리는 방법. 이 부분은 걱정이 없었다.

"다들 자맥질이랑 잠영 좀 하지?"

피식, 피식피식.

이 질문에 셋이 일시에 웃음을 터뜨렸다. 비웃음이 아닌, 어이가 없어서 나온 웃음이었다. 자맥질? 잠영? 이들은 오홍련의 정예다. 바다가 주전장인 오홍련의 정예. 자맥질과 잠영을 못한다는 건 있을 수 없는 일이었다.

피식.

조휘도 자신이 물어놓고 어이가 없었던지 셋과 똑같은 웃음을 흘리고 말았다.

하루 뒤, 조휘는 중걸과 함께 척후를 나섰다. 은여령이 따라나서려고 했지만 손바닥을 들어 막고는, 쾌속선에서 내린 작은 조각배를 타고 혼자 이동했다.

섬과 섬을 움직이면서 주변을 경계하고, 또 경계하며 조휘는 백납도가 점으로 보이는 근방에 도착했다. 배를 끌어다가 해변으로 옮기고, 나뭇가지를 꺾어다가 배를 위장하고, 일단 휴식부터 취했다. 가죽 주머니에 담아온 물을 벌컥벌컥 마시는 조휘.

"후우……."

하필이면 물살이 반대였던지라 오는 데 꽤나 애를 먹었다. 돛이 아닌 노를 저어 인력으로 거슬러 오르다 보니 상체 근육이 아주 제대로 뭉쳤다. 저릿저릿한 감각에 쉬면서 근육을 풀어준 다음에야 조휘는 움직이기 시작했다.

"아까 얘기한 것처럼, 섬 반대쪽을 맡아."

"네."

중걸에게 이미 내린 명령을 다시 한 번 숙지시키고, 조휘도 풍신과 단도를 챙겨 중걸의 반대편으로 갔다. 조휘가 오늘 온 목적은 하나, 백납도와 백납도를 사이에 두고 오늘 안으로 도착할 서국의 상단과 왜놈들 때문이다. 이놈들이 진짜 왔나, 안 왔나를 파악하기 위해 오늘 이곳에 온 것이다.

그걸 파악해야 이화매가 전해준 정보가 확실히 맞는지, 아닌

지를 알 수 있기 때문이다.

맞다면?

계획한 대로 진행하고.

아니면?

따로 상황을 파악해야 한다. 후자는 솔직히 상상조차 하기 싫은 상황이었다. 왜냐하면 만약 후자의 경우가 터졌다면, 조휘가 할 수 있는 건 아무것도 없었기 때문이다. 예까지 온 게, 폭풍까지 뚫고 온 고생이 모두 물거품처럼 터져 사라질 것이다.

조휘는 바다가 훤히 보이는 한 곳에 자리를 잡았다. 저 시선 끝에 백납도가 보였다. 아주 작게 보이지만 이 정도 거리가 한계였다. 완전히 근접하는 건 날 발견해 주소, 내보이는 꼴이었기 때문이다. 그래서 함대가 다가오는 걸 파악할 수 있는 거리까지만 온 조휘다. 그리고 실제 파악만 하면 바로 돌아갈 생각이었다. 괜히 다가가다가 걸리기라도 하면 작전에 치명적인 독으로 작용할 테니 말이다.

이제부터는 지루함과의 싸움이다. 전방을 바라보는 것 말고는 할 게 아무것도 없기 때문이다. 하늘을 보니 해는 이미 중천을 지나 서쪽으로 향하고 있었다. 오시를 지나 미시로 향하고 있는 상태.

휘이잉.

익숙한 해풍에 조휘의 표정이 미약하게 굳었다.

전역하면 솔직히 이런 일은 안 할 줄 알았다. 타격대에서는 지겹게 했었다. 과장 좀 보태면 넌덜머리가 날 정도라 해도 과언이 아니다. 그런데 전역한 지 반년도 안 지났는데 또 이런 작전을 맡았다.

이걸 단순히 운이 없다고 할 수 있을까?

'아니지. 이런 걸 운명이라 하는 거지······.'

전장에서 살 운명.

이걸 타고난 거다.

그나마 다행인 건 조휘가 끈질기다는 거다. 포기하지 않고 악착같이 늘어지는 게 다행이라면 정말 다행이었다.

휘이잉.

그만 생각하라는 듯 쌀쌀한 바닷바람이 다시 한 번 조휘를 정면으로 덮쳤다. 파스스. 숲이 떨고, 조휘도 떨었다. 따뜻하게 껴입고 오긴 했지만 역시나 춥다. 남쪽으로 내려오면서 기온이 좀 올랐는데도 바다는 역시 춥다.

싸늘하고, 적막했다.

마치 죽음처럼.

휘휘, 고개를 털어 잡스런 생각을 털어낸 조휘는 다시 사방을 살폈다. 멀리 떨어졌기 때문에 혹시 놓칠 수도 있다. 희끗하게 보일 수도 있기 때문에 집중의 끈을 다시 당겼다.

해는 점점 기울었다. 한기(寒氣)가 옷 속으로 파고들기 시작해 조휘는 간간이 몸을 움직였다. 땀이 흐를 정도가 아닌 간단한 예열만 했다. 해가 수평선으로 향하기 시작했다.

결국 해는 떨어졌다.

해가 떨어지면 철수하기로 말이 되어 있어 배를 위장해 놓은 곳으로 가니 중걸이 벌써 기다리고 있었다. 어두웠지만 입술이 살짝 파리해진 게 보였다. 그리고 그건 조휘도 마찬가지였다. 겨울로 들어서는 바다의 추위는 맹렬하다 못해 사납기 그지없어 조휘조차 버티기가 쉽지 않았다.

위장을 걷어내고 배를 띄운 후 올라타는 조휘. 앞에서 노를 젓는데 뒤에서 중걸의 작지만 흥분된 목소리가 들렸다.

"불빛이 보입니다."

"어?"

그 말에 뒤를 돌아보니, 웬걸? 정말 불빛이 보였다. 그것도 하나가 아니라 굉장히 많다. 수를 헤아리기도 쉽지 않을 정도의 불빛이었다. 그리고 섬이 아닌, 바다 위에서 올라왔다. 밤이라 접안이 힘드니 그냥 배를 정박시키고 하루를 보낼 생각 같았다.

"저쪽이면… 서국상단이 올 거라 예측한 방향입니다."

"그렇지. 서국의 상단이지. 이들이 왔다는 건… 왜놈들도 온다는 소리. 어차피 둘 중 하나만 와도 정찰은 성공이지. 이걸로 이 제독이 준 정보에 대한 확신도 생겼다. 가서 작전을 준비하지."

"네."

지루함과 그리고 뼈가 시릴 정도의 해풍을 맞아가며 버틴 보람이 있었다. 이걸로 이제 작전만 준비하면 된다. 노를 젓는 조휘의 손에, 조금씩 힘이 들어가기 시작했다. 배는 쭉쭉, 왔던 길을 거슬러 올라갔지만 그들의 모습은 어둠에 묻혀, 그 누구도 보지 못했다.

* * *

인간이 물속에서 있을 수 있는 시간은 과연 얼마나 될까? 답은 사람에 따라 다르다. 이렇게 말할 수 있었다.

"푸하!"

밖으로 나온 조휘는 거친 숨을 내쉬며 호흡을 골랐다. 후우, 후우. 입속으로 들어온 바닷물을 뱉어내고, 시선을 돌려 해변가에 있는 중걸을 바라봤다. 중걸이 손가락 세 개를 쭉 펼쳐 보였다.

"푸우, 푸우, 삼백……."

조휘가 기록한 건 삼백 호흡이다. 그것도 그냥 물속에 들어가 가만히 있으며 삼백 호흡을 버틴 게 아니라, 잠영으로 이동하면서 버틴 것이다. 삼백. 결코 적지 않은 수였다. 일반인이라면 오십, 육십 호흡이면 나올 걸 조휘는 삼백까지 버틴 것이다. 이 정도면 상당한 거리를 이동할 수 있을 것이다.

조휘는 물살을 가르고 해변으로 올라왔다. 휘이잉! 바람이 몰아닥치자 몸이 의지와는 상관없이 부르르 떨렸다. 그에 조휘는 인상이 살짝 찌푸려졌다. 중걸이 얼른 다가와 조휘에게 털이 수북이 난 겉옷을 걸쳐줬다.

조휘는 그 겉옷을 걸치고 안쪽에 피워 놓은 모닥불로 갔다. 바람이 잘 통하지 않는 곳에 군데군데 지펴진 모닥불은 오늘 하루 한정으로 진행되는 훈련에 기인한 것이었다. 조휘가 선택한 방식은 배를 침몰시키는 것이다. 해가 뜨기 직전에 물을 가르고 배로 다가가 배를 뜯어낸다. 오홍련에서 심혈을 기울여 만든 소형 진천뢰로 배를 침몰시키는, 그런 방법이다.

이를 위해 첫 번째로 해야 할 일은 접근이다. 사거리가 아예 닿지 않는 곳에서부터 자맥질로 다가가, 사거리에 들어가면 잠영으로 이동, 배에 접근한다. 이인 일조로 움직여 배 하나를 맡고, 소형 진천뢰를 터뜨린다. 이를 위해 오늘 하루, 물에 적응하는 훈련을 하는 것이다.

따뜻할 때 바다에 들어가는 것과 날이 추워질 때 바다에 들어가는 건 정말 천지 차이다. 잘못하면 몸이 굳고, 그대로 바닷속으로 꼬르륵. 다시는 떠오르지 못할 거다.

"대원들의 기록은?"

모닥불을 쬐며 조휘가 물으니,

"삼백에서 삼백오십 사이입니다."

"음, 좋네."

모두 조휘와 비슷하거나 조휘보다 나은 기록이었다. 전원 잠영으로 걸리지 않고 배로 다가갈 수 있을 것이다.

"제일 기록이 좋은 이들끼리 이인 일조를 만들어. 함대의 중앙까지 뚫고 들어가야 되니까."

"네. 근데… 기록이 제일 좋은 사람이……"

"무슨 문제가 있나?"

"은 소저가 제일 좋습니다."

"은여령이?"

"네, 육백… 정도 된답니다. 도건이 직접 확인했으니 분명할 겁니다."

"……"

허…….

조휘는 헛웃음이 나오는 걸 참지 못했다. 삼사백도 아니고 무

려 육백. 조휘의 두 배에 가까웠다. 단순히 여인이라 끈기가 좋
아 잘 참은 걸까?

"잠영 거리는?"

"모든 대원들의 두 배 거리 정도 됩니다."

"괴물이군."

"도건이 침울하게 말하던 표정이 떠오릅니다. 은 소저 백검문
도였다고 하던데, 혹시……."

"생각하는 게 맞을 거다."

"아… 역시."

조휘의 대답에 중걸이 고개를 끄덕였다. 중걸이 묻고 싶었던
건 내공의 유무일 거다. 조휘는 알고 있다. 은여령이 내공을 익
혔다는 사실을. 제대로 사용하면 한두 번 쓰고 지치지만, 이걸
잠영에 제대로 사용하면 두 배 이상의 호흡을 유지할 수도 있나
보다.

"대주보다도 강합니까?"

중걸이 다시 질문을 해왔다.

음…….

잠깐 침음을 흘리는 조휘. 단순히 육체적 능력과 실전 경험,
임기응변으로 싸운다면 조휘는 이길 자신이 있었다. 그녀의 검
술은 서창과의 전투에서 봤는데 간결함의 극을 노리고 있었고,
그런 검술이라면 상대가 충분히 가능하다. 하지만 결정적인 순
간에 내공을 사용하면? 답은 뻔히 나온다.

"아마도."

"이야……."

조휘의 패배가 확실할 것이다. 조휘는 다시 생각에 빠져들었다. 은여령의 잠영 기록이 가장 좋다? 어차피 작전에 나온 이상, 은여령도 작전에 투입될 것이다. 그녀가 이화매에게 받은 임무는 조휘의 호위.

안 따라올 리가 없었다.

능력이 좋은 그녀를 그냥 호위로만 둔다? 멍청한 짓이다.

"부대원들 중 가장 기록이 좋은 이는?"

"현용입니다. 삼백하고 구십 정도 됩니다."

"공작 실력은?"

"신입이라 그렇게 좋은 편이 아닙니다."

"음……."

은여령과 둘을 붙일 수가 없다. 게다가 호흡 수도 이백 가까이 차이가 난다. 은여령이 너무 뛰어난 탓이었다.

조휘가 군이 은여령을 작전에 투입하려는 의도는 기함을 작살내기 위해서였다. 원래 기함은 포기하려 했다. 앞쪽에 있을 게 분명하고, 호위도 엄중할 테니 빼려고 했다. 하지만 은여령의 잠영과 실력이면 기함 폭파도 충분히 가능성이 있어 보였다.

"은여령 좀 불러와."

"네."

중걸이 조휘의 명령에 자리를 비웠다. 조휘는 시선을 모닥불로 향했다. 모닥불로 시선이 꽂히는 순간부터 조휘의 머리가 맹렬하게 돌아가기 시작했다.

거래는 내일이다. 작전은 이후 시작된다. 뒤를 조용히 쫓다가, 때가 오면 치는 단순하지만 어려운 작전이다. 발각되면 그대로 끝이고, 틈을 잡지 못해도 그대로 끝이다. 소형 진천뢰를 터뜨리는 시기가 서로 엇갈려도 안 되는 작전.

말이야 쉬워 보이지, 실제로는 공작대원 간의 호흡이 정말로 중요한 작전이다.

멀리 있진 않았던 모양인지 은여령은 금방 조휘에게 왔다.

"앉아."

"……."

조휘의 말에 군말 없이 모닥불 건너편에 앉는 은여령. 잠영의 여파인지 그녀의 얼굴은 모닥불에 비치고 있는데도 하얗고, 파리해 보였다. 조휘는 그런 그녀를 잠깐 바라보다가, 이번에도 단도직입적으로 물었다.

"배에 구멍 뚫을 수 있지?"

"…네."

"작아선 안 돼. 침수를 막지 못할 정도는 되어야 돼."

"할 수 있어요."

"좋아."

내공, 그녀에게는 어느 정도인지는 모르지만 분명 내공이란 게 있다. 그건 조휘가 직접 보기도 했고, 그녀에게 물어 확인한 사실이다. 이런 그녀를 꼭 이인조로 묶어야 될까? 조휘는 그건 바보짓이라고 생각했다.

"몇 척이나 뚫을 수 있겠어? 무사히 퇴각할 기운을 남기는 걸 감안해서."

"음……."

조휘의 두 번째 질문에 잠깐 고민하던 은여령은, 이내 대답을 했다. 손바닥을 활짝 펼쳐 보이는 걸로.

"그것도 좋네……."

조휘는… 처음으로 그녀의 말에 고개를 끄덕였다. 손바닥 전체면, 즉 다섯 척이라는 것.

은여령 혼자 다섯 척이면… 이건 대단한 거다. 조휘는 이후 작전의 방향을 다시 수정했다. 그리고 그 작전의 중심에는 은여령이 있었다.

제28장
작전 개시,
그리고 뜻밖의 만남

후우우, 후우우.

검게 물든 바다를 가르는 이들이 있었다. 당연히 조휘와 은여령, 그리고 공작대다. 잠영 연습을 한 다음 날, 조휘는 양측이 만나 거래를 하고, 서로 물러나는 걸 확인했다. 아주 멀리서 확인했지만 양 상단이 서로 왔던 길을 되돌아가는 걸 보고 거래의 끝을 유추해냈다.

왜의 상선이 호위함의 엄호를 받으며 남사제도를 나서 북상하는 것도 확인했다. 바로 돌아온 조휘는 수평선 너머에서 왜선을 쫓았다.

하루, 이틀, 사흘.

일주일 가까이 뒤쫓다가 오늘을 작전 실행일로 잡았다. 오늘이 지나면 이제 왜선들은 왜의 류큐 제도로 들어선다. 그렇게 되면 적국의 영향권 내라 작전이 성공해도 탈출하는 게 힘들어져, 조휘는 작전 실행일을 오늘로 잡게 됐다. 게다가 본인들의 영역으로 들어서기 전이라 긴장감도 상당히 떨어져 있을 거라 판단했다.

조휘는 자신의 생각이 틀리지 않았을 거라 예상했고, 그 예상은 거의 들어맞고 있었다. 가장 후미의 배 근처까지 자맥질을 해왔는데도 왜놈들은 조용하기만 했다. 아니, 시끄럽긴 했다. 갑판 위에서 놈들이 웃고 떠드는 소리가 들려왔기 때문이다.

이제 조금만 더 가면 되니 마음을 푼 정도가 아니라 아예 긴장조차 안 하는 것 같았다. 조휘는 그런 소리를 들으며 눈빛만 서늘하게 빛냈다.

후우, 후우……. 해수면 위로 코까지만 내놓고 호흡을 이어가며 천천히, 아주 천천히 전진하는 조휘. 오홍련에서 특수 제작한 피복(皮服)을 입었더니 체온이 떨어지지 않고 아직은 잘 유지되고 있었다.

하지만 조휘는 이걸 입으며 오현에게 들었다. 완벽하게 막지는 못한다는 사실을.

작전을 실행해야 할 때다. 조휘는 손을 들어 신호를 보냈다. 확인하지 않았지만 아마 뒤의 은여령부터 시작해 신호는 줄줄이 뒤로 이어지고 있을 것이다. 이것은 이인 일조로 움직이라는 신호였다.

은여령이 앞으로 나가며 천천히 잠영을 시작했다. 머리가 사르르 들어가더니, 이내 사라졌다.

조휘도 그 뒤를 따랐다. 컴컴한 바닷속은 아무것도 안 보였지만 바로 앞의 은여령을 확인할 정도는 됐다.

조휘는 은여령과 한 조였다. 그녀가 작전을 하는 동안 호위를 설 사람으로 누구를 보낼까 하다가, 자신이 직접 가기로 결정한 것이다. 가장 안쪽까지 깊숙이 들어가야 한다. 그래서 누군가를 쉽게 보낼 수가 없었다.

조휘가 타격대에 있었을 때도 그랬듯이, 항상 최전방에는 조휘 본인이 섰다.

"뿌우…….."

공기를 달라고 격렬하게 반항하는 폐에 신선한 공기를 최대한 소리 없이 보내는 조휘. 쿵쿵쿵, 심장 박동이 엄청난데도 조휘는 소리를 최대한으로 죽이기 위해 숨을 거의 죽였다. 먼저 올라온 은여령은 평온했다. 눈빛이 여느 때와 다름없는데 올라온 이유는 조휘의 호흡을 위해서였다.

조휘가 호흡을 진정시키자 은여령이 눈빛으로 물었다. 다시 들어갈게요. 조휘는 그 눈빛에 고개를 끄덕였다. 그러자 스으윽, 물속으로 유령처럼 다시 들어가는 은여령. 조휘도 그 뒤를 따랐다. 이번 잠영은 천천히 움직였다. 이제부터는 파악을 할 게 있었기 때문이다.

오만 정의 행용총이다. 이걸 배 하나에 전부 적재하는 건 당연히 불가능하다. 그러니 나눠서 실었을 것이고, 나눠 실었어도 무게가 상당하기 때문에 배는 확실히 가라앉았을 것이다. 그걸 확인하면서 가는 것이다.

가장 전방에 있는 함선부터 시작해 뒤로 되돌아가면서 줄줄이 배를 그어버리는 것, 그게 이번 작전에서 둘이 맡은 임무다.

조휘는 어둠 속에서 서늘한 미소를 그리며 허리 쪽으로 손을 뻗었다. 단단히 밀봉해 묶어 놓은 가죽 주머니가 걸렸다.

한 사람당 하나.

소형 진천뢰다.

동그란 철구 모양에 주전자를 닮은 길쭉한 주둥이가 붙어 있다. 그 안으로는 심지가 있고, 그 심지에 불이 붙으면… 쾅, 터지는 방식이다. 이화매가 작정하고 만든 화탄으로, 극비리에 개발해냈다고 들었다.

조휘는 주머니를 높게 들어 밀봉을 뜯어내고, 조심스럽게 진천뢰를 꺼냈다. 미리 발라놓은 끈적끈적한 풀이 묻어 있는 쪽을 배의 측면에다가 붙이고, 이어 화접자(火摺子)를 꺼내 들었다.

마개를 열고 호호, 불어 불씨를 살렸다. 밀봉해 놔서 불씨가 죽지는 않을까 싶었지만 다행히 불씨는 살아 있었다. 다시 주머니 안에서 종이를 돌돌 말아놓은 나무를 꺼내 불을 옮겨 붙인 다음, 조휘는 은여령을 불렀다.

"시작한다."

작게 말하자 그녀가 바로 조휘를 보더니 고개를 끄덕이고, 다시 천천히 물속으로 가라앉았다. 조휘가 신호다. 조휘의 폭탄이 터지는 순간을 기점으로 준비하고 있던 대원들이 모두 진천뢰에 불을 붙일 것이다.

조휘는 힐끔, 배 위를 바라봤다. 환하게 불을 키워놓은 배 위는 여전히 시끌벅적했다.

조휘는 망설임 없이 심지에다 나무를 가져다 댔다. 치익, 치이익. 심지가 타들어가기 시작했다. 어느새 바로 주둥이 안으로 들어가 이제는 바람도 심지를 꺼뜨릴 수 없었다.

스윽.

조휘는 그걸 확인하고 바로 바다로 숨어들었다. 그가 들어가자 은여령이 조휘의 손목을 잡고, 왔던 길을 되짚어 가기 시작했다. 확실히 몸이 쭉쭉 나간다. 잠영도 조휘보다 나은 은여령이었다.

그러나 그런 걸 따지기 전에, 조휘는 다른 걸 생각하고 있었다.

'다섯, 넷, 셋, 둘, 하나… 펑.'

콰앙…….

진천뢰가 터지는 소리가 물속까지 파고들어왔다. 크지 않은 소리. 단지 터졌다는 것만 알 수 있었다.

애초 소형이고, 대규모 학살 말고 이런 공작에 쓰려고 만든 폭탄인지라 폭발은 크지 않았다. 하지만 이 정도만 해도 바다 위에선, 배의 측면 갑판에 붙여 터뜨리면… 효과는 아주 확실하다.

나무가 폭탄의 폭발력은 견디지 못하고 구멍이 뻥, 하고 뚫릴 것이고, 그렇게 뚫리면……? 해수가 뚫린 구멍으로 노도처럼 흘러들어가며 침수가 발생한다. 가뜩이나 무거운 물건을 실은 배다.

바닷물까지 흘러 들어가면 사태는 걷잡을 수 없이 커져버릴 거다. 어느새 두 번째 목표에 도착했는지 은여령이 수면 위로 부상했다.

"푸우!"

"푸하!"

둘이 동시에 비슷한 소리를 내며 신선한 공기를 빨아들이기 시작할 때, 쾅! 콰앙! 콰과광……! 뒤쪽에서 동시다발적으로 진천뢰가 터지기 시작했다. 동시에 어둠 속에서 불빛이 번쩍번쩍했다. 시뻘건 화마가 일시에 어둠을 향해 몰아치다가, 온 세상을 잠식한 어둠을 보고 꼬랑지를 말고 도망쳤다.

하지만 충분하다.

화마가 일어났다는 것 자체만으로도 작전은 성공적이었다. 조휘는 본능적으로 처음 터뜨린 배를 바라봤다. 배가 기우뚱, 조휘가 진천뢰를 설치했던 쪽으로 기울어져 있었다.

벌써 감당할 수 없을 만큼 해수가 창고로 들어가며 배를 기울게 만든 것이다. 덕분에 배 위는 아예 난장판이 되어버렸는데도 파도 소리, 그리고 계속해서 이어지고 있는 진천뢰가 터지는 소리에 묻혀 조휘에게까지는 들리지 않았다. 다만, 배 위의 공황 상태에 빠져 있는 왜놈들의 모습은 아주 잘 보였다.

쾅! 콰과광!

폭음은 멈추지 않고 들렸다. 은여령이 검을 뽑더니 푹! 나무 갑판에 꽂아 넣었다. 실제로는 어림도 없는 일이지만… 그녀는 가능했다. 검을 꽉 쥔 그녀는 이후 그대로 사각형으로 도려 버리기 시작했다.

보면서도 믿기지가 않았다. 배를 만드는 나무는 기본적으로 엄청 단단하다. 통짜라고 해도 될 것이다. 그런데도 그냥… 도려 버린다? 말도 안 되는 일이지만 어쩌겠는가. 실제로 조휘의 눈앞에 벌어지고 있었다.

끼익!

도려낸 공간이 비명을 내질렀다. 은여령은 이후 바로 빠졌고, 조휘는 주먹으로 은여령이 도려낸 공간을 후려쳤다.

퍽! 우지직!

공간이 생기자 물이 찔끔찔끔 들어가기 시작했다. 한 번 더, 퍽! 우득! 공간이 죽 열리고, 이제는 바닷물이 마구 들어가기 시작했다. 마지막으로 한 번 더, 퍽! 나무판이 그대로 떨어져 나갔다.

조휘는 나무판이 뚫리는 순간 그 안까지 확인했다. 등잔을 걸어놓았는지 환했는데, 새까만 나무로 만든 상자가 수두룩하게 쌓여 있었다. 뭘까? 볼 것도 없었다. 행용총일 것이다. 그런 행용총이 있는 곳부터 침수가 시작됐다.

"진 소협!"

짧은 은여령의 부름에 조휘는 바로 반응했다. 손을 뻗으며 바로 고개를 처박은 것이다. 그리고 그 순간, 탕! 탕탕탕!

단 한 번이지만 강렬하게 조휘의 기억에 각인되었던 소음이 울렸다. 푹, 푹, 푹푹. 바다로 뚫고 들어온 탄이 만들어낸 거품을 보며 조휘는 찰나지만 눈살을 찌푸렸다. 맞았다간? 몸에 구멍이 뿡뿡 뚫렸을 것이다. 이래서 악마의 무기다.

으득!

이가 절로 갈린다.

그것보다 대응이 빨라졌다. 배의 양측에서 폭탄이 터지니 바로 이쪽으로 다가와 조휘와 은여령을 확인, 앞뒤 재지도 않고 총을 쏴댄 게 분명했다. 나름 상황 판단이 빠른 놈이 함장으로 있던 배 같았다.

하지만 이제 볼일은 끝났다. 배에 구멍은 뚫었으니까, 저 배는 이제 침몰을 면치 못할 것이다. 조휘는 이제 은여령의 손을 잡지 않았다. 나란히 붙어서 잠영을 해 세 번째 배로 갔다.

푹!

도착과 동시에 칼을 꽂아 넣는 은여령. 머뭇거림 없이 다시 사각형으로 도려냈다. 이후 조휘가 바로 두들겼다. 이번에는 두 번만에 깔끔히 구멍을 뚫고, 바로 빠졌다. 역시 바로 탕! 탕탕! 행용총의 격발 소리가 들렸다. 하지만 이번에도 조휘나 은여령에게 맞은 탄은 하나도 없었다.

잠영으로 유유히 물살을 가르며 네 번째 배에 도착하는 조휘. 아니, 가려고 했다.

탕! 타다다다다당!

그 악마의 무기가 갑판 위에서 마구 불을 품었다. 좀 전에 구멍을 뚫은 배에서 이번 목표인 배 사이를 겨냥하지도 않고 마구 쏘아댔다. 이러는 이유는 누가 봐도 하나밖에 없었다. 아예 접근조차 못 하게 하려는 것.

일단 조휘는 은여령의 피복을 잡아끌었다. 배의 선수 쪽이다. 요상한 모양의 선수상이 보였다. 이상한 갓을 쓴 요괴 같은데, 신령스러워 보이는 한편 흉물스러워 보이기도 했다. 하지만 그러거나 말거나, 조휘는 바로 은여령에게 말했다.

"여기, 여길 도려내."

"네."

은여령은 왜 이곳이냐는 말도 없이, 바로 조휘의 말을 따랐다. 은여령이 검을 박아 넣는 그 순간, 조휘는 이미 사방을 다시 경계하고 있었다.

배 위는 조휘를 찾느라 혈안이 되어 있었다. 사방팔방, 고래고래 소리를 치며 뛰어다니는 소리가 들렸다. 그그그극! 은여령이 도려내는 그 순간, 조휘가 바로 주먹으로 후려쳐 구멍을 휑하니 뚫었다. 콸콸!

바닷물이 마구 흘러들어갔다. 그걸 보며 다시 잠영을 시작하는 조휘. 인상은 살짝 굳어 있었다.

'이걸로 끝이겠어.'

원했던 다섯 척은 무리였다. 조휘가 하나, 은여령이 셋.

총 여섯을 염두에 뒀는데 겨우 넷이다. 목표치에는 둘이나 부족한 것이다. 하지만 조휘는 더 이상 욕심을 부리지 않았다.

푸하!

한 번 나와서 다시 잠영으로 들어가려는 찰나, 가라앉고 있는 왜선들 틈에서 요상하게도 고요한 함선 하나가 눈에 띄었다. 배 밑창이 푹 들어간 걸로 보아 분명 행용총을 실은 게 분명한데?

게다가 위치를 보니 공작대원들이 맡기로 한 열이다. 번뜩 스쳐 지나가는 생각 하나.

실패.

조휘는 본능적으로 그쪽으로 다가갔다. 다른 배들과는 달리 고요함이 가득하고, 선측, 선미, 선수 할 것 없이 경계 중인 왜놈들이 보였다. 그는 조용히 눈만 빼놓고 그 배를 살폈다. 불이 환하게 올라와 있어 생김새까지는 알 수가 있었다. 고요한 것도 고요한 거지만, 가장 눈에 뛰는 건… 적포를 입은 왜의 무사.

"어……?"

조휘는 그 왜의 무사를 보며 눈을 동그랗게 뜨고, 자기도 모르게 탄성을 흘렸다. 익숙한 놈이다. 진정 익숙한 놈이다. 잠들기 전 매일 머릿속에 그렸던 녀석. 저놈, 왜놈이 아니었다.

'적무영……?'

확실하진 않지만, 생김새가 적무영과 무척이나 닮았다. 쪽 찢어진 눈. 중원인 같지 않게 우뚝 솟은 콧대. 연지라도 처바른 건지 매우 붉은 입술. 그리고 마지막으로… 성씨처럼 붉은 기를 머금은 머리카락까지.

적무영의 특징을 모두 저 사내가 가지고 있었다. 마침 조휘가 보던 놈도 시선을 돌렸다.

그렇게 딱 마주치는 눈빛.

"……."

"……."

잠깐의 침묵 후,

으득!

확신이 들었다.

조휘의 입이 천천히 벌어졌다.

이후…

"적… 무영!"

쩌렁!

조휘의 분노 가득한 외침이 적진 한가운데서 터졌다. 동시에 사내의 손가락이 조휘를 가리켰고, 또 그와 동시에 은여령의 손이 조휘의 옷을 잡고 바닷속으로 끌어당겼다.

푹, 푹푹푹! 푸부부부북!

수많은 행용총의 탄이 조휘, 은여령을 중심으로 마구 스쳐 지나갔다. 탄의 움직임이 보일 정도로 힘을 잃었지만 다행히 두 사람의 근처로 다가오는 탄은 없었다. 하지만 총에 맞은 것보다도 조휘의 상태는 안 좋았다.

크륵! 크르륵!

별안간 끌려 들어가 준비를 못 해, 물을 먹고 말았다. 그게 호흡을 턱 막아버렸다. 조휘는 발악했다. 다시 나가려고.

그러나 은여령이 조휘의 몸을 완전히 감싸고 더 깊숙한 바다로 끌어당겼다. 봉긋한 가슴 한쪽이 등에서 느껴지고, 가녀린 것 같지만 천근의 거력을 머금은 팔이 각각 가슴과 목을 휘감았다. 매끈하고 탄력적인 그녀의 다리는 조휘의 허리를 조여, 움직임을 아예 막았다.

쪽.

후우우…….

호흡이 틀어진 조휘에게 본인의 호흡을 넘겨주고, 이후 목을 감은 손과 다리를 풀어 조휘를 끌고 가는 은여령.

조휘는 그 순간 발광을 멈췄다.

힘을 쭉 빼고, 은여령에게 몸을 맡겼다.

하지만 축 늘어진 건 아니었다.

오히려 그 어느 때보다 냉정한 사고가 파바박 돌아가고 있었다. 시선은 아무것도 안 보이지만 좀 전에 적무영, 그 새끼가 있던 곳을 바라보고 있었다.

조휘는 확신했다.

적포의 사내는 적무영이 확실하다고.

그런데 왜?

조휘는 그 불꽃같은 복수심을 어떻게 이겨냈을까? 비결은 하나였다. 조휘가 마도로 불려도, 이성을 유지할 수 있는 전장에서 배운 특기 때문이었다. 달려들었다면? 벌집이 됐을 거다. 뒤에서 은여령이 잡아당기지 않았다면 조휘는 악마의 무기가 뱉어내는 시꺼먼 독침에 사지가 뚫렸을 것이다.

대가리가 날아갔을 것이다.

은여령은 생명의 은인이라 해도 과언이 아니다. 쪽, 하는 느낌과 함께 공기가 들어오는 순간 조휘는 이성을 차렸다. 수없이 굴러먹은 전장. 이곳도 그런 곳이다. 이성을 잃으면 돌아오는 건 사신의 낫이라는 걸 강박관념처럼 스스로의 정신에 박아 놓은 조휘라 가능한 일이었다.

"푸하!"

"푸후!"

은여령이 수면 위로 올라왔다. 그리고 뒤이어 바로 조휘가 올라왔다. 아따, 얼마나 잠영이 빠르면 벌써 왜선은 저 멀리 보였다. 행용총의 사거리로는 어림도 없고, 포격이 아니면 닿지도 않을 거리였다.

후우, 후우, 후우…….

숨을 몰아쉬어 호흡을 진정시킨 조휘는, 차갑게 가라앉은 눈빛으로 침몰해가는 왜선을 바라봤다.

이십여 척의 상선과 십여 척의 호위함. 도합 사십 척으로 이루어진 함대인데 그중 반 이상이 지금 바닷속으로 점점 끌려가고 있었다.

이로써 작전은 성공이다. 저렇게 불시에 기습을 먹이면 정말 잔뼈가 굵은 지휘관이 아니면 제대로 반응도 못 할 것이다. 그 예로 지금 비명이 바람결에 실려 조휘가 있는 곳까지 날아오고 있었다.

아비규환.

지옥의 도래다.

하지만 그럼에도 조휘는 기쁘지 않았다. 너무나 뜬금없던 적무영의 출현. 그게 조휘의 기분을 순식간에 나락으로 떨어뜨려 버렸다.

우연인가?

'아니, 이딴 우연은 믿고 싶지 않아.'

그러니 이건…

필연이다.

씨익.

그래서 조휘는 웃었다. 이런 필연, 나쁘지 않았다. 아니, 불감청일지언정 고소원이다. 조휘의 입장에서는 정말 바라 마지않던 일이 지금 펼쳐진 것이다. 짜르르…… 그래서 온몸에 소름이 돋았다. 흥분, 지독한 흥분이 조휘를 휩쓸고 있었다. 섬뜩한 웃음을 자아내며 흥분에 떠는 조휘.

게다가 시꺼먼 어둠이 배경이라… 결코 정상적으로 보이지는 않았다. 하지만 상관없었다. 놈에 관한 모든 일에는 어차피 정상적으로 대처할 생각 따위 아예 하고 있지도 않으니까.

"진 소협?"

"……."

은여령이 섬뜩한 조휘의 기세에 반응하고 조심스럽게 불렀지만 조휘의 시선은 여전히 놈이 있던 곳에 붙어 떨어지지 않았다. 이대로 가야만 하는 아쉬움. 조휘는 앞뒤 안 가리고 불속으로 뛰어드는 부나방이 아니다. 들어갈 때와 빠질 때를 확실하게 알고 있었다. 그런 것도 몰랐으면 조휘가 지금까지 살아 있었을 리 없었다.

'만났어. 만났다고……'

그러니 이제 급할 건 없다. 한 번 엮였으니, 그 개자식이 도망만 치지 않으면 언제고 다시 만날 수 있을 거다. 놈은 이미 이곳에 왔다. 이화매에게 부탁하면 놈이 어디에 소속되어 왔는지 정도는 그 막강한 오홍련의 정보력으로 알아봐줄 수 있을 거다.

그러니까 앞서 말했던 것처럼 도망만 치지 않으면…

'조만간 보자고……'

근 시일 내, 둘의 만남은 다시 이루어질 것이다. 은여령이 진 소협? 하고 다시 부르자 조휘는 시선을 돌렸다.

"복귀한다."

"……."

조휘는 앞서 잠영으로 쾌속선을 정박시켜 둔 곳으로 헤엄쳐 가기 시작했다. 망망대해지만 적함선의 위치로 쾌속선의 위치를 특정해내는 거야 조휘에게는 일도 아니었다.

이각을 좀 넘게 헤엄쳐서 쾌속선에 오른 조휘는 앞에 선 중걸과 도건을 향해 물었다.

"다 복귀했나?"

"오 조가 복귀하지 못했습니다."

"……."

역시, 못 돌아온 이들이 있었다. 작전이란 이렇다. 전쟁이 다 이랬다. 피해가 전무할 수가 없는 법인 거다.

"오 조가 맡았던 위치는?"

"중앙 부분 상선입니다."

"음……."

놈, 그놈이 타고 있던 배 같았다. 이것도 확실치는 않지만, 조휘는 그런 생각이 들었다. 놈, 그놈이다. 그 개자식이… 분명하다.

조휘는 아직 전우애가 생기지 않았지만, 이들끼리는 달랐다. 모두 분위기가 축 가라앉아 있었다. 동료가 불귀의 객이 됐다는 사실 때문이다.

더 기다리면 돌아오지 않을까? 이런 희망은 이들 스스로도 아예 하고 있지 않았다. 이들은 어중이떠중이가 아니다. 정예 중의 정예다. 약속 장소에 돌아오지 못했다는 건, 그 대원은 작전을 실패했다는 뜻과 동일하다. 그러니 희망조차 품지 않고, 그저 속으로만 빈다.

좋은 곳으로 가라고.

전쟁이 없는.

이들과는 다른 이유로 조휘의 표정도 좋지 않았다. 놈이 저 멀리 있기 때문이다.

하지만 냉정한 이성이 조휘의 심장을 부여잡고 막았다. 가면 돼지니까 가지 말라고. 결국 아쉬운 마음이 드는 걸 겨우 참고, 떨어지지 않는 입을 억지로 열었다.

"돌아간다."

네.

크지 않은 대답과 함께 공작대원들이 각자의 자리로 돌아가는 순간, 쾌속선은 바로 움직이기 시작했다.

작전은… 끝이다.

이제 귀환만 남았다.

*   *   *

아비규환의 지옥도.

그 중앙에 홀로 여유로운 자가 있었다.

"누굴까?"

타오르는 불꽃의 색을 머금은 머리카락을 한 차례 쓸어 넘긴 젊은 사내가 옆에 부동자세로 서 있는 또 다른 장년의 사내에게 시선도 주지 않고 물었다. 요상한 갓을 쓴 사내의 얼굴은 그야말로 무표정의 극치였다.

아무런 감정도 없는, 찌르면 푸른 피가 나오는 게 아닐까, 의심이 들 정도였다.

그런 사내가 입을 열어 대답했다.

"모르겠습니다."

짤막한 대답, 역시나 표정처럼 감정이 배제되어 있었다. 하지만 적포의 사내는 갓을 쓴 사내의 대답에 그저 웃었다. 하하하, 낮은 소리로 웃은 사내가 손을 쭉 뻗으며 허공을 움켜쥐었다, 폈다를 반복했다.

무슨 의미가 있는 행동일까?

"하긴, 날 죽이고 싶은 놈들이 어디 한둘이겠어? 그동안 내가 죽인 사람이 몇인데."

하하하.

그러더니 또 웃었다. 하지만 무서운 점이 있었다. 웃음이 정말 정상이었기 때문이다. 오히려 시원시원한 느낌까지 들 정도였다. 말과의 괴리감이, 거의 극과 극을 달리고 있었다.

"내 이름을 알고 있었고, 적의에 차 있는 걸로 보아 나를 찢어 죽이고 싶은 놈인가 봐. 얼굴은 기억이 안 나. 그럼 꽤 오래전인 것 같고. 그럼 오랫동안 나를 죽이고 싶어 했단 뜻이잖아?"

하하하하하.

이거……

"재미있지 않아? 나를 죽이고 싶어 하는 놈이 나왔어. 여태껏 몇 놈이 복수한다며 덤비긴 했는데, 그놈들은 재미가 없었다고. 근데 이놈은 좀 달라 보여. 이렇게 깊숙하게 기어 들어와서 성성이 놈들의 배를 폭파시키고 갔어. 이게 또 능력이 있으니 가능한 거겠지?"

그럼 나를 재미있게 해주지 않을까?

"어때, 당신 생각은?"

"잘 모르겠습니다."

"에이, 그러지 말고 말해봐. 저놈은 나를 즐겁게 해줄 수 있을까?"

"잘 모르겠습니다."

흥, 재미없는 사람 같으니.

사내는 그렇게 삐친 척 중얼거리더니 이내 몸을 돌렸다.

"알아서 지휘해."

"네."

흥흥.

콧노래를 부르며 함장실로 들어가는 사내. 청년은 거기서 멈추지 않고 탁자 바로 뒤에 있는 공간을 열었다. 쉽게 열리는 걸로 보아 별로 보안에는 신경을 안 쓴 것 같았다.

어둑한 곳에서 등잔을 켜 들고는 나무 계단 아래로 내려갔다. 계단은 배의 최하층부와 연결되어 있었고, 다른 창고, 숙소와도 아예 떨어진 곳이었다. 목적지의 끝에는 문이 있었다. 문 앞에 선 사내는 여전히 콧노래를 부르고 있었다.

흥흥.

철그럭, 철그럭.

품에서 열쇠 뭉치를 하나 꺼내, 제일 큰 열쇠로 자물쇠를 열고는 그 안으로 들어갔다. 읍! 읍! 문을 열자마자 가장 먼저 사내를 반긴 건 억압된 신음과 비릿한 혈향, 그리고 지독한 오물 냄새였다.

"으, 냄새. 여기도 좀 개조해야겠어. 바람이 안 통하니 이거야, 원. 사람이 숨을 쉴 수가 없네, 숨을 쉴 쉬가 없어."

코를 막고 오만상을 찌푸리는 사내. 그러나 눈만큼은 아니었다. 눈매만큼은 초승달처럼 휘어, 사내가 웃고 있다는 사실을 증명하고 있었다. 말과 표정, 그리고 눈빛의 괴리가 또다시 나타났다.

읍! 으읍!

억눌린, 무언가에 억압된 신음은 여전히 흘러나왔다. 사내는 그 신음 소리에 한 차례 히죽, 웃더니 시선을 휙 돌렸다. 문을 열고 들어서면 전방에는 그저 벽이지만 오른쪽으로 구십 도만 틀면 보이는 게 있다.

사람이다.

여인이고,

알몸이다.

그리고…

사지가 벽에 단단히 구속되어 있다.

전부 세 사람.

"우리 예쁜이들, 밥은 먹었어?"

그렇게 찬란한 미소를 지으며 여인들에게 다가가자, 비명은 더욱더 거세졌다. 지독한 발악을 하지만… 어찌나 단단하게 묶어 놨는지 여인들의 몸은 꼼짝도 안 했다. 사내는 지근거리까지 다가가 품에서 뭔가를 꺼냈다. 붉은 물이 뚝뚝 떨어지는 뭔가를.

"짠, 이게 뭐게?"

"으읍! 으으으으읍!"

"어, 뭔지 알아?"

"으으읍!"

"오오… 맞히면 상 줄게."

그러더니 사내는 여인의 입에 물린 재갈을 풀었다. 아예 입으

로는 숨도 못 쉬게 재갈 안으로 천까지 쑤셔 박아 놓았다. 침에
흥건히 젖은 천을 엄지와 검지로 콕 집어 빼내니,

"사, 살려주세요……."

쫙 갈라진 여인의 애원이 흘러나왔다.

그런데…

"어, 정답 아는 거 아니었어?"

에이, 사내의 표정이 바로 서운한 표정으로 변했다.

푹.

"끼아……!"

푹푹.

"왜 거짓말해? 응? 사람 화나게."

그 말을 끝으로 사내의 표정, 태도가 일변했다. 장난기가 살짝
들어 있던 얼굴에 지독한 허무함이 자리 잡았다. 이전은 사내가
만들어낸 성격이고, 이게 진짜처럼 보였다. 그렇게 생각하는 이
유는… 매우 어울렸기 때문이다.

사내의 얼굴, 붉은 머리, 붉은 입술과 나태, 허무함이 깃든 눈
빛이.

"말했지. 내가 어렸을 때 말에서 떨어져서 머리를 다쳤다
고……. 그래서 내가 정상이 아니라고……."

"흐으… 살려주세요… 살려주세요……."

"그러다가 어떤 새끼한테 대가리를 또 맞았는데, 이후 더 나빠
졌어. 나 완전 미친놈이 됐다니까?"

살려주세요, 살려주세요, 살려주세요…….

사내의 말에도 여인은 정신이 혼미해졌는지, 침을 줄줄 흘리

며 살려달라는 애원만 했다. 뱃가죽이 등에 달라붙은 것 같다. 피골이 상접해서 정말 눈뜨고 봐주기도 힘들었다.

"재미있게 해달라니까? 그럼 살려줄게."

뎅······.

그때 천장에 매달려 있던 종이 나직하게 울었다. 웅웅, 울리는 종을 고개를 들어 쳐다보던 사내가 입가에 미묘한 웃음을 그렸다.

그러더니 사내는 소도를 버리고, 갑자기 옷을 벗기 시작했다. 여인을 간음하려고? 아니었다. 사내는 문밖으로 나가, 그 옆방에서 다른 옷을 입고 왔다. 아니, 옷이 아니었다.

갑주.

왜(倭)의 무사(武士)들만 착용하는 갑주다.

단 하나 특이한 게 있다면··· 투구다. 귀신의 얼굴을 본떠 만든 투구에, 칼날처럼 예리한 흰 뿔 두 개가 달려 있었다.

그리고 그 색은,

흑각(黑角).

투구를 뒤집어쓴 사내가, 여인들을 한 차례 쓸어봤다. 어느새 입가에는 다시금 미약한 장난기가 감돌도 있었다.

"운 좋네? 실망시켜서 많이 혼내주려고 했는데."

하하하.

그 말을 끝으로 사내는 투구를 쓰고, 문을 닫고, 다시 자물쇠를 걸고, 내려왔던 계단으로 올라갔다. 미친놈이다. 미쳐도 단단히 미친놈이다. 광기가 들어선 놈이다. 조휘에게 마도가 들었을 때와 비교해도 전혀 부족하지 않은 광기를 보여주는 놈이다. 조휘와 눈이 마주쳤던 놈, 이놈이 바로…

적무영(赤無影). 마도 진조휘의 원수이자, 숙적(宿敵)이 될 사내였다.

제29장
오홍련의 방식

광동성(廣東省) 남부(南部)의 해남도(海南島).

해남도에서도 남쪽 끝에 삼아(三亞)라는 성이 있고, 이곳 삼아에는 오홍련의 다섯 번째 함대가 있었다.

"수고했습니다."

"아닙니다."

가볍게 오가는 인사.

유약해 보이는 인상의 사내다. 얼굴에는 희미한 미소가 감돌고 있었는데 보는 것만으로도 사람이 편해지는, 그런 미소였다. 복장이나 생김새를 보면 전체적으로 서생의 느낌이 강한 사람.

조휘는 이 사람을 본 적은 없지만 이름은 들어보았다.

원릉(元隆).

해남을 기점으로 활동하는 오홍련의 다섯 번째 함대를 이끄는 함장이다. 서생처럼 보여 유약하다 생각하면 정말 큰 오산이다. 오홍련의 함장 중 가장 잔인하고, 끈질긴 이를 꼽으라면 당연히 첫 번째는 이화매다. 그럼 두 번째는? 바로 조휘의 눈앞에 있는 이 사내, 원룡이다. 웃는 낯으로 왜구를 학살하는 자. 말그대로 지금처럼 부드럽고 편안한 미소를 지으며 학살을 명한다.

그래서 왜구들이 오홍련에서 이화매 다음으로 꺼리는 이가 바로 원룡이다.

"일단 모시겠습니다."

원룡이 길을 트며 살짝 허리를 숙이고, 손을 쭉 펴 보이며 말했다. 조휘는 그의 행동이 좀 부담스러웠다. 그래서 살짝 마주 인사를 하고는 그를 따랐다.

"작전은 어떻게 됐습니까?"

"성공했습니다."

"오오, 다행입니다. 보아하니 피해도 별로 안 입은 것 같은데, 역시 마도의 작전 수행 능력은 총 제독이 인정한 만큼 대단합니다. 하하."

"과찬이십니다."

살짝 과하다 싶지만 이상하게도 원룡의 입에서 나오니 그리 과찬처럼 느껴지지 않았다. 사람을 편안하게 만들어주는 미소. 그 미소가 아마 부담을 상쇄시키고 있는 것 같았다.

오홍련 오 함대의 거점은 그리 멀지 않았다.

선착장에서 내려 조금 걷자 바로 투박한 형태의 거점이 보였다. 전부 다 목조. 지형과 건물의 형태 자체는 역시 항주 이화매의 거점과 비슷했다.

뒤로 깎아지른 절벽이 있고, 곳곳에 망루가 설치되어 경계를 서게 했다. 퇴각로는 따로 몇 곳이나 확보해 놓은 듯했다. 조휘가 파악한 곳만 셋.

공격로도 되고, 반대로 도주로로도 쓸 수 있는 형태. 나쁘지 않은 배치였다. 입구를 지나니 역시 넓은 연무장이 나왔다.

연무장의 중앙에 도착하자 원륭이 걸음을 멈췄다. 그리고 사뿐거리는 놀림으로 뒤돌아섰다.

"여러분, 정말 고생 많으셨습니다. 고생의 의미로 이 원 모가 저녁에 작은 연회를 준비했으니 부디 부담 가지지 마시고 즐겨 주십사, 이렇게 부탁드립니다."

예의를 갖춰 짧게 공작대에 부탁하니, 공작대원들은 난처한 얼굴로 조휘를 바라봤다. 조휘는 속으로 작게 한숨을 내쉬고, 원륭의 앞으로 가서 섰다.

"그 호의, 감사히 받겠습니다."

"하하, 감사합니다. 그럼… 자하, 숙소로 안내해 드려. 진 대주는 제가 모시겠습니다."

"……."

원륭의 말에 자하라는 인물이 공작대원들을 인솔해 큰 숙소로 향했고, 조휘는 다시 원륭의 뒤를 따랐다. 은여령도 물론 같이했다.

잠깐 기다리자 원륭이 다기를 들고 왔다.

그리고 기품 있는 동작으로 조휘와 은여령에게 차를 따라주고, 자신의 잔에도 차를 따르고는 먼저 가볍게 잔을 들어 마셨다.

의심을 불식시키는 아주 좋은 행동.

조휘와 은여령도 목을 가볍게 축였다. 잔을 내려놓으니 원룡이 희미한 미소를 그리고는 조휘와 은여령을 보고 있었다.

"소저가 진 대주를 거하게 낚으셨다는… 분이시군요?"

"……"

들어오는 강력한 말 한 방에 은여령의 표정이 순식간에 당황스러움으로 물들어갔다. 설마 이렇게 직설적으로 훅 들어올 줄은 몰랐으리라.

"은여령 소저, 아, 소저라고 불러도 괜찮겠습니까?"

"아… 네, 그러세요……"

"하하, 감사합니다. 은 소저 덕분에 마도가 자신의 품으로 들어왔다고 총 제독이 며칠 전 보낸 편지에 적었습니다."

"……"

그 말에 은여령은 대답을 하지 못하고 합죽이가 되어버렸다.

놀리는 걸까? 어쩌면 그럴 수도 있었다. 사람에 따라서, 때에 따라서 원룡의 말은 어쩌면 무례하다고 느낄 수도 있기 때문이다.

하지만 앞서 말했듯이 이상하게도 이 사내가 하는 말은 무례하다고 느껴지지가 않았다. 마치 가벼운 장난을 하는 느낌? 그래, 딱 그런 느낌이었다.

"하하, 물론 그렇다고 완전히 총 제독의 품으로 들어온 건 또 아니겠지만요. 그래도 지금은 이 정도로 만족한다고 합디다."

이번 말은, 조휘에게 향한 것이었다. 조휘는 그 말에 원룡처럼 가벼운 미소만 입가에 그리는 걸로 답을 대신했다. 저 말에는 딱히 대답할 만한 말이 떠오르지 않았기 때문이다.

그의 말처럼 조휘는 오흥련의 품으로 들어갔으나, 완전히 스며든 건 아니었다. 아직 그럴 마음 자체가 없었던 까닭이다.

한 군데에 십 년간 묶여 있던 조휘다. 또 집단생활을 하는 것에 대해 거부감이 있는 것도 아니다. 익숙하기 때문이다. 하지만 전역 후 자유의 몸이 되었고, 그사이 반드시 복수는 집행할 생각이었다.

그게 최우선이다.

이화매가 조휘에게 복수보다 본인의 이득을 위해 움직이라 하는 순간, 아마도 그날이 조휘가 오흥련에 있는 마지막 날이 될 것이다.

적은 두었으나, 마음은 그 밖에 둔 상태였다.

"이 얘기는 이쯤 하겠습니다. 가볍게 농을 걸어봤는데, 이거 제가 아무래도 상대를 잘못 골랐나 봅니다. 하하."

혼자 말하고, 혼자 답하고.

그러더니 기세가 조금 변했다.

"다른 얘기를 해볼까요?"

"어떤 얘기를?"

"작전의 진행 과정에 대해 듣고 싶습니다. 제가 참고할 수 있으면 참고하고 싶거든요."

"아아."

고개를 끄덕인 조휘.

못 해줄 건 없었다.

"총 제독이 계획한 작전부터 듣고 싶습니다."

먼저 듣고 싶은 걸 묻는 원륭.

"거래 자체의 파기였습니다."

그리고 답하는 조휘다.

"파기 방법은요?"

"양측 대표의 암살입니다."

"음… 총 제독다운 작전입니다. 아마도 작전부에서 나온 답 같습니다. 총 제독은 원래 화력으로 썰어버리는 걸 좋아합니다."

"……."

아무렇지도 않게 썰어버린다는 말을 하는데, 그게 하나도 어색하지 않을 수가 있다니, 조휘는 그게 신기했다.

"다시 본론으로 가서, 작전은 총 제독의 작전으로 실행됐습니까?"

"아닙니다."

"그럼?"

"제가 중간에 생각한 작전으로 바꿔 실행했습니다."

"호오… 어떤 작전인지 알아도 되겠지요?"

"물론입니다. 별것 없으니까요."

조휘는 선선히 고개를 끄덕였다. 대답처럼 조휘가 생각한 작전은 지극히 간단하지만, 무척이나 위험한 작전이었다. 장점은 전 인원이 투입될 수 있다는 것과 걸렸을 때 양측의 공격이 아닌 한쪽의 공격만 받는다는 것.

단점은 시기를 잘 맞춰야 한다는 것과 사전에 걸렸을 때 도망치기 매우 어렵다는 것 등이 있다.

조휘는 작전을 설명했다.

매우 쉽고, 간결하게 설명하자 그것만으로도 알아들었는지 원
룡은 고개를 끄덕였다. 그러더니 턱을 매만지며 잠시 생각에 빠
졌다. 음음, 소리까지 내면서 얼굴을 살짝 굳혔다 웃었다를 반복
했다.

"피해는 있었습니까?"

"대원 둘이 미 복귀입니다."

조휘는 전사(戰死)를 굳이 에둘러 미 복귀라고 말했다.

"둘이… 굉장합니다. 그 정도의 작전을 수행하면서……."

"……."

솔직히 말하자면 조휘가 짜고, 성공시킨 이번 작전은 정말 대
단한 성과를 이루어냈다. 이인 일조면 전부 스물다섯 개의 조가
나온다. 거기에 조휘와 은여령의 한 조가 추가되고. 이들만으로
총 서른 척에 가까운 왜선을 침몰시켰다.

그러니 따지고 보면 정말 어마어마한 전공(戰功)이다.

하지만 조휘는 거기에 별다른 의미를 부여하지 않았다. 작전
의 성공보다는 생존을, 그리고 그 생존과 비슷한 가치로 복수를
원했기 때문이다.

"역시 마도. 허언이 아니었습니다. 혹시 알고 계십니까? 당신
이 마도로 불리기 시작할 무렵부터 제가 눈여겨보고 있었습니
다. 그리고… 이제는 불귀의 객이 된 백경, 그 친구와 거의 동시
에 총 제독에게 당신을 천거했지요."

"아……."

그건 몰랐다.

하하하.

가볍게 웃은 그가 다시 말을 이었다.

"광주에서 총 제독과 당신의 만남은 제가 주선했습니다. 백경 그 친구는 관여하지 않았습니다. 일단 제독이 보고 판단하라는 마음이었는데, 아주 흡족해했습니다."

이제 보니 이거… 조휘와 원룡, 서로 접점이 있었다. 그것도 조휘만 모르고 있던 접점이었다. 멍해진 조휘는 원룡을 바라봤다.

"저를 어떻게 알… 아, 아아."

어떻게 알았냐고 물으려다가 그걸 묻는 건 정말 바보 같은 짓이라는 걸 깨달았다. 원룡이 이끄는 오 함대의 거점이 이곳 해남도 삼아. 그럼 조휘가 있던 곳은? 해남도에서 가장 가까운 뢰주다. 같은 광동성에서 활동했다는 소리다.

마도의 소문은 광동성의 해안가 전체를 아울렀다. 그런 마도의 소문을 같은 성에서 활동 중인 원룡이 모를 리 없었다. 일차적인 정보 수집은 분명 원룡이 했을 것이고, 이차 수집은 오홍련의 본 정보대에서 했다. 이런 걸 조휘는 하나도 몰랐다.

"마도의 운명을 폭풍 속으로 던진 사람……. 그중 저도 포함됩니다. 여기 은 소저와 총 제독과 함께요. 아, 백경 그 친구도 포함되겠군요."

"……"

"혹시 기분이 상하셨습니까?"

"……"

조휘는 바로 대답할 수가 없었다. 전역하며 다짐한 게 있다. 이제는 당하고 살지 않겠다. 그런데 이게 뭔가. 복수부터 시작해서 자신의 뜻대로 제대로 이루어지는 게 아무것도 없었다.

"아주 짜증납니다만. 후우……"

입 밖으로 본심이 툭 튀어나갔다. 하지 말까 생각했지만 그러지 않았다.

원륭은 조휘의 말에 놀라지 않았다. 여전히 처음과 같은 미소를 짓고 있었다. 눈빛에 살짝 미안한 감정이 들어 있는 것 같기도 했다.

"미안합니다. 이건 진심입니다."

"……"

조휘는 저 사과를 듣는 순간 이런 생각을 했다.

장난치냐?

미안합니다. 이건 진심입니다. 이렇게 말하면 모든 죄가 용서되는 줄 아는 걸까? 사과한다고 그 사람이 전부 받아들여야 한다고, 이해해 줘야 한다고, 용서해 줘야 한다고 생각하는 굉장히 이기적인 생각이다.

남의 인생을 원치 않는 방향으로 흘러버려 놓고 미안하다고? 이러니 조휘의 입에서 '아닙니다. 괜찮습니다.' 이런 대답이 나올 수가 없었다. 해주고 싶어도 해주게 만들어줘야 할 것 아닌가?

좋던 기분이 순식간에 나락으로 처박혔다. 현재 조휘의 마음은 적무영을 봤을 때보다 조금 더 나은 정도, 딱 그 정도였다.

자리에서 일어나 고개까지 숙인 원륭. 조휘는 그의 정수리를 바라봤다. 이것 또한 진심일까? 조휘는 분간할 수 없었다. 분간할 수 없다는 건 미안하다는 말을 진심처럼 받아들이지 못했다는 소리다.

스윽, 숙여졌던 원륭의 고개가 다시 올라왔다. 눈빛은 그대로다. 다만, 시종일관 짓고 있던 미소는 사라져 있었다.

"기분 나쁘신 모양이군요."

"누가 제 인생에 관여하는 것, 솔직히 말해 기분이 좋을 이유가 어디 있겠습니까. 짜증을 내도 부족할 판인데."

"후우, 그렇지요. 하지만… 아닙니다."

"……."

하지만 뭐?

뒷말이 궁금하긴 했지만 조휘는 묻지 않았다. 기분이 나빠져 자리도 불편해졌다. 당장 일어나고 싶은 마음까지 들었지만 조휘는 일단 참았다. 참고 대화는 마저 나눌 생각이었다. 그래야 뒤끝이 좋으니까.

다만,

"출발은 내일로 하겠습니다. 오늘 연회는 고마운 마음으로 즐기도록 하겠습니다."

통보는 해준다.

오래 있고 싶은 생각은 없었다. 공작대, 그리고 자신도 여로가 쌓여 있지만 그보다 먼저 이곳을 뜨고 싶었다.

"알겠습니다. 하지만… 아마 진 대주의 생각처럼은 힘들 것 같습니다."

"네?"

이건 또 뭔 소리?

답을 하고 나서 조휘의 표정이 살짝 굳어지자, 원룡은 손을 작게 저었다. 오해하지 말라는 뜻이 담겨 있는 손짓이다.

"총 제독이 온다는 서신을 받았습니다. 귀환 시기에 맞춰 온다고 했으니, 아마 오늘이나 내일쯤 도착하지 않을까 싶습니다."

"……."

이화매가 직접 여길 온다?

절강에는 이화매 제독의 일 함대 말고, 더 남쪽에 동두라는 현에 이 함대가 또 있다. 본 거점인 만큼 성 하나에서 두 개의 함대를 운용하는 것이다. 거점이 털리면 안 되니 일부러 두 함대나 유지하고 있는 거다.

조휘는 원룡을 바라봤다.

이유를 설명해 달라는 뜻을 담아서 봤더니, 원룡은 바로 그걸 알아차리고 설명을 시작했다.

"거래입니다. 내일모레 이곳에서 하루 정도 떨어진 곳에서 서국의 상단과 무기 거래가 있습니다. 저희도 이번에 행용총을 대량으로 사들인지라, 거래를 총 제독이 직접 주도할 겁니다. 물론이 정보는 극비입니다. 오죽했으면 도보로 서국까지 가서 서신을 직접 전달했겠습니까? 하하."

"음……."

적의 행용총은 바다에 수장시키고, 반대로 자신은 손에 넣는다. 전략적으로 보자면 최고의 상황이라 할 수 있었다.

심리전은 대단히 중요하다. 조휘도 이 중요성에 대해서는 연백호에게 누누이 들어봤다. 적의 예봉, 사기를 꺾는 데는 심리전만 한 게 없다고.

아마 이번 거래가 성공하면 이 제독은 반드시 거래가 성공했다는 소문을 왜에 흘릴 거다. 그래야 심리전을 제대로 걸 수 있으니까. 그리고 조휘에게 이걸 미리 말해주지 않은 이유는 아마 정보의 유출 때문일 것이다. 믿는 건 믿는 거고, 이런 건 또 다른 상황이다.

그럼 지금 말해주는 건?

이제 와서 조휘가 정보를 누설해 봐야 거래를 막을 수 없다는 걸 알기 때문이다. 거래를 망치려면 적어도 거래 장소에서 이틀 거리 안에 들어와 있어야 되는데, 조휘가 지금 정보를 보내봐야 가는 시간, 다시 거래 장소로 오는 시간을 합치면 늦어버린다. 즉, 오늘부터 정보가 풀어져도 안정권이란 소리다.

"왜 이제야 말씀드렸는지 아신 눈치군요."

"네, 이해했습니다."

"……"

조휘가 이해했다고 하자, 원룡은 조용히 웃었다. 그러더니 잠시 자리에서 일어나 밖으로 나갔다가 들어왔다. 다시 자리에 앉은 그가 차를 한 모금 마시고는 중얼거렸다.

"이제 슬슬 올 때가 됐는데 안 오는군요."

"이 제독 말입니까?"

"아니요, 다른 사람입니다. 오늘은 오 함대와 거래를 틀 사람들을 불렀습니다."

"그럼 일어나야겠군요."

조휘가 일어서려고 하자, 원룡이 다시 손을 저었다. 그러지 않아도 된다는 뜻. 조휘는 살짝 짜증이 올라오려는 걸 참고 이유를 물었다.

"거래라면 저는 방해될 것 같습니다만?"

"하하, 진 대주도 아는 사람들입니다. 그러니 일어나지 마시고 같이 보는 게 어떻습니까?"

"아는 사람? 제가 아는 사람이……"

"……"

이번에도 원룡은 웃기만 했다.

조휘는 그 웃음 뒤, 잠깐 생각에 잠겼다. 자신이 아는 사람들 중 '거래'라는 것과 연관되어 있는 사람이 있는지.

있었다.

뢰주 상단(雷州商團).

서문영의 아버지인 서윤걸(徐侖傑)이 이끄는 상단이다.

해남도에서 가장 가까운 육지가 바로 뢰주다. 뢰주는 조휘가 있던 곳이다. 서문상단도 그곳을 기점으로 활동하는 곳이고, 결정적으로 조휘가 아는 상단 관계자는 서문영밖에 없었다.

"뢰주 상단이군요."

"맞습니다. 오늘 그곳과 거래를 하나 트려고 합니다. 공교롭게도 마침 시일이 오늘이니 같이 보는 것도 좋지 않겠습니까? 진 대주가 있으면 공증도 제대로 될 것 같으니, 서로 믿음을 주고받기도 더욱 쉬울 것 같습니다."

"음, 그렇게 하겠습니다."

"하하, 감사합니다."

이렇게까지 얘기하는데 매정하게 자리를 박차고 일어날 수가 없었다. 기분은 별로지만, 나중을 생각하면 서로 끈을 만들어놓는 것도 좋다.

이후 잠시간 대화가 없었다. 원룡도 별다른 말은 하지 않았고, 조휘는 물론 은여령도 마찬가지였다.

그렇게 반각 정도 흘렀을까?

밖에서 원룡의 수하가 뇌주 상단이 왔다는 전갈을 보냈다. 그러자 바로 원룡이 자리에서 일어났다.

"제가 가서 모시고 오겠습니다."

"……."

조휘는 말없이 고개만 끄덕였다.

굳이 자신까지 나가서 안내할 필요는 없어 보였다. 다시 반각 정도 흐르자, 밖으로 나갔던 원룡이 뇌주 상단의 관계자들을 데리고 안으로 들어왔다. 굵직한 선을 지닌 중년 사내와 익숙한 이 둘이 같이 왔다.

"어?"

그리고 그 익숙한 이들 중 하나가 조휘를 보고 놀랐는지 눈을 동그랗게 떴다. 조휘는 이미 자리에서 일어나 있었고, 이내 발을 움직여 상단의 대표 앞에 섰다.

"오랜만에 뵙습니다."

"오오, 진 조장이 아닌가. 반갑네, 반가워."

상단 대표 서윤걸이 조휘를 보더니 반가운 얼굴로 마주 인사를 했다. 호들갑은 떨지 않고 반가움만 내보이는 서윤걸의 인사에 조휘도 작게 웃음을 지었다.

서윤걸과는 안면이 꽤나 있었다. 뇌주 군영과의 거래 때문에 달에 한두 번씩은 타격대를 찾았고, 올 때마다 연 백호를 보고 갔기 때문이었다. 그래서 조휘도 몇 번이나 함께 차를 마신 적이 있었다.

"진 조장이 여긴 어쩐 일인가? 혹시 오홍련에 들어갔는가?"

"사정이 생겨 잠시 몸을 의탁한 상태입니다."

"사정, 사정이라…… 하하. 그래, 그래도 오홍련 하면 알아주는 곳이지 않나. 정의로운 곳이고. 진 조장의 능력은 필히 중히 쓰일 테니 많은 백성들이 도움을 받겠지. 잘된 일이네, 잘된 일이야. 하하."

"감사합니다."

가볍게 인사를 나눈 조휘는 서윤걸의 뒤에서 눈을 찌릿찌릿 뜨고 있는 서문영에게도 인사를 했다.

"오랜만입니다."

"흥."

그러자 작게 콧방귀를 뀌고는 고개를 슬쩍 돌리는 서문영이다. 본래는 더 크고 과장되게 하려고 했지만 자리가 자리인지라 이 정도로 끝낸 것이다. 조휘도 그걸 아니 섭섭해하지는 않았다.

"하하, 일단 자리에 앉지요. 일 얘기부터 하고 회포를 푸는 게 어떻겠습니까?"

"그렇게 하겠습니다."

원륭이 서윤걸에게 먼저 자리를 권한 후 자리에 앉았다. 서윤걸과 조휘가 마주보는 상황. 이번에는 원륭이 가장 상석에 앉았다. 조휘의 옆에는 은여령이, 서윤걸의 옆으로는 서문영과 황곽이 나란히 앉았다.

"이번에 이렇게 먼 길 오시게 해서 죄송합니다. 저희가 직접 갔어야 하는데, 거점을 비우기 살짝 애매한 상황이라……. 하하, 너그러이 봐주십시오."

일단 너스레 섞인 사과로 대화를 시작하는 원룡이다. 그러자 서윤걸이 가볍게 손사래를 쳤다.

"당치 않습니다. 오홍련과 일적으로 만날 수 있게 됐음을 오히려 감사해야지요. 그러니 그런 생각일랑 접어두십시오. 그리고 뢰주에서 삼아까지 얼마 걸리지도 않습니다. 하하."

"그렇게 생각해 주시니 정말 감사합니다. 그럼 일 얘기를 해보겠습니다. 저희 오홍련에서 이번에 뢰주 상단에 의뢰할 일은 저희 보급품의 운송입니다."

가볍게 운을 떼는 원룡.

"음, 운송이라면… 어떤 걸 말씀하시는지?"

서윤걸도 처음과는 달리 진중해진 얼굴로 되물었다. 하나의 상단을 이끄는 이, 기세의 변화는 매우 능숙했다. 감정 조절이 잘 된다는 뜻. 게다가 딱 벌어진 어깨와 손의 굳은살로 보아 무력도 수준급. 상단을 이끌기에 어느 것 하나 부족함이 없어 보였다. 그런 서윤걸을 마주 응시하며 원룡의 입이 열렸다.

"저희 오 함대의 군량의 일부와 무기입니다."

"군량의 일부와 무기 말씀이십니까?"

"네, 자체적인 생산은 당연히 불가능합니다. 저희 오홍련 오 함대의 사람 수만 해도 천 단위를 가볍게 넘어가니 말입니다. 지금까지는 광주 상단과 거래를 하고 있었습니다만, 요즘 그쪽이 무리를 하려는지 조금씩 금액을 올리고 있습니다. 해서 저희가

구매는 직접 맡을 생각입니다. 나름 상재가 있는 대원들도 뽑아 놨습니다. 문제는 운송입니다만, 이걸 뢰주 상단에서 맡아주셨으면 합니다."

"운송이라… 거래는 그럼 광주에서 이곳 삼아까지입니까?"

"물론입니다. 아시다시피 저희는 전투 함대입니다. 왜구와 해적의 토벌에 모든 역량을 투입하지요. 호위도 못 할 건 아니나… 그렇게 하면 전력에 빈틈이 생기게 됩니다."

"음……."

서윤걸이 고민에 빠졌다. 이는 당연히 해야 하는 고민이었다. 그는 상인이다. 득과 실을 반드시 따져야 한다. 그리고 그 둘에 대한 계산이 끝나더라도 다른 게 더 있다. 현재 자신들의 역량으로 맡을 수 있나, 없나와 위험도이다.

오홍련.

명의 땅 중 바다와 인접한 모든 성에서 절대적인 영향력을 발휘하는 게 바로 오홍련이다. 수호신, 이렇게 불러도 조금도 부족하지 않으나, 반대로 특정 부분에서는 역신(疫神, 逆臣)이 될 수도 있었다.

이는 역신이 가지는 두 가지 의미를 모두 포함해서다. 오홍련은 수호신인 만큼 적이 도처에 널렸기 때문이다.

첫 번째로는 당연히 왜구다. 그리고 그 왜구를 실질적으로 이끄는 왜국의 수장과도 사이가 좋지 않다. 아니, 최악이라고 할 수 있었다.

두 번째로는 명(明)이다. 오홍련은 명의 황실과도 최악의 관계를 유지하고 있었다. 조휘는 아직 모르나, 이번에 이화매가 강량 도독첨사의 목을 그 자리에서 즉참(卽斬)하는 바람에 관계는 더 이상 떨어질 수 없을 정도로 떨어졌다. 황실이 참고 있는 이유는 명의 수군이나 육군을 모두 투입해 봐야 오홍련을 잡을 수 없고, 다른 나라로 넘어가면 정말 골치 아파지기 때문이었다.

그만큼이나 최악이다.

지금 원륭의 말을 받아들이면 나아가 오홍련의 적도 곧 적이 됨을 꼭 인지해야 한다.

"황실이 걱정되십니까?"

"음… 솔직히 말하자면 그렇습니다. 저희는 연안을 타고 돌며 상행을 하기도 하지만, 육로도 자주 이용합니다."

"그렇지요. 그 부분은 잘 압니다."

원륭이 이해한다는 듯이 고개를 끄덕이며 대답했다.

조휘의 시선이 은여령에게 향했다.

눈빛을 받은 은여령은 조용히 고개를 숙였다. 눈빛에 좋지 않은 감정이 담겨 있다는 걸 안 것이다.

조휘는 다시 시선을 돌려 서윤걸을 바라봤다. 역시나 고민에 빠져 아직 결정을 하지 못한 것 같았다. 원륭은 재촉하지 않았다. 그저 처음처럼 희미한 미소만 짓고 있을 뿐이었다.

서윤걸이 고개를 들어 원륭을 봤다.

답이 나오나?

"제가 이 제안을 받아들이면 오홍련에 도움이 됩니까?"

오홍련에 도움이 되는지 묻는다?

이게 뜻하는 바는 크다.

"물론입니다. 저희는 자금을 아껴 더욱더 군비에 충당시킬 수 있을 테니 말입니다. 군비가 증강되면 어떤 결과가 나올지 상단주께서도 잘 아시리라 믿습니다."

원륭의 대답이 들려왔다.

군비가 증강되면 나오는 결과. 그건 크게 본다면 하나다. 왜구로부터 보호받는 백성들이 늘어나는 것.

오홍련의 최초 창립 때 세웠던 기치이자, 지금도 오홍련을 지탱하는 절대적인 기치에 딱 부합되는 결과가 나온다.

"그 제안······."

벌컥!

예고도 없이 문이 열렸다. 모두의 시선이 문으로 돌아갔다. 하지만 조휘는 처음부터 보고 있었다. 저벅저벅 발소리는 못 들었지만 조휘의 감각은 접근하는 이들을 알아챘다. 들어서는 이는 오늘이나 내일이면 도착한다고 원륭이 말했던 사람이다.

"오셨습니까."

원륭이 일어나서 군례를 올리고는 인사를 했다. 가벼운 고갯짓으로 그 인사를 받은 여인, 이화매가 자연스럽게 원륭이 앉았던 자리로 가서 앉았다.

"이제부터 나랑 얘기하지."

"······."

자연스럽지만, 압도적이다.

이화매의 등장으로 서윤결의 말문이 잠시 막힐 정도였다. 이 노련한 장사꾼조차 얼려버리는 이화매의 기세와 눈빛, 어조는 역시 타고난 제왕의 것이다. 이화매가 손을 휙휙 저으면서 분위기를 환기했다.

"그렇게 긴장하지 않아도 된다. 그쪽의 아가씨, 혹시 전에 만났을 때 내가 했던 말 기억하나?"

"아, 저, 저요?"

"후후, 그럼 여기에 아가씨가 나 말고 또 다른 누가 있나?"

"아, 네, 네! 기억해요! 다음에 한번 보자고…….'

"그 약속 지키는 거니, 긴장하지 않아도 돼."

"네!"

"서 상단주도 마찬가지야. 처음부터 다시 얘기를 진행하지. 다 듣고 나면 아마 결정을 쉽게 내릴 수 있을 거야.'

"네……."

서윤걸이 대답하자 이화매가 조휘와 은여령을 잠깐 보더니 희미한 미소를 보여줬다. 마치 고생했다는 인사 같았다. 그렇게 느끼는 순간, 이미 이화매의 시선은 다시 서윤걸에게 갔고, 얘기가 시작됐다.

"빠르게 설명하지. 얼마 전 항주 아래, 소산에서 왜구의 약탈이 있었다. 약 한 시진에 걸쳐 약탈이 진행됐고, 소산은 쑥대밭이 되었다. 여기 마도와 그쪽의 꼬마 아가씨도 당시 소산에 있었지. 마도는 약탈이 끝난 후 빠져나갔고, 반대로 꼬마 아가씨는 소산의 복구를 도왔어. 들은 얘기는 아니고, 내 눈으로 직접 봤다. 약탈을 끝내고 도망가는 놈들을 모조리 수장시키고 소산에 도착해서 이 거래를 트라고 한 이유는 이 부분 때문이다. 저 아가씨가 소산의 복구를 도왔다. 딱 이것 하나다. 교육을 제대로 받았다고 판단했다. 아니면 천성이 착하든가. 하지만 천성도 피에서 비롯되는 경우가 많다는 걸 안다. 그래서 서 상단주의 심성도 나쁘지 않을 것이라고 생각했고, 도움이 되고 싶고, 내게 도움이 될 거라 판단해 원륭에게 서신을 넣었다. 뢰주 상단과 거래를 하라고."

"……."

"……."

장내의 인물들은 빠르지만 확실하게 나온 이유에 꿀 먹은 벙어리가 됐다. 하지만 머리는 팽팽, 왜 이런 제안이 뢰주 상단에 들어갔는지에 대한 이유는 확실하게 전달됐다.

"황실이 무섭나?"

"……."

움찔.

굵직한 선과 심성을 가진 서윤걸조차 움찔하고 마는 직설적인 화법이다. 원륭도 비슷하게 물었지만 이화매와 같은 기백은 실려 있지 않았다. 서윤걸이 대답을 못 하자 이화매가 상체를 앞으로 좀 더 당겼다.

그리고 단언했다.

"내가 지켜주지."

"……."

그걸로 끝이었다.

확신을 넘어선, 바다의 제왕이 내린 천명(闡明)에 가깝다. 이걸 어떻게 증명하냐고? 이걸 어떻게 지킬 거냐고?

이화매다.

다른 사람도 아니고 오흥련의 총 제독인 이화매가 직접 한 말이다. 지켜지지 않을 리가 없었다. 단 한 번도 지켜지지 않은 적이 없었으니까 말이다.

근데도 결정적인 한 방이 다시 들어간다.

"명의 테두리 안에서 내 사람을 건드리는 간덩이 큰 인간은 황제밖에 없지만, 필요하다면 황제를 죽여서라도 지켜주지. 약속한다."

컥.

심지어 황제의 살해까지 거론했다. 한쪽 입가만 말려 올라간 비틀린 미소는 일반인은 감히 버티기 힘든 기세를 여과 없이, 너무나 투명하게 온 사방으로 퍼뜨렸다. 조휘는 이화매의 얘기를 듣고 확신했다.

제안은 수락될 것이다.

십 할의 확률로 말이다.

조휘는 거절했지만, 서윤걸은 아마 다를 것이다. 원륭에게 이 제안을 받으면서 오홍련에 도움이 되냐고 물었던 이다.

"알겠습니다. 제독의 말씀을 믿고, 제안을 받아들이겠습니다."

거봐라.

거절할 리가 없었다.

아니, 거절할 수가 없었을 것이다.

서윤걸이 수락하자 이화매가 상체를 다시 세웠다. 그리고 세우는 순간부터 제왕의 기백은 서서히 사라져, 이화매가 어느새 원륭이 내온 차를 한 모금 마시는 순간에는 전부 사라졌다. 대단한 통제력이었다.

가히 감탄을 금치 못할 정도다, 정말.

"고맙군. 그럼 이제부터 세세한 논의를 해보도록 할까? 주먹구구식으로 해봐야 남는 건 서로에 대한 불신밖에 없으니 말이야."

"네, 좋습니다."

"시원시원해서 좋군. 아, 마도?"

이화매는 조휘라고 안 부르고 꼭 마도라고 불렀다. 조휘가 그 부름에 바라보자 턱짓으로 문을 가리켰다.

"나가 봐. 반가운 사람들이 있을 거다."

"네?"

"말 그대로야. 나가 봐."

"……"

살짝 눈가를 좁힌 조휘가 풍신을 챙겨 일어났다. 조휘가 일어나자 은여령도 따라 일어났다. 서문영의 엉덩이도 천천히 올라갔지만, 서윤걸의 시선 한 방에 그녀는 다시 엉덩이를 의자에 붙였다.

후계자다.

이런 조약을 채결할 방법을 배워야 하는 입장이니 못 나가게 막은 것이다.

조휘는 힐끔힐끔 자신을 바라보는 서문영을 잠깐 보다가, 다시 시선을 돌려 문밖으로 나갔다. 끼이익. 이화매가 열 때와는 다르게 천천히 문을 열고 밖으로 나간 조휘는 사방을 훑었다. 반가운 이들? 대체 누구를 말하는 걸까?

한참을 훑은 후에야 연무장 구석에 피워놓은 모닥불 앞에 앉아 있는 이인(二人)을 발견했다. 등을 돌린 상태지만, 조휘는 어단가 낯익음을 느꼈다. 동시에 반가움도 느꼈다. 그 둘의 앞에는 중걸과 도건이 있었다.

옹기종기 모여 앉아 뭔가 얘기를 주고받고 있다가 조휘를 발견한 도건이 일어나자, 중걸도 조휘를 확인하고는 바로 일어났다. 그런 둘의 반응에 천천히 몸을 펴는 두 사람.

한 사람은 다부진 체격이다. 단단하고, 또 단단해 보였다. 신장은 옆의 사내보다 크진 않지만 상체는 가히 두 배 이상이다. 특이한 게 있다면… 아니 낯익은 게 있다면 허리춤에 걸린 손도끼 두 자루. 면이 상당히 넓어 공수용으로 쓰기 딱 좋은 저 손도끼는… 너무 낯이 익었다.

또 한 사람은?

신장이 조휘보다도 살짝 크고, 상하체는 호리호리하지만 어깨만큼은 쩍 벌어져 완벽한 역삼각형을 유지하고 있었다. 꽁지로 묶은 머리하고 역시 허리에 걸려 있는 활과 화살통. 칙칙함을 내뿜는 그 자태 또한 익숙하다.

완전히 일어난 두 사람. 신체적인 공통점은 없어 보인다. 무기도 서로 다르다. 하지만 같은 게 하나 있다면 두 사람 다 손에 단도를 쥐고 있다는 점이었다. 그런데 이 단도가 또 형태가 달랐고, 색이 달랐다.

그러나 조휘는 한눈에 알아보았다.

쌍악(雙惡)이다.

모를 리가 있나. 조휘가 운신의 폭이 좁은 곳에서는 풍신 대신 사용하던 호신용, 살상용 무기였는데 말이다.

둘의 정체는 바로 알 수 있었다. 건들건들 돌아서는 두 사람의 시선이 조휘에게 순식간에 꽂혔다.

"장산, 위지룡."

거리는 대략 십 장 정도? 놈들이 웃는 게 보였다. 그리고 그 웃음을 보는 순간 조휘는… 풍신을 뽑았다.

쉭! 쉬익!

풍신을 뽑은 이유가 있었다. 장산과 위지룡이 웃음 뒤 바로 조휘에게 몸을 날렸기 때문이다. 순식간에 거리를 쭉쭉 좁혀 들어왔다.

"야이, 쌍! 얼굴도 안 비치고 그냥 튀어?"

"후후, 이것만 던져주면 우리가 이해할 줄 알았습니까?"

두 사람의 입에서 거의 동시에 나온 말에 조휘는, 피식 웃고는 마주 달려 나갔다. 반가운 마음에서? 아니다. 잘못하다간 몸에 칼집이 날 게 분명했기 때문이다. 이놈들은 자신만큼이나 거칠었다.

얼굴도 안 비치고 그냥 나간 것 때문에 열이 받은 것 같은데, 분명 그 열을 식히려면 조휘의 몸에 칼집을 내야 할 놈들이다.

조휘가 몇 년이나 밑에 두었던 녀석들인 만큼, 다루는 법도 아주 확실하게 안다.

쉬익!

새까만 도신을 자랑하는 흑악이 뚝 떨어졌다. 정확하게 정수리다. 죽이려고 작정했나? 그건 아니었다.

깡!

조휘가 막을 줄 알고 있었기 때문이었다. 흑악을 막자 백악이 옆구리로 쭉 들어왔다. 조휘는 그걸 허리를 회전시켜 피했다. 이후 불꽃이 튀고, 쇳소리가 연신 울리기 시작했다. 그리고 시작된 공방은 두 사람이 바닥에 처박힐 때까지 계속됐다.

　타격대의 해후는, 역시 거칠었다.

제30장
미치광이 황제

이후 세 사람은, 아니 네 사람은 평범하게 대화를 나누기 시작했다. 아니, 이것도 아니었다. 평범하지 않은 대화였다.

　"그러니까… 니들이 전역한 그날, 바로 그날 연 백호가 죽은 것 같다 이거지?"

　말을 끝낸 조휘의 얼굴은 정말 살벌하게 굳어 있었다. 어찌나 살벌한지, 누가 보면 자연스레 이를 딱딱 부딪칠 정도였다. 날카롭게 서 있는 예기를 주저 없이 사방으로 뿌렸다. 하지만 이런 조휘의 기세에 흔들릴 이는 여기에 아무도 없었다.

　"네. 작전에서 복귀 직후 바로 전역을 했습니다. 대충 자시 초였던 걸로 기억합니다."

　"자시 초. 연 백호의 시신은 확인했어?"

　"직접 사인까지 살펴보진 못했지만 얼굴은 확인했습니다."

"얼굴은 봤다……. 어땠지……?"

"눈을 부릅뜨고 있었습니다."

"큭……."

조휘는 낮은 침음과 함께 생각에 잠겼다. 딱딱하게 군은 표정은 누가 툭 건드리면 깨질 정도로 위태위태해 보이기도 했다. 이화매에게 이 소식을 듣고 한 차례 크게 흔들렸다. 지금이야 정신을 좀 차리고 있다고는 하지만 완전히 연 백호의 죽음에서 벗어난 건 아니었다. 그저 묻어두고 있었을 뿐이었다. 그런 상태이기 때문에 두 사람을 보고 나서 바로 연 백호에 대한 주제로 넘어갈 수밖에 없었다.

"그리고?"

"바로 넘어왔습니다. 전에 오홍련을 찾아가라고 말해주서서, 지체 없이 오홍련으로 달려왔습니다."

"그리고 지금 이 상황이다?"

"네."

별다른 건 없었다. 둘이 전역한 뒤, 거의 바로 연 백호는 동창의 암습을 받았다. 그래서 당시에 없던 장산이나 위지룡이 아는 건 거의 없는 상태였다. 즉, 아직 연 백호가 암습을 받은 진짜이유는 모른다는 소리다.

'혀를 잘렸다고 했다. 나 때문인가? 황명에 대한 언급을 해서? 아니, 어떻게 알고?'

조휘는 마지막 생각은 즉각 고개를 저어 부정했다. 다른 것도 아니고 동창이다. 마음만 먹으면 그 사람의 일거수일투족은 물론 나눴던 대화에 심지어 속곳까지 알아낼 능력이 있는 이들이 바로 동창이다. 정보 수집의 귀재들만 들어가는 곳. 아니, 들어가게 되면 그냥 귀재가 되는 곳.

'하지만 나에게 누설했다는 이유가 전부일까? 아니지. 아니야. 내가 그렇게 대단한 존재도 아닌데…… 차라리 신경 안 썼을 확률이 높아. 그리고 그건 아주 오래전. 이제 와 연 백호를 헤칠 이유가 없어.'

맞는 생각이었다.

조휘가 황명에 대해 연 백호에게 들은 시기는 못해도 이 년 전이다. 그렇다면 동창이 움직이는 것도 그때여야 했다. 그런데 그때가 아닌 지금. 올해다.

'다른 일 때문이야. 연 백호는… 무슨 일을 획책하고 있었나? 내가 나올 때만 해도 그런 것 같지는 않았는데?'

특별히 바쁜 것 같지는 않았다. 고민이 있던 얼굴도 아니었다. 평소와 다를 게 하나도 없었다. 감이 좋은 조휘가 연 백호가 뭔 일에 연루된 상황이면 모를 리가 없었다. 게다가…….

'그럼 나한테 말해줬겠지. 직접적으로 말 못 하면 간접적으로라도. 그런데 그것도 없었지……. 그럼 내가 전역한 이후?'

이건 가능성이 있다.

"조장."

앞에서 들려온 부름. 위지룡이었다.

"말해봐."

"조장이 전역하고 난 이후… 연 백호는 좀 바빴습니다."

역시.

위지룡도 조휘와 비슷한 생각을 한 것 같았다.

"어떻게 바빴지?"

"일단 출타가 잦았습니다. 그리고 조용히 찾는 손님들이 있었고요."

"조용히 찾는 손님들이라……. 조용히 찾았단 말이지."

"네, 자정이 넘어 찾아왔으니까요."

"군영. 그것도 죄인들이 모인 타격대의 군영을 밤에도 찾아올 만한 이들이군. 권력을 손에 넣은 것들이야."

"저도 그렇게 생각합니다."

위지룡도 그렇게 생각한다. 그렇다는 이건 확정적이다.

타격대의 군영. 이곳의 경비는 매우 삼엄하다. 이유야 당연히 타격대가 범죄자로 이루어진 부대이기 때문이다. 그래서 탈영의 위험이 높았고, 실제 많이 벌어지기도 했었다. 조휘가 사람 사는 곳처럼 말하고 있지만 그건 조휘나 조휘가 이끌던 부대만이지, 다른 부대는 아니었다.

오직, 절망만 숨 쉬는 곳.

그렇게 정의내릴 수 있는 곳이었다. 조휘가 이끌던 일(一) 부대 열(十) 개 조를 뺀 전부가 공포, 좌절, 절망으로 가득했다. 생각해 봐라. 언제 죽을지 모르는 곳이다. 말했듯이 밖에서 주먹 좀 썼다고 왜구를 때려잡을 수 있는 건 절대로 아니었다. 왜냐하면 주먹이 아닌 진짜 칼을 훨씬 더 많이 썼기 때문이다.

광기 어린 웃음과 잔혹한 칼질이 시작되면 갓 들어온 애송이들은 몸이 척척 굳는다. 경험 있는 놈들도 이를 악물고 막는다.

그렇게 죽음이 층층이 쌓여, 최악의 상황을 만들어 낸다.

그렇기 때문에 경비는 매우 삼엄한데, 이런 곳을 자정쯤에 들어왔다? 이런 경우 딱 둘 중 하나다.

찾아온 손님이 실제 능력이 있는 사람이든가, 그게 아니라면 연 백호가 따로 입김을 불었든가. 하지만 둘 중 어떤 것이라도 상관없었다. 중요한 건 연 백호가 어떤 일에 연루되어 있었다는 사실. 그게 중요했다.

"생각해 보면 밖으로 나가서 만났을 수도 있습니다. 그런데 연 백호는 그렇게 안 했어요. 군영 안에서 만났습니다. 이게 뭘까요? 은밀한 이야기라면… 이건 연 백호도 모르게 찾아온 거란 뜻입니다."

"원치 않는 손님이다?"

"그럴 가능성이 높습니다. 연 백호가 부정을 저지른 경우를 본 적이 있습니까? 혹시 조장도 연 백호가 안에서 입김을 불었다고 생각한다면 그 부분은 잊으십시오. 연 백호가 그럴 사람이 아니잖습니까."

"그렇지. 네 말이 맞다, 위지룡."

위지룡이 말이 맞다.

생각해 보니 연 백호, 그는 자신이 가진 권력을 이용하는 방법이 딱 정해져 있었다. 타격대를 굴릴 때, 즉 타격대가 생존의 위기에 처했을 때. 이럴 때나 쓰지, 그런 경우가 아니라면 절대 쓰지 않는다.

그러니 손님을 안으로 들이는 데는 분명 쓰지 않았을 것이다.

"원치 않는 손님이면… 연 백호도 휘말린 겁니다."

"……."

조휘는 위지룡의 말에 침묵했다. 이 부분은 조휘가 제일 싫어하는 부분이다. 지금 당장 조휘 본인만 해도 원치 않는데 이곳, 오홍련의 거점에 있지 않은가.

"그러니까… 억울하게 죽었다, 이런 말이지……?"

"아마도… 그렇지 않을까 싶습니다."

위지룡은 이런 쪽으로 특히 좋다. 단편적인 정보들을 엮어 정답으로 밀고 나가는 사고의 진행. 조휘는 위지룡의 말은 일단 '사실'이라고 확정했다.

"그럼 흉수가 문제군."

"조장이 그래도 제일 가깝게 지내지 않았습니까. 혹시 들은 얘기 없습니까?"

위지룡의 질문에 조휘는 고개를 저었다. 황명에 대한 것 빼고는 들은 이야기가 아무것도 없었다. 그저 조심하라는 말밖에. 그 외에는 거의 타격대의 운영, 훈련, 병사 관리, 작전에 대한 대화가 주를 이뤘었다.

하지만 조휘는 짚이는 부분은 있었다. 그건 당연히… 황명이었다. 극히 위험한 단어. 모르는 이들이야 막 사용하지만, 관직에 있는 이들이 제대로 뜻을 알고 사용하는 순간… 거대한 폭탄으로 변신한다.

쓰읍.

그렇다면 이것도 상황이 좋지 않은 거다. 조휘가 아는 황명은 반쪽짜리이긴 하나, 이 반쪽짜리로도 알 수 있는 건 분명히 있었다.

하지만 그건, 정말 생각하기 싫었다.

"조장."

"왜."

"복수는 할 생각이요?"

"……."

장산의 질문이다. 조휘는 장산의 눈을 바라봤다. 싱글싱글 웃고 있는 얼굴. 표정 전체는 분명 웃고 있지만 눈만큼은 웃고 있지 않았다. 위지룡에게도 시선을 던졌다. 비슷했다. 입가는 분명 옅은 미소를 짓고 있는데, 눈이 웃고 있질 않았다. 이 녀석들이 무슨 생각을 하고 있는지 대번에 감이 왔다.

"니들 느낌이 싸한데."

<u>흐흐.</u>

음침한 웃음 뒤, 장산의 대답이 들려왔다.

"어쩨 나 때문에 죽은 것 같은 기분이오."

"저도 이 녀석이랑 같습니다. 뒷간 갔다가 안 닦고 나온 기분. 더럽습니다. 아주 더럽고 더러워서 이 불쾌함이, 찝찝함이 가시질 않아요."

말은 빙글 돌려서 하고 있지만 하는 말은 역시 하나였다. 들어보니까 두 사람은 감면을 받았다고 했다. 보통은 통과되기 힘든데 가문의 힘까지 빌려 둘을 내보냈다. 그게 연 백호가 한 마지막 일이었다.

그런데 연 백호의 죽음이 자신들이 나감과 동시에 이루어졌으니, 그 찝찝함은 이루 말할 수 없을 것이다.

"조장, 대답해 봐요. 복수, 안 할 거요?"

장산이 보챘다.

아주 조그… 음! 순박함이 깃들어 있는 말투다. 그리고 그 조금을 제외한 나머지에는 짙은 복수심이 자리 잡고 있었다. 조휘가 연 백호의 수혜를 받았다면, 장산이나 위지룡도 마찬가지로 받은 게 된다.

아니, 타격대 일 대 전체가 받았을 것이다.

"우연이 아닙니다, 조장. 조장이 전역하고, 우리가 전역하고 연 백호가 죽었어요. 아무런 증거는 없지만… 저는 이게."

"그만."

조휘는 손을 들어 막았다. 더 이상 말을 못 하게 하려고 제지한 게 아니라, 자신의 생각을 가감 없이 말해주기 위해서였다.

"나도 우연이 아니라고 생각한다. 느낌이 더러워. 그리고 어째……."

황실이 휘두르는 죽음의 낫이, 자신에게도 날아올 것이라는 예감이 들었다. 그것도 절대, 무조건이라는 단어를 앞에 붙여도 될 것 같았다.

"그럼?"

"그래, 한다. 다만."

"……."

"지금은 아니야. 일단 돌아가는 판부터 보자. 이건 급하게 달려든다고 해서 알아낼 수도, 해결할 수도 없는 문제야."

"그럼 우리 둘이 밖에서 따로 정보를 모아보겠습니다."

위지룡의 말에 조휘는 고개를 저었다. 그렇게 해주면 빠르게 진척될 가능성은 있지만, 반대로 위험도가 극도로 올라간다. 동창과 서창이다. 이미 조휘, 오홍련을 주시하고 있을 것이다. 뒤를 캐는 순간 둘은 바로 암습을 받을 것이다. 장산과 위지룡은 믿는다. 분명 믿는데, 서창이나 동창은 두 사람의 능력만으로는 결코 버티기 힘들 것이다. 조휘까지 삼인이 된다 해도 아슬아슬할 텐데, 둘이라면 말할 것도 없었다.

"너무 위험해. 이 제독이 정보를 주기로 했으니 지금은 나랑 같이 움직이자."

"음, 알겠습니다."

"그렇게 하겠습니다. 후후, 다시 조장이랑 움직일 수 있다니, 이거 설레는데요?"

장산은 그냥 웃으며 대답을, 위지룡은 실없는 소리를 했다. 그런데 그때 옆에서 잠깐 부스럭거리는 소리가 들렸다. 여태껏 조용하던 은여령이 손을 들면서 옷자락이 탁자에 쓸려 난 소리였다.

여태 가만히 있다가 왜?

조휘의 시선을 받은 그녀는 뭔가 할 말이 있는 것 같았다. 하지만 말하기 어려운지 우물쭈물하고 있었다.

"할 말 있나?"

"……"

"있으면 해. 사람 답답하게 하지 말고."

"저도… 함께할 수 있을까요?"

예상했던 대답이었다.

"……"

"……"

조휘와 은여령의 시선이 허공에서 부딪쳤다. 그 시선 속에 답을 실었는데도 은여령은 회피하지 않았다.

고집이다.

조휘는 그래서 확실한 답을 주기로 했다.

함께해도 되냐고?

피식.

"안 돼."

적당히 해라, 좀.

*   *   *

촤아악.

촤아악.

조휘는 망망대해에 시선을 두고는 아무 말도 없었다. 상념에 잠긴 것 같지만 표정에서 알아낼 수 있는 건 아무것도 없었다.

그런 조휘에게 이화매가 다가와 말했다.

"내게 화난 게 있나?"

평소의 어조 그대로 나온 그 말에 조휘는 대해에 두었던 시선을 거두어 이화매에게로 돌렸다. 반대로 이화매는 대해에서 시선을 거두지 않았다. 조휘도 시선을 다시 대해로 돌렸다.

"별로 없습니다."

"근데 딱 봐도 넌 화가 나 보이는데?"

"글쎄요, 투정이라 생각하십시오."

피식.

이화매의 입술을 비집고 나온 헛웃음은 파도 소리에 묻혀 사라졌다.

"그 투정이 뭔지나 들어보자."

"은여령은 언제까지 제 곁에 둘 겁니까?"

"음……."

은여령의 얘기가 나오자, 이화매가 바로 난처한 웃음을 흘렸다. 은여령, 조휘와는 이제 결코 좋은 관계로 회복될 수 없는 여자였다. 어제만 해도 그렇다. 조휘의 복수에 자신을 끼워달라고 했다.

조휘는 단칼에 거절하고 자리를 파했지만, 안다. 결코 그녀가 그 한마디로 단념할 여인이 아니라는 걸.

순수(純粹)한 정의(正意).

황명으로 인해 그녀의 주변 이들이 희생되기 전까지 그녀의 마음을 가득 채우고 있던 것. 그러나 그 후 전쟁터를 전전하면서, 복귀하고 황명으로 인한 또 다른 작전(함정)에 투입되면서 그녀의 마음속에서 순수한 정의는 반 이상이나 사라졌다. 그리고 그 비워진 공간으로 스며든 건 순수한 복수심이다.

이 땅 위에 군림하는 자가 가진 미친 생각으로 인해 그녀의 주변이 초토화되었다.

완벽하게 박살 났고, 회복할 수 있는 길은 아예 지워졌다. 철저하게 깨지고 아예 분쇄까지 되어 형체조차 찾을 수가 없게 되었다.

그녀의 복수심은 이해한다. 조휘도 삶의 첫 번째 원동력으로 사용한 게 복수심이었으니까.

'삶 자체를 지탱하는 거대한 명분……. 알아, 안다고.'

조휘만큼 그 부분을 잘 아는 사람도 드물 것이다. 하지만 몇 번이나 설명했듯이 은여령의 일은 은여령의 일이었다.

"그녀의 어떤 부분이 마음에 안 들지?"

"전부다."

"후우, 그렇겠지. 하지만 내 입장에서는 놓치기 힘든 무력이었어."

"그건 제독의 입장입니다."

"알지, 내 입장인 건."

"알면 빼주십시오. 곁에 두는 것도 이제 슬슬 힘드니까요."

진짜였다.

그 전에는 그나마 괜찮았는데, 아니 참을 만했는데 어제 그 한마디에 조휘의 마음이 단숨에 바뀌어버렸다.

떼어내는 쪽으로.

"인사(人事)에 대한 결정까지 관여할 생각인가?"

"관여……?"

"하나 묻지. 내가 은성검을 왜 네 곁에 뒀는지 모르나?"

"호위 아닙니까?"

"그것도 이유 중 하나다. 은성검의 무력은 유키와 필적하니까. 아니, 어떤 부분에서는 오히려 더 낫지. 하지만 그게 전부는 아니야."

"전부가 아니다……."

…라는 말은 곧, 당연히 다른 이유가 더 있다는 소리가 된다. 그 이유, 조휘는 어렴풋이 예상은 하고 있었다.

"은성검. 마도 너는 모르겠지만, 백검문에서도 알아주는 무인이야. 여자? 솔직히 말해 은성검은 성별의 한계를 이미 뛰어넘었어. 그건 마도 너도 알 거야."

"……."

"진짜 몰라? 아니면 알면서도 모르는 척하는 건가."

"후우……."

이화매의 화법은 직설적이다. 결코 돌리는 법 없이, 일직선으로, 묵직하게 상대를 강타한다. 단순히 꽂히는 정도가 아니라 정신에 영향을 끼칠 정도로 강하게 쑤셔 박힌다는 소리다.

"마도, 앞으로 너나 내가 걸어야 할 길은… 지독한 혈로다."

"……."

혈로(血路).

단순하게 직역해도, 피로 젖은 길. 즉, 수많은 죽음을 보면서 걸어야 할 길이란 소리다. 동료의 죽음, 적의 죽음. 나 자신까지 포함된다. 비슷하지만 다른 뜻으로 해석하면? 그만큼 위험하다는 소리가 된다.

"지휘관인 나는 무수히 많은 목숨을 빼앗으라 시킬 것이다. 그렇게 해서! 이 땅 위의 백성들을 구할 수만 있다면 나는 무슨 짓이라도 할 각오가 되어 있다."

"……."

"수천, 수만, 어쩌면 그 이상으로 넘어갈 수도 있겠지. 적으면 수만이고, 많으면 수십, 수백만도 가능할 거야. 내가, 오홍련이 가진 역량은 충분히 그 정도의 생명을 말살시킬 수 있으니까."

"……."

이화매의 목소리는 작았지만, 피가 뚝뚝 떨어지는 서늘함이 있었다. 너무 서늘해서 살짝 데이기만 해도 살이 쩍! 벌어질 것 같았다.

"그러니 나는 분명 죽으면 나락으로 떨어지겠지. 내가 행한 업으로 인해 억겁의 시간 동안 고통을 받겠지."

"……."

지휘관.

힘이 있는 자.

수없이 많은 생명을 한마디로 말살시킬 수 있는 최고 명령권자. 그런 자는 이런 각오가 있어야 한다.

"하지만!"

"……."

이화매의 말은 끝나지 않았다. 다시 시선을 이화매에게로 돌리자, 그녀도 조휘를 보고 있었다.

"그래도 한다. 나락으로 떨어진다고 해도 나는 이 자리에서 도망칠 생각이 없어. 자, 그럼 여기서 문제를 하나 내지. 내가 지금 왜 이런 소리를 할까? 왜 나중 얘기를 할까?"

"살아남는 것."

조휘는 즉답했다.

이화매의 저 말은 모두 생존 이후의 문제다. 그럼 왜 생존을 거론할까?

"그래, 살아남아야 돼. 문제는 그거다. 그럼 어떻게 해야 살아 남을 수 있을까?"

"강해지라는 뜻입니까?"

"그래, 맞아. 강해져야지. 나는 명령권자다. 마도, 너는 명령을 수행하는 자고. 나는 마도라는 칼을 한두 번 쓰고 잃기 싫어. 그건 곧 내가 궁극적으로 추구하는 것에 대해서도 지대한 영향을 끼칠 거야."

"……."

"감을 믿나?"

"네."

"그럼 얘기가 쉽겠군. 마도, 나는 광주에서 너를 처음 봤을 때 느꼈어. 나는 나대로 큰일을 해야 할 사람이라 생각한다. 그리고 너는… 너대로 큰일을 할 거야. 폭풍의 핵. 이미 중심에 서지 않았나. 나를 중심으로 돌아가는 일이 있다면, 너를 중심으로 돌아가는 일도 있어."

"……."

"그리고 우리 둘이 중심에서 계속 헤쳐 나가는 일은 결국 궁극적으로 서로의 목표와 연관이 없지가 않아. 내 목표는 백성들의 삶을 위해 찢어 죽여도 시원찮을 풍신수길과 미친 황제 새끼를 제거하는 것이고, 네 목표는 그놈 근방에 있는 적무영, 그 새끼를 잡아 죽이는 거고. 그럼 어떻게 해야 우리의 목적지에 도달하지?"

"……."

강해져야 한다.

답은 그것밖에 없었다.

그 답을 이화매가 다시 한 번.

"강해져라."

상기시켜 줬다.

그녀의 말은 끝나지 않았다.

"은성검의 무력은 수준급 정도가 아니야. 오홍련 전체로 따져도 제일가는 유키나 이안, 다른 대륙에 있는 동료인 알과 버금간다. 이 셋 모두 적각무사 따위는 가볍게 상대해. 넘어가 청각도 제압하지. 그 위인 흑각과도 견줄 수 있다."

"……."

"은성검의 무력은 이 셋과 비교해 결코 떨어지지 않는다."

"일인 군단……."

"그래. 그녀의 무력은 군단(軍團)급이다. 따로 알아봤지. 은성검이 함정에 빠졌던 날, 서창의 직졸이 몇이나 동원됐는지 아나?"

"……."

조휘가 조용히 입을 다물고 있는데도, 이화매는 계속 말을 이었다. 아니, 이번에는 손가락으로 먼저 뜻을 건네고 입을 뗐다. 펴진 손가락의 수는 세 개.

"무려 삼백이다."

"삼백……."

"그래서 그녀를 내 곁에 뒀다. 첫 번째 목적은 마도의 호위."

"두 번째 목적은……."

"알고 있던 것 같군. 그래, 배워라. 은성검의 무력을."

"……"

이유가 있긴 했지만 조휘에게 확 와 닿는 것은 아니었다.

"언질은 했어. 그가 원한다면 알려주라고. 물론 지금부터 시작한다고 해서 완성형의 무인인 내가 얼마나 더 강해지겠냐만… 안 하는 것보다는 나아. 실제로 이번 거래가 끝나면 한동안 작전을 맡길 생각은 없어. 일종의 휴식기를 줄 생각이다. 다음 작전까지. 물론 그냥 쉬는 건 아니지. 무력을 갖추는 휴식. 이게 최종적으로 내가 은여령을 내 곁에 둔 이유다."

"후우……"

제독.

함대를 이끄는 자.

항주 제일 가문의 가주이며, 오홍련이라는 거대한 사설 함대의 총 제독인 이화매의 말을 조휘는 솔직히… 거절할 수 없었다.

경험의 차이도 차이지만, 이건 경험이 문제가 아니었다. 각각 부류가 달랐다. 이화매는 이런 쪽에 특화되어 있는 능력을 지녔고, 조휘의 능력은 무력을 사용하는 모든 방향으로 치우쳐 있다.

상황에 따라 유추하는 것에도 일가견이 있긴 하지만 애초에 그릇이, 능력의 질, 경험, 위치, 그 모든 게 달랐다.

그냥 쉽게 말하면 이화매는 말로는 절대 못 이긴다는 소리다.

"그러니 참아. 그리고 배워. 그래서 수단과 방법을 가리지 말고 강해져라. 그렇게 살아남아."

뚝뚝 끊어져 나온 그 말이 조휘의 가슴에 훅 박혔다. 송곳처럼 푹 박힌 그 말은 분명 조휘의 자존심에 상처를 냈다. 하지만 조휘는 꽉 막힌 고집불통이 아니었다. 들어야 할 건 듣고, 아닐

건 배제하는 사고는 잡혀 있었다.

조휘는 시선을 다시 전방으로 돌렸다.

칼바람이라 일컫는 북풍과 견주어 조금도 밀리지 않을 해풍이 전신을 날카롭게 할퀴고, 때리며 지나갔다. 그러나 조휘는 굳건히 서서 일렁이는 해수면을 바라봤다. 눈이 뱅글뱅글 도는 것 같지만 그래도 바라봤다. 이화매는 그런 조휘에게 힐끔 시선을 주고는 후우, 한숨을 내쉬며 몸을 돌렸다.

사라지는 이화매.

꿈쩍없는 조휘.

'곁에는 둔다.'

하지만… 배우는 건 보류다.

조휘는, 그렇게 결정을 했다.

이화매와 대화 후, 조휘는 마음을 정리하고 선실로 들어왔다. 조휘가 들어오자 조용히 따라오는 이들이 있었으니, 장산과 위지룡, 그리고 은여령이었다.

"무슨 대화를 했습니까?"

위지룡의 물음에 조휘는 일단 대답 대신 발만 옮겼다. 그런 조휘의 행동에 두 사람의 표정도 조용히 굳어갔다.

"은 소저."

조휘는 이제 은여령에 대한 결정을 확실히 내리기로 했다. 말투에서 대번에 알 수 있었다. 반말이 아닌, 존대다.

"네."

"이 제독이 부탁한 일, 해도 됩니다. 앞으로 나도 은 소저가 하는 일에는 신경 쓰지 않겠습니다."

"……."

담담한 조휘의 말에 은여령은 아무런 대답도 못 했다. 조휘는 그런 은여령을 보다가, 다시 입을 열었다. 확실하게, 아주 확실하게 맺어야 했다. 어차피…

'같이 가야 할 거라면……'

"같이해도 좋습니다."

"아……."

"단, 제 개인적인 일은 제외입니다."

"……."

작게 탄성을 흘렸다가 다시 침묵하는 은여령. 그녀의 머리가 나쁘지 않다는 건 이미 알고 있었다. 대답을 안 한 건 이해를 못 해서가 아니었다. 오히려 그 반대였다. 왜 그래야 하죠? 이런 느낌이 강했다.

실제로 은여령은 조휘를 이전과는 다른 눈빛으로 보고 있었다. 그래서 조휘는 그에 대한 답을 주기로 했다.

"당신의 복수에 이용당하고 싶은 마음은 눈곱만큼도 없습니다."

"……."

"이건 제가 할 수 있는 마지막 타협입니다."

"아……."

이번에도 탄성. 대답은 하지 않았다. 조휘는 정말 이 여자가… 쉽지 않다는 걸 느꼈다. 이화매와의 대화가 아니었으면 분명 내쳤을 여인. 이런 식으로 나오는 건 정말 서로 감정 소모밖에 되질 않는다.

"내가… 더 양보해야 합니까?"

"……."

그런 짜증스런 마음은 즉각 말투에 담겨 나왔다. 은여령은 또 대답하지 않았다. 으득……. 조휘가 이를 갈며 참아왔던 짜증을 터뜨리려고 하자, 은여령의 입이 시기 좋게 열렸다.

"나도 할 수 있어요."

"네?"

"나도… 복수를 위해서는 무슨 짓이든 할 수 있어요."

"……."

그 한마디에 반대로 조휘의 입이 닫히자, 기세 좋게 은여령이 계속 말을 이었다. 아니, 한을 풀었다.

"나도 할 수 있다고요. 오빠들, 그리고 소취의 복수를 할 수만 있다면… 그 무엇이라도! 그 어떤 것이라도!"

"……."

"당신을 지켜서 복수에 가까워만진다면… 당신에게 내가 가진 모든 것을 알려줘서 흥수의 근처에 갈 수만 있다면……!"

아주 낮은 어조인데…

쩌렁!

…하고 선실에 그녀의 목소리가 웅웅 울려 퍼졌다. 밀폐된 공간이라 울린 게 아닌, 어떤 힘의 작용으로 인한 울림. 조휘는 예상치 못한 순간에 치고 들어온 그 고함에, 얼굴을 찡그렸다.

고막이 아팠다.

장산은 쪼그리고 앉아 귀를 막고 있었고, 위지룡은 서 있긴 하지만 두 손으로 귀를 막고 있었다. 조금씩 다르지만 공통점은 버티기 힘들다는 것이다. 두 사람을 그렇게 몰고 간 은여령은, 조휘를 아주 똑바로 바라보고 있었다.

이글이글.

불타오르는 것 같은데,

처연한 슬픔에 잠겨 있는 눈빛이었다.

두 가지 감정이 모두 느껴지는 그런 눈빛으로 조휘를 바라보며… 마지막 한마디를 던졌다.

"같이… 같이하게 해줘요……."

"……."

그녀도 복수.

조휘도 복수.

서로 잡아야 할 놈은 다르지만 어느 정도는 비슷하게 걸쳐 있었다. 하지만 조휘는 저런 은여령의 말에도 '알겠습니다. 좋습니다.' 이런 대답이 나오질 않았다. 그렇게 하기엔… 이미 그녀에게 당한 게 너무 컸다.

"오홍련의 일만 같이 움직입니다. 개인적인 일은……."

역시 무리다.

이 여자와 더 이상 엮이는 건.

"알아서 따로 하는 게 좋겠습니다."

그래서 확실하게 답을 줬다.

은여령의 표정에 상실감이 깃들었다. 그걸 봤지만… 조휘는 그 이상 말을 꺼내지 않았다. 흔들리면… 그것만큼 최악인 것도 아마… 찾기 힘들 거다. 조휘의 표정에 깃든 단호함을 본 은여령은 계속해서 조휘를 바라보다가… 결국 힘없이 일어나 밖으로 나가버렸다.

후우…….

한숨이 나온다, 정말 짜증스러운 한숨이.

*　　　*　　　*

"주변은?"

"아무도 없습니다."

하루가 지나고, 이화매가 이끄는 함대는 약속된 장소에 도착했다. 조휘는 같이하자는 말을 거절하고, 바로 주변 탐색부터 나섰다. 이화매가 약속 장소로 잡은 곳은 무인도였다. 근데 그냥 무인도가 아니었다.

정말 아무것도… 없는 무인도였다. 풀은 조금 자라지만, 나무는 아예 없는 무인도. 새하얀 백사장만 있는 곳에 자리를 잡았고, 함대는 그런 무인도가 사거리에 들어오는 곳에 정박시켜 놓았다.

"이런 곳에 누가 매복할 수나 있겠습니까?"

장산의 질문에 조휘는 고개를 저었다. 좀 일찍 도착해 모래를 밟으며 전부 둘러봤다. 둘러보고 느낀 거지만, 단언컨대 이곳은 매복할 수 있는 장소라곤 정말 단 한 곳도 없었다.

"대기. 긴장 풀지 말고, 사주를 경계하라고 해."

"네."

어느덧 오홍련의 공작대에 빠르게 적응한 위지룡이 장산, 중

결과 도건에게 명령을 내리자 공작대의 인원들이 뿔뿔이 흩어져 사주를 경계하기 시작했다. 조휘는 그들이 흩어지는 걸 보고, 주변을 다시 살펴봤다. 꼼꼼한 눈빛이었다. 이런 곳이면, 포격을 제대로 맞으면 그냥 황천길이었다. 그렇기 때문에 더 세심하게 봐야 했다.

이번에 조휘가 맡은 임무는… 호위다. 접근 호위가 아닌, 원거리 호위였다. 근접 호위는 이화매의 최측근이 맡았다.

유키.

이안.

설화.

희은.

이렇게 네 명. 이화매 제독이 총 제독에 오르기 전부터 함께했던 사이가 근접 호위를 맡았고, 조휘는 그 외 모든 걸 맡았다. 또 다른 동료인 잠이라 불리는 서인은 쾌속선을 몰며 주변 해역 경계를 하고 있었다. 솔직히 말하자면 파격적인 인사 배치지만, 조휘는 불만을 가지지 않았다.

삑.

낮게 들려온 휘파람 소리. 이화매가 건넨 소리였다. 조휘는 그 소리가 들림과 동시에 상체를 세워 이화매가 있는 곳을 바라봤다. 조휘가 있는 곳을 보지도 않고 손짓만 하고 있는 이화매. 와보라는 신호였다.

풍신, 그리고 허리에 두 자루의 '단도'를 다시 단단히 챙긴 조휘는 수풀을 벗어나 이화매에게 갔다.

도착하자마자,

"이번 거래는 크게 신경 안 써도 될 거야."

"믿을 만한 상단입니까?"

조휘가 묻자, 이화매의 표정이 진지해졌다.

"그 정도가 아니지. 나와는 불가침의 협정을 맺은 친우다. 솔직히 날짜가 맞아, 그리고 정말 혹시 몰라 너를 동원한 것뿐이지, 이 거래는 큰 위험이 없어. 있다면 간자(間者) 정도겠지."

"……"

조휘는 뭐라고 대답할지 몰라서 그냥 말을 아꼈다. 그러자 이화매의 웃음이 진해졌다.

"세상의 끝이 어디인지 모르지?"

"…네."

"나는 다 돌아봤다. 전부, 이 세상에 있는 대륙이라곤 다 돌아봤어. 아, 자랑은 아니야. 이것도 시험의 일종이었으니까."

"그렇습니까."

"후후, 재미없긴. 어쨌든 이번에 거래를 하는 것은 내 친우다. 신대륙(新大陸)이라는 곳에 터를 잡은 친구야. 신대륙이란 말은 처음 듣지?"

"……"

조휘는 대답하지 않았다. 하지만 그 자체로 대답이었다. 침묵은 긍정이라는 옛말에 따라서 말이다. 조휘를 힐끔 보는 이화매의 표정이 진해졌다.

"말 그대로 신대륙이다. 물론 옛날부터 존재했겠지만 지금은 그렇게 불려. 이런, 얘기가 계속 세는군. 어쨌든 크게 신경 쓰지 않아도 될 거야."

"네."

이해할 수 없는 말이기에, 조휘는 그냥 대답만 했다. 신대륙? 의미 자체도, 그리고 그런 곳이 있는지 없는지도 모르는 조휘다. 작전을 나갔던 절강성, 복건성 그리고 광동성의 해안가를 빼면 조휘가 가 본 곳은 거의 없었기 때문이다.

"오는군."

"……."

이화매의 말에 조휘는 그녀가 바라보고 있는 곳으로 시선을 돌렸다. 과연, 다가오는 함선이 있었다. 하얗게 보이기도 하고, 검게 보이기도 하는 점들이 하나, 하나, 다시 하나씩 생기더니 무수히 생기기 시작했다. 점점 시간이 지날수록 그 점은 많아지고, 점은 다시 점차 형태를 갖추기 시작했다.

이각 이상을 기다리자 전부 형태가 드러났다. 조휘가 보던 배와는 그 형태 자체가 달랐다. 오흥련 일 함대의 기함인 춘신이 조금 비슷한 것 같지만, 형태 자체는 분명 달랐다. 둔탁한 느낌보다는 날렵하단 느낌이 강하지만 또 그런 느낌만 있는 건 아니었다.

"음……."

"놀라지 마라. 서국의 함선은 보통 저런 형태다. 빠르고, 강력한 포격전이 가능한 함선이지."

"……."

저도 모르게 조휘가 침음을 흘리자 조용히 웃으며 조휘를 다잡아주는 이화매. 조휘는 그 대답 뒤 바로 빠지려고 했지만, 그럴 수 없었다. 이화매가 소매 끝을 잡고, 시선도 돌리지 않은 채 고개를 젓고 있었기 때문이었다.

"이번 거래는 같이 있지. 말했듯이 어차피 위험은 없으니까."

"…네."

대답을 하자 이화매는 소매를 놓아주었다. 조휘는 그녀의 뒤에 있는 인물들의 간격을 확인하고 적당한 곳으로 빠졌다. 자리 잡은 곳은 이화매에게 칼, 검을 날려도 충분히 방비할 수 있는 곳이다. 기습하는 적의 수준은 적각무사 정도로 잡았다.

이화매의 웃음은 진해졌고, 함대, 아니 상단은 점차 가까워졌다. 무인도 근처까지 도착하자 일제히 닻을 내린 후 작은 호송선을 내리기 시작했다. 거리가 멀지 않았기에 복장, 그리고 인물에 대한 정보가 조금씩 들어왔다.

해가 잘 들어 그런지, 아니면 해가 해수면에 부딪치며 반사되서 그런지 내리는 이들의 머리색은 전부 찬란한 금발 같았다. 반짝이는 게 꼭 금가루를 보는 기분이었다. 조휘는 거의 본능적으로 옆을 힐끔 봤다.

둥그런 챙이 인상적인 갓을 쓴 서국의 무사. 이안이 조휘의 시선을 느끼고 마주 시선을 돌렸다.

"……."

"……."

잠깐 시선이 마주쳤지만.

싱긋.

웃어주더니 바로 눈을 돌리는 이안. 창백한 피부에, 얼굴에 오밀조밀 들어간 눈, 코, 입은 여자라고 해도 과언이 아니었다. 그런 이안과 비슷한 이들이 우르르 내려, 호송선을 타고 무인도에 도착했다.

안력이 나쁘지 않은 조휘는 선두의 인물들을 잡아냈다.

'여자?'

또 여자다.

검은색 바탕에 빨강, 분홍부터 시작해 녹색까지. 여러 가지 색이 들어가고, 알록달록한 선이 가로로 그어진 이상한 천을 뒤집어쓴 금발의 여자가 선두에 서서 다가왔다. 그 뒤를 비슷한 복장의 인물들이 따랐다. 신장이 커서 그런가? 다리가 길어 그런가?

금방 거리는 가까워졌고, 오십 보 정도 남기고 그쪽이 멈추자, 이번에는 이화매가 걸음을 옮겼다. 이화매의 측근들도 뒤따르고, 조휘도 그 뒤를 따랐다.

이십 보.

그 정도 거리에서 선 이화매가 나직한 웃음을 흘렸다. 후후, 후후후. 비웃음이 아닌 기분 좋은 웃음소리가 한 차례 울리고, 이화매의 입이 열렸다.

"오랜만이야, 티알."

"그러게요, 마리아."

조휘는, 두 사람의 인사를 아주 조금도 이해할 수 없었다.

만마전(萬魔殿).

북경 자금성(紫禁城)을 달리 부르는 말이다. 그 옛날 무의 상실의 시대 때는 신궁전이라 불렸던 당금 황실의 심장부이다. 이곳은 대외적으로는 자금성이라 불리지만 솔직히 그 이름에 공감하는 이들은 별로 없었다. 앞서 말했듯이 만마전, 아니면 복마전이라 부르는 게 보통이었다. 그럼 왜 그렇게 부를까?

이유는 딱 하나다.

온갖 귀계가 넘실거리는 곳이기 때문이다. 그렇기 때문에 한마디도 제대로 할 수 없는 곳이며, 모든 감각을 곤두세우고 눈치를 봐야 하는 곳이기도 하다. 그러지 않으면 언제 어디에서 불어닥친 혈풍에 목숨이 갈가리 찢겨 나갈지 알 수 없기 때문이다.

명(明)의 권력 투쟁의 중심지.

이런 자금성의 금수교를 지나면 나오는 건청궁에서는 오늘도역시… 암계(暗計)가 피어나고 있었다.

그것도 대낮에.

침구에 정좌한 자세로 누워 있는 젊은 청년이 보였다. 그리고그의 옆에는 바짝 얼어붙은 여인 둘이 시립해 있었다. 복장은속이 비치는 나삼(羅衫)이었다.

건청궁 내부에는 화로를 지펴 후끈한 열기가 들이차 있었음에도 두 여인은 바들바들 떨고 있었다. 이유는… 모른다.

청년은 자신의 눈앞에 조아리고 있는 환관을 어딘가 불안한눈빛으로 보다가 입술을 천천히 열었다.

"그래서?"

"겨울이 끝나고 봄은 되어야 시작될 것 같습니다, 폐하."

"흠, 너무 정직한 시기가 아닌가."

"하지만 폐하, 행용총이라는 무기가 습기에 약해 어쩔 수 없다고 하옵니다."

"으음, 만약 봄에도 시작되지 않을 시, 짐과 했던 약속은 모두 없던 것으로 하겠다는 말을 전하라."

"예. 그렇게 하겠사옵니다, 폐하."

환관은 더욱더 고개를 처박으며, 복종의 자세를 보였다. 행용총에 대한 말이 나오고, 폐하라는 말도 나온다. 이 청년이 현 명나라의 황제, 만력제였다. 성은 당연히 주(朱) 씨요, 이름은 익균(翊鈞). 융경제의 삼남으로 태어났지만 당금의 황제가 된 인물이다.

"황명은? 모든 문파들에게 전달했겠지?"

"예, 폐하. 빠짐없이 전달했습니다."

"모두 따르겠다 하던가?"

"열다섯 개의 대문파 중 열 개의 문파에서 따르겠다는 답신을 받았사옵니다."

"열다섯 개중 열?"

청년, 만력제는 그 대답이 마음에 들지 않았는지 인상을 꽉 찡그렸다. 황제답지 않은 감정 표현이다. 찡그려진 인상에는 미약하지만 공포심도 들어 있었다. 무엇이, 대체 무엇이 황제를 떨게 만들고 있을까?

그런 황제의 표정을 확인도 못 한 채 환관이 말을 계속했다.

"예, 폐하. 산동 태산의 비천성(飛天城), 섬서 서안의 광검문(狂劍門), 북경의 묵언문(默言門), 절강 항주의 백검문(白劍門), 그리고 오홍련은 여전히 황명에 대한 답신이 없사옵니다."

"이, 이이! 감히! 감히 짐의 명령에 불복한다는 말이냐!"

쩌렁!

건청궁이 떠나가라 호통을 치지만, 이상하게도 그 외침은 분노가 아닌 공포에서 비롯되는 것 같았다. 눈동자가 이리저리 흔들리며 갈피를 잡지 못하고 있고, 호통을 친 이후 입술을 잘근잘근 씹고 있었다.

누가 봐도 불안에 떠는 모습.

당금의 황제가 불안에 떤다. 대체 무엇 때문에? 누구 때문에? 무엇이 두려워서? 누가 두려워서?

"다시 황명을 보내라! 불복하면 대명의 황군을 이끌고 모조리 쓸어버리겠다는 말을 전해라! 감히 짐의 명령에 불복하면 어떻게 되는지 본때를 보여주겠다는 말을 전하란 말이다!"

"하지만 폐하… 그들 다섯 세력은 그래도 움직이지 않을 것입니다."

"그래도 하란 말이다!"

"폐하… 백검문을 제외한 네 개의 세력, 비천, 광검, 묵언, 그리고 오홍련은……. 무의 상실의 시대부터 존재했었던 세력들이옵니다. 세간에는 정보를 통제해 알려지지 않았지만, 그들은 상실의 시대를 종료시킨 이들의 후손들입니다. 그래서 그 당시에도 그랬지만… 그들은 황명을 듣지 않사옵니다."

"이익! 그건 그때가 아니냐! 지금은 다르다! 지금은 짐의 시대다! 짐의 말을 어길 수 있는 이들이 있어서는 안 돼! 태감!"

"예, 폐하."

"때가 온다. 온단 말이다……. 마지막 서신에 적혀 있던 십 년의 기한! 이제 사 년이 채 남지 않았다! 그 사 년이 지나면 명의 치욕적인 역사가 되풀이된단 말이다! 그리고 치욕만 되풀이되는가? 아니다! 짐의 목도 걸려 있다! 태감은 알지 않느냐!"

"예, 폐하. 소인, 잘 알고 있사옵니다."

"그런데 무얼 하는 게냐! 어서 싹 치워야 한단 말이다! 그 저주스러운 강호! 저주스러운 무공! 모조리 없애지 않으면 치욕은 되풀이된단 말이다! 이 짐의 목도 떨어질 거란 말이다!"

"폐하……."

이 정도면… 횡설수설이라고밖에 할 수 없었다. 공포, 불안에 잠식된 모습. 두려움에 덜덜 떠는, 흡사 비 맞은 개새끼 같은 모습. 이 정도면 이미 제정신이 아니다.

태감이라 불리는 환관이 안타깝다는 듯이 신음을 흘렸다. 태감이라 불린 것에서 알 수 있겠지만, 바로 이자가 현 동창 태감이다. 환관 정치의 최정점에 선, 황제를 제외하고는 가히 무소불위의 권력을 손에 넣은 자다.

황제가 직접적인 무력을 행사할 때는 금의위의 도독을 찾지만, 황제가 정치적인 무력을 행사할 때는 반대로 동창, 혹은 서창의 태감을 찾는다.

흔히 말하는… 나는 새도 단박에 떨어뜨릴 수 있는 권력자다.

"태감은 짐의 시대에 그런 치욕이 되풀이되었으면 좋겠는가? 짐이 죽었으면 좋겠는가?"

"아니옵니다. 어찌 소인이 그런 생각을 하겠습니까. 소인은 그저 폐하의 치세가 역사에 장대하게 기록되기만을 원하고 있사옵니다. 그리고 그걸 위해서만 소인의 머리가 움직입니다. 부디 알아주십시오."

"알고 있다. 알고 있단 말이다. 하지만 태감, 짐이 이러는 이유를 알고 있지 않느냐. 저번에 왔던 서신을 보지 않았느냐. 감히 짐의 거처까지 몰래 들어와 짐의 침실에 침입해! 짐의 머리맡에 놓고 간 그 서신을 보지 않았느냐!"

"……."

동창을 이끄는 태감, 양명(楊命)은 지금부터 육 년 전, 자금성을 발칵 뒤집었던 사건을 떠올렸다. 야밤을 틈타, 전 중원을 통틀어 가장 경계가 엄중한 자금성이 암중인(暗中人)에게 뚫렸다. 그 암중인은 황제의 침소라 할 수 있는 이곳, 건청궁까지 유유히 들어와 서신 하나를 자고 있던 황제의 머리맡에 놓고 사라졌다.

다음 날, 당연히 아침에 일어난 황제는 머리맡에 있던 서신을 발견했고, 새하얗게 얼굴이 떠버렸다.

자객이라고 할 수 있는 이의 침입.

이후 당연히 자금성은 발칵 뒤집혔고, 피바람이 몰아쳤다. 황제의 정적이라 할 수 있던 모든 이들에게 숙청의 칼바람이 날아들었고, 변명할 시간도 주지 않은 채 갈가리 찢어버렸다.

그 뒤부터였다. 만력제가 점차 불안에 떨기 시작한 것은.

이후 서신은 두 번이나 더 전달됐고, 만력제의 정신 상태는 가히 공황 속으로 내몰렸다.

양명의 목도 그 당시 떨어질 뻔했다. 하지만 용케, 정말 용케 살아남았고, 지금은 만력제의 최측근이 되어 있었다.

양명은 속으로 한숨을 내쉬고 그 이후를 회상했다.

이후 황제는 서신에 적힌 것을 따르기 시작했다. 무려 세 번. 이후는 서신이 아닌, 황제의 목을 따가겠다는 마지막 서신의 내용 때문이었다. 그래서 따르기 시작한 서신의 공통적인 내용은 딱 하나였다.

무(武)의 상실의 시대의 재림을 원하지 않는다면, 알아서 중원의 무(武)를 상실시켜라.

그게 바로 황명이란 이름의, 다시금 시작된 무(武)의 말살계(抹殺計)다. 무공을 보유한 모든 사람, 문파가 그 대상에 들어갔다. 황제의 칙명 아래, 내공을 익힌 강호의 무인들은 산해관 너머의 북방, 절강부터 시작한 왜구의 약탈지 부근으로 투입됐다. 하지만 투입과 동시에 문제가 생겼고, 그 때문에 다시 다른 암계가 시작됐다.

황명으로 제대로 된 무인들을 보내는 데는 성공했지만, 중요한 것은 왜구의 약탈을 막는 게 아닌… 그들이 그곳에서… 죽어 줘야 했다. 하지만 무인들은 강하다. 특히 내공을 익힌 무인은 가히 일인 군단의 위용을 보여주곤 했다. 이런 문제 때문에 시작된 암계는, 왜(倭)를 이용한 암계의 시작이었다.

약탈에 단순한 왜구가 아닌, 무사(武士) 계급이 투입되기 시작한 것이다. 왜가 무사 계급을 투입함과 동시에 강호의 무인들에게도 피해가 나기 시작했다. 그렇게 육 년간이나 지속적으로 무인들을 죽여갔고, 이제 말살계 내의 두 번째 계가 시작되려 하고 있었다.

왜의 조선 침략.
명의 조선 지원.

이 수순으로 다시금 중원의 십오 대 문파를 강제로 동원해 조선에 투입한다. 그렇게 무인을 또다시 제거하는 게 두 번째 계략이다.

원활하게 흘러가고 있었다. 지금은 한겨울. 이제 새싹이 피는 봄이 되면 새싹 대신 피가 흐를 것이다.

조선의 피, 왜구의 피, 그리고 강호 무인들의 피.

이렇게 착착 진행될 줄 알았는데, 여기에 변수가 생겼다. 황명을 거절하는 곳이 나온 것이다.

산동의 비천성, 섬서의 광검문, 이곳 자금성이 있는 북경의 묵언문, 절강의 백검문, 그리고 바다의 오홍련.

전 중원을 몰아쳤던 혈풍 속에서도 살아남은 세력들이다. 그리고 그 혈풍을 종식시켰던 이들의 후손이 살아가고 있는 곳이기도 하다. 이건 솔직히 양명으로서도 어떻게 할 수가 없었다. 중원의 하늘이라면 나는 새도 떨어뜨린다는 동창 태감 양명, 그의 힘도 미치지 않는 영역인 것이다.

하지만 그가 모시는 황제는, 그곳의 힘도 소진시켜 버리고 싶어 한다. 좀 전에도 거의 발광에 가까운 모습을 보여줬다. 양명은 숙이고 있는 고개를 들어 만력제의 얼굴을 확인하고 싶었지만 감히 그럴 수 없었다.

그 누구도 요즘 황제의 얼굴을 볼 수 없었다. 질려 있는 모습. 추태다. 그렇기 때문에 봤다간… 목이 날아간다.

감히 황제가 겁에 질린 모습을 봤다고, 그 추태를 밖에 알려서는 안 되니 입막음을 위해서 목을 쳐버린다.

따라서 이제는 절대 되돌릴 수 없었다.

이미 말살계란 이름 아래 있는 계책들 중 두 번째까지 진행됐다. 밖으로는 왜구와 손을 잡으면 즉결 처분을 한다고 하면서 안으로는 오히려 왜구와 손을 잡고 이런 계책을 꾸몄다. 왜의 조선 침략은 분명 봄이 되면 시작될 것이고, 전쟁이 시작되면 '황명'은 십오 대 문파를 중심으로 또다시 떨어질 것이다.

조선을 침략한 왜구를 막으라는.

거절하면?

황군이 움직일 것이다.

후우.

양명은 살기 위해 만력제를 따르고 있었다. 살고 싶어서 아주 적극적으로 의견까지 내가며 붙어 있었다. 배반? 그랬다간… 금의위, 서창의 모든 이들이 자신의 목을 따러 지옥까지 쫓아올 것이다.

자금성을 완전히 장악하지 않은 채 배반을 일으켰다가는, 끝은 파멸이다. 그러니 어쩔 수 없는 것이다.

살고 싶은 마음, 생존 본능.

그러나 지금 자신이 하는 일은 정말 크게 잘못되었다는 걸 이미 알고 있었다.

그렇게 딴생각을 하던 양명의 귓가로 만력제의 말이 다시 날아들었다.

"태감."

"예, 폐하."

"태감도 살고 싶으면… 반드시 내가 말한 걸 성사시켜야 할 것이다. 짐이 죽게 되면, 아니 짐이 죽기 전에 그대의 목이 먼저 떨어질 것이야."

"예… 폐하."

역시나 이변이 없는 우기기였다.

하지만 저 말은 진실이다. 만력제가 죽게 되면? 아마 분명… 죽기 전, 자신부터 죽일 것이다. 그것은 변하지 않을 확고한 진실이다.

고개를 조아리는 양명은 갑자기 친우가 보고 싶었다.

연오경.

절친한 사이였으나, 이제는 서로 돌이킬 수 없는 강을 건너 절대 볼 수 없는 친우의 얼굴이 떠올랐다.

하지만 말했듯이 이제는 볼 수 없는 친우다. 이유는… 그 친우의 아들을 죽였기 때문이다.

자신의 계획은 아니었다. 하지만 말살계에 반대한 친우에게 경고의 의미로 황제가 직접 지시했기 때문에 결국 부례감(司禮監)에게 명령을 내리고 말았다.

연오경, 그의 아들을 죽이라고.

그렇기 때문에 이제는 볼 수 없게 된 친우다.

'친우여, 나를 말려 주게……'

속으로 그렇게 다시 중얼거려 보지만, 양명은 알고 있었다. 자신은… 살고 싶은 마음에 만력제의 충실한 개처럼 앞으로도 행동할 것임을. 그리고 양명은 통감한다. 친우가 달려와 자신의 목을 친다 하더라도 이제는 돌이킬 수 없음을.

아직 시작되지 않은 음모(陰謀)가 넘쳐남을 알기 때문이었다.

＊　　　　＊　　　　＊

휘이잉!

혹한의 바람이 몰아치는 겨울의 추위는 가히 상상 이상이었다. 뼈마디에 한기가 스며들어 차갑게 얼어가는 느낌은 그 자체로 곤욕이다. 그러나 그런 추위를 아주 이겨내니, 대지에 새싹이 돋아나며 새로운 생명들의 태동이 또다시 시작됐다. 겨울이 가고, 봄이 온 것이다.

혹한의 추위는 물러가고, 날이 풀렸다. 칼바람은 봄바람으로 변했고, 봄바람이 살랑살랑 부는 공작대의 연무장 한가운데 조휘가 서 있었다. 웃통까지 벗어젖힌 조휘의 상체에서는 모락모락 김이 올라오고 있었다. 마치 안개처럼 꾸물거리며 피어나는 열기는 봄바람에 바로 흩어졌다.

그런 조휘의 앞에는 은여령이 서 있었다. 그녀는 착 달라붙은 검은 무복을 입고 있었다. 그리고 조휘처럼 몸에서 열기가 피어올랐다.

쩡……!

아귀가 저릴 정도의 힘이 담겨 있었다.

공간을 접은 것처럼 날아온 찌르기. 오보(五步) 정도의 거리가 있었는데도 숨을 들이마시는 것보다 빨리 슥 다가와 검을 찔러 넣는다.

조휘는 두어 걸음을 물러났다. 그리고 풍신을 돌려 움직이려는 찰나, 콰앙……! 정문이 굉음을 토해내며 열렸다.

저벅, 저벅저벅!

열린 문으로 들어서는 이는 오홍련의 총 제독 이화매. 철혈이란 단어를 붙여도 결코 아깝지 않을 여자가 굳은 얼굴을 한 채바로 조휘에게 다가왔다.

조휘는 그 모습을 보고,

"……"

말없이 도를 내렸다.

그리고 직감적으로 눈치챘다.

드디어… 시작됐음을.

지금 이 순간, 바다 건너 어딘가에서는 봄바람이 아닌, 피바람이 몰아치고 있음을.

그리고 자신의 운명 또한 또다시 폭풍의 중심으로 이동해가고 있음을.

『마도 진조휘』 4권에 계속…

검자 新무협 판타지 소설

FANTASTIC ORIENTAL HEROES

목탁

해적으로 바다를 누비던 청년,
절해고도에 표류해… 절대고수를 만나다!

"목탁은 중생을 구제하는
좋은 이름일세"

더 이상 조무래기 해적은 없다!
거칠지만 다정하고, 가슴속 뜨거운 것을 품은

목탁의 호호탕탕 강호행에
무림이 요동친다!

Book Publishing CHUNGEORAM

유행이 아닌 자유추구
WWW.chungeoram.com

사랑함대 장편소설

FUSION FANTASTIC STORY

2016년 대한민국을 뒤흔들 거대한 폭풍이 온다!

『법보다 주먹!』

깡으로, 악으로 밤의 세계를 살아가던 박동철.
그는 어느 날 싱크홀에 빠진다.

정신을 차린 박동철의 시야에 들어온 건 고등학교 교실.
그리고 그에게 걸려온 의문의 ARS는 그를 새로운 인생으로 이끄는데……

빈익빈 부익부가 팽배한 세상, 썩어버린 세상을 타파하라!

법이 안 된다면 주먹으로!
대한민국을 뒤바꿀 검사 박동철의 전설이 시작된다!

Book Publishing CHUNGEORAM

유행이 아닌 자유추구 -
WWW.chungeoram.com